I0611989

LA VEUVE

DE L'HETMAN

2.

ABBEVILLE. — IMP. BRIEZ, C. PAILLART ET RETAUX

268
72

72308

LA

VEUVE DE L'HETMAN

SCÈNES

DE LA VIE PARISIENNE

— MDCCCLX... —

PAR

E. DE VALBEZEN

— LE MAJOR FRIDOLIN —

PARIS

LIBRAIRIE ACADÉMIQUE

DIDIER ET Cⁱᵉ LIBRAIRES-ÉDITEURS

35, QUAI DES AUGUSTINS 35,

—

1872

Tous droits réservés.

LA VEUVE DE L'HETMAN

SCÈNES DE LA VIE PARISIENNE.

~~~~~~~~~~~~~~~~~~~~~~~~~~~~~~~~~

I

LE 2 NOVEMBRE.

Le 2 novembre 186., vers deux heures de l'après-midi, par une belle journée d'automne, un nombreux populaire montait le faubourg du Temple et inondait de son flot pacifique le cimetière du Père-Lachaise et ses environs. La foule avait ce signe distinctif que ses habits de fête étaient, pour la plupart, des habits de deuil. Jeunes et vieux, pauvres et riches, venaient rendre hommage au culte des morts, cette dernière religion qui, parmi le peuple de Paris, a survécu aux bouleversements d'un siècle de révolutions. Des yeux rougis,

1

dés bras chargés de couronnes d'immortelles, de bouquets ou de pots de fleurs, attestaient pour but du voyage, chez tous ces promeneurs, une visite à la demeure dernière de quelque cher trépassé. De nombreux et beaux équipages, étendus en une file aux longs anneaux sur le boulevard Ménilmontant, sous la tutelle d'une escouade vigilante de gardes de Paris, représentaient dignement, dans cette solennité funèbre, les heureux du jour.

Vers deux heures de l'après-midi, comme nous l'avons dit, la foule grossissait à chaque instant lorsqu'un brougham, qui avait parcouru à une vive allure la longue ligne de boulevards qui s'étend de l'ancienne barrière Saint-Denis à la porte du Père-Lachaise, vint s'arrêter derrière la file des voitures. Une tête d'homme sortit brusquement de la portière de l'équipage et interpella le cocher sur la cause qui suspendait sa course. La cause était matérielle, évidente, et se présentait sous les espèces d'un magnifique garde de Paris qui, impassible dans sa consigne, dominait du haut de sa monture, en roi des éléments, le flot populaire.

— Mais c'est pour affaire de service, fit d'une voix impatientée la tête qui se montrait en dehors du brougham.

Impossible de dire si cet argument péremptoire eût triomphé des résistances du garde de Paris, car au même instant une autre voix, partie de l'intérieur de la voiture, s'écria avec un désespoir comique :

— Nous sommes tombés en plein guêpier ! Aujourd'hui, 2 novembre, la fête des cimetières, le jour des couronnes d'immortelles et de regrets rétrospectifs.

— Mon rapport doit être terminé et remis demain, vous le savez, dit le premier personnage en rengainant, d'un geste de dépit, sa tête dans la voiture.

— Mes plans et mes notes sont assez détaillées, répondit la seconde voix, pour qu'il n'y ait pas lieu de se livrer, sur le terrain, à de nouvelles opérations trigonométriques. Avec votre haute intelligence, une simple étude des plans, aux lieux mêmes , suffira pour vous donner une idée exacte des tracés projetés.

— Quel contre-temps ! murmura le messager officiel.

— Voulez-vous remettre notre visite à demain ? hasarda le voisin avec déférence.

— Demain, impossible. Je suis pris toute la

journée par des commissions aux finances et aux travaux publics.

— Eh bien alors, en route ; il faut mener les affaires vivement. Et l'interlocuteur , joignant l'exemple au précepte, mit pied à terre. Son compagnon ne tarda pas à le suivre, et tous deux s'engagèrent au plus épais de la foule.

Nous profiterons de cette promenade pour présenter plus en détail, au lecteur, ces deux acteurs importants du récit qui va suivre. De taille au-dessus de la moyenne, ventre naissant, le teint pâle, les traits césariens, rasé de frais, vêtu de noir, cravaté de blanc, la rosette de la Légion d'honneur à la boutonnière, le chef de file portait le nom connu de Victor Darroles, ancien journaliste républicain, devenu par d'habiles transitions et sans trop renier ses premières amours, une des lumières du conseil d'État et l'un des porte-parole le plus écouté du gouvernement auprès des Chambres. Le compagnon de ce demi-dieu de l'Olympe gouvernemental présentait un type bien différent : petit, trapu, carré, l'œil vif, la lèvre énergique, la tête naturellement portée en avant à la façon du buffle qui charge les obstacles, le vêtement négligé, la main osseuse, la barbe échevelée, ce représentant gaulois du *go a head* américain avait nom Numa Poncifer, et jouait un premier rôle dans toutes les entreprises, démolitions ou bâtisses, qui ont métamorphosé la bonne ville de Paris.

Les deux missionnaires du progrès circulant au milieu de la foule, non sans modérer leur allure, gagnèrent les hauteurs du champ d'asile. Instinctivement ils s'arrêtèrent à quelque distance de la chapelle, auprès de l'obélisque élevé à la mémoire du cet heureux avocat Bordelais qui, en quelques heures d'éloquence et de courage, a gagné le titre auguste de défenseur du roi ; des armes parlantes figurant les tourelles du Temple, avec la devise : 26 *décembre* 1792 ; en un mot, une place au bataillon sacré des hommes honnêtes et illustres des temps modernes. De cet endroit le panorama des environs se déployait, dans toute son étendue, sous les yeux de Darroles et de son compagnon. Aussi ce dernier ouvrit-il, sans perdre de temps, le rouleau de papier qu'il portait à la main, en disant :

— Nous voici à la meilleure place pour juger de l'ensemble du tracé. Nous ne sommes pas trop gênés d'ailleurs par cette tourbe d'oisifs qui pourraient mieux employer leur temps qu'à imiter à

Paris les us et les coutumes de l'empire de la Chine. Vrai, au milieu de tous ces braves gens d'en bas, je me suis cru à San-Francisco, dans le quartier chinois, le jour de la fête des aïeux ; sur les bords du Pacifique, l'on remplace les bouquets et les couronnes d'immortelles par des bougies de couleurs variées. Pauvre humanité !

— Ah ! vraiment ? fit Darroles qui, les yeux attachés sur la foule, n'avait pas témoigné grand intérêt aux observations philosophiques de son compagnon.

— Excusez cette digression, reprit Poncifer, mais l'homme du progrès a peine à se contenir devant ces mômeries qui, sous toutes les latitudes, hébètent nos faibles semblables. Je reviens aux choses sérieuses. Rien de plus facile que de se rendre d'ici compte de nos plans. Suivez bien la ligne droite qui s'étend de la porte du cimetière aux tours Notre-Dame, à travers le faubourg du Temple, les rues Saint-Maur, de la Roquette et autres. Toutes ces bicoques, ateliers de marbriers, tanneries, brasseries, baraques d'ouvriers, cabarets borgnes, détruits, rasés, remplacés par une artère magistrale plantée d'arbres, bordée de maisons à balcons et à six étages. La prison de la Roquette est transportée à Ivry ; à sa place, j'ouvre un square avec des palais vénitiens, et un canal sur lequel je copie le pont du Rialto. Les terrains aux alentours décuplent. La population, attirée par le glorieux panorama que nous avons sous les yeux, se dispute nos constructions avant le toit posé ; mais cette résurrection de ce triste quartier est sans but, si nous n'ouvrons pas le ventre à la nécropole.

— Le cimetière est donc irrévocablement condamné ? demanda le conseiller d'État, non sans un certain sentiment de regret.

— Pas tout à fait, mais nous en croquons un joli morceau, répondit gaillardement Poncifer.

— Je saisis exactement votre pensée ; mais, permettez-moi de le dire, le contact de cette foule calme et recueillie, si différente de ce qu'on la retrouve partout, produit une vive impression sur mon esprit. A la vue de ces deuils de famille, de ces pieux souvenirs, l'affaire qui nous appelle ici se présente à moi sous des aspects nouveaux. Sommes-nous donc condamnés à tout détruire pour reconstruire, au milieu des ruines, au nom du progrès ? Et ces constructions nouvelles, bâties sur le sable, au mépris des mœurs catholiques de ces populations, que dureront elles ?

— Avec des constructions à 720 francs le mètre, je vous garantis les immeubles francs de réparations pour trente-cinq ans, toiture non comprise, repartit vivement Poncifer, qui n'avait pas compris le premier mot aux saines réflexions que les puissants souvenirs de l'éducation première avaient inspirées à l'esprit politique du conseiller d'État. Malheureusement, poursuivit le prince de la truelle, nous n'en sommes pas encore aux contrats de construction, et avant d'y arriver, je ne me dissimule pas qu'il y aura une charge à fond à faire sur l'esprit de routine et les vieux préjugés. Mais nous l'emporterons, car le projet est grandiose. Il s'agit d'un boulevard qui mettrait en relation directe avec Paris une population de cent quarante mille âmes : toutes les communes de Belleville, Pantin, Saint-Denis. On ne peut donc songer à procéder par lignes brisées ; la sereine, la correcte, l'auguste ligne droite est également imposée par l'intérêt de la population et l'intérêt de l'art. Avec la ligne brisée au coin de la rue Saint-Maur et du Faubourg-du-Temple, continua Poncifer en pointant du doigt le plan qui s'ouvrait devant lui, vous rencontrez un pâté de terrains où il faudrait creuser un viaduc. Or les ingénieurs sont unanimes à déclarer qu'il est impossible de s'enfoncer dans le sol bourbeux qui se trouve à droite et à gauche. Les éboulements récents, les fontis qui datent de ces derniers temps, attestent le danger. Pas un homme de l'art digne de ce nom ne voudrait assumer la responsabilité de ce travail. Il est vrai que nous avons le tracé de 1858, qui épargne entièrement le cimetière et fait dévier la voie nouvelle sur la droite, vers l'ancienne barrière de Belleville; mais ici se présentent des pentes de 8 à 10 centimètres, c'est-à-dire des difficultés qui sont presque des impossibilités. Nous concluons donc, au nom de l'art, des besoins publics, de la sécurité et de l'économie des travaux, en faveur du tracé n° 1.

— J'y suis parfaitement, dit Darroles, qui avait scrupuleusement écouté ce long plaidoyer. Avant d'aller plus loin, laissez-moi vous dire que vous faites là une large entaille au cimetière. Or, ne se trouvera-t-il pas des familles lésées dans leurs sentiments intimes et qui crieront à la profanation?

— Remarquez d'abord, reprit vivement Poncifer, que nous n'enlevons guère qu'un petit hectare. Et puis, Dieu merci, nous n'avons là que des familles peu connues ou peu en crédit aujourd'hui. J'en ai les noms complets sur mes notes, dit

1.

l'homme d'affaires, qui tira de sa poche un papier couvert d'une fine écriture : les Laloi, Ledroit, Freeman, Justi, Lealta, Bouvines, Rocroy, de la Charte, etc., etc. Enfin nous arrivons à l'axe de notre artère, qui coupe précisément ce petit monument que vous voyez au point culminant sur la droite : une colonne de marbre blanc surmontée d'une urne. Trois personnes, une dame en noir, un monsieur à cheveux gris et un enfant viennent de s'arrêter à la grille, ajouta le spéculateur en offrant, d'un geste affable, la lorgnette dont il venait de se servir à son compagnon, qui l'accepta par manière de contenance. Là encore, peu de difficultés à redouter : le chef de la famille à laquelle se rattache ce tombeau n'a plus aujourd'hui l'importance qu'il avait pendant la guerre de Crimée. L'Épervier de Banneheu, murmura Poncifer continuant à compulser ses notes.

— Vous dites ? interrompit Darroles avec une émotion visible.

— Thérèse-Marguerite l'Épervier de Banneheu, répéta l'homme d'affaires d'une voix claire.

— C'est impossible ; il faut changer vos plans, dit sèchement le conseiller d'État.

— Cher maître, vous n'y pensez pas, vous ne

savez pas à quoi vous vous engagez, s'écria Poncifer avec un accent mélangé de surprise et de terreur.

— Ce projet est extravagant, il faut le modifier
radicalement, ou se chargera qui voudra de le défendre devant la Chambre. Pour moi j'y renonce,
continua l'homme politique d'un ton qui ne souffrait pas de réplique.

Darroles se retourna brusquement et aperçut une
bande de cinq personnes, quatre cavaliers et une
dame, arrêtée à quelques pas. Le conseiller d'État,
pour couper court à toute discussion, se porta pré-
cipitamment, chapeau bas, à sa rencontre.

Quelques instants après que Darroles et Poncifer
avaient mis pied à terre, une victoria déposait sur
l'asphalte, aux environs du cimetière, deux jeunes
gens à la mise élégante. Les moustaches blondes
et effilées du premier, le type tartare de ses traits,
annonçaient à première vue un sujet de Sa Majesté
l'empereur de toutes les Russies. Le sang gaulois
circulait si évidemment dans les veines du second
que nous nous abstiendrons de portraire plus en
détail le vicomte Gontran de Monjicot, attaché
d'ambassade, et l'un des plus précieux ornements
du club de la Fleur des Pois.

— Personne encore, dit Monjicot regardant à sa montre ; deux heures vingt-cinq minutes, et le rendez-vous est pour deux heures. Vingt-cinq minutes de retard, il n'y a pas encore trop lieu de se plaindre de la belle comtesse. Profitons de ce moment de répit, continua le jeune homme avec une gravité affectée, pour faire un retour en arrière, un examen de conscience.

— Un examen de conscience, répéta le Moscovite surpris, cela pourrait être long.

— Oui, Dourakine, un examen de conscience, reprit le diplomate d'un ton de lugubre emphase. Vous ne savez donc pas où vous allez et avec qui vous allez ?

— Visiter le Père-Lachaise, répondit naïvement l'étranger, en compagnie de votre aimable compatriote qui porte si dignement le nom d'un de nos plus illustres soldats, l'hetman Tomski-Amourzow, et de quelques-uns de ses intimes : le comte de Bienséant, l'élégant vicomte de Monjicot, M. de Kernozian.

— Vous brûlez, mon prince. Fraîchement descendu de vos neiges éternelles, n'auriez-vous jamais ouï citer M. de Kernozian parmi les plus maléficieux *jettatori* de Paris ?

— Croyez-vous donc à ces plaisanteries napoli-
taines? riposta le boyard avec la sérénité d'un
esprit fort.

— Si j'y crois! interrompit Monjicot. Mais,
mon excellent prince, ne savez-vous pas que si le
roi de Naples est à Rome, c'est que Kernosian est
allé combattre pour lui à Gaëte? L'ordre règne à
Varsovie, pourquoi? Votre amour-propre hyper-
boréen n'en convient pas ; mais c'est tout simplement parce que ledit Kernosian a pris part à l'insurrection polonaise. C'est connu, cela, de tous les
gens sensés. Il y a cent ans, dans le bon temps, il
aurait déjà été vingt fois écartelé, coupé en mor-
ceaux, brûlé, et ses cendres jetées au vent. L'on
est plus tolérant aujourd'hui, mais Kernozian n'en
est pas moins maléficieux.

— Joli, très-joli, fit Dourakine.

— Vous autres Russes, poursuivit Monjicot toujours sérieux, en dehors de chez vous vous affectez
de ne croire à rien, et je m'en afflige. Voulez-
vous des exemples non politiques ? je puis vous
certifier que ce pauvre Despinoy, l'officier d'or-
donnance de Bosabre qui a été tué à l'ouverture de
la tranchée devant Patagonopolis, avait dîné, la
veille de son départ, avec Kernozian et votre ser-

viteur. Est-ce clair, cela, hein ? Mais voici la plus
belle moitié de notre Smala.

Et les deux jeunes gens se précipitèrent à l'envi
vers une splendide calèche d'un vert tendre, à re-
champis blancs, attelée de chevaux gris aux fières
allures, qui venait de s'arrêter sur le boulevard.

Un valet de pied de haute taille, soigneusement
poudré, descendit du siége qu'il occupait majestueusement, et ouvrit la portière de la voiture,
dont les trois hôtes mirent successivement pied à
terre. Petite, active, dodue, le visage coloré, le
regard bon et sympathique, la dame, à la fleur de
l'âge, et dans toute la magnificence des modes les
plus excentriques du jour, la dame, disons-nous,
qui descendit du brillant équipage, n'était autre
que l'élégante comtesse Tomski-Amourzow, an-
noncée par Monjicot à son compagnon. Française
d'origine, devenue veuve à la fleur de l'âge, et
héritière de l'immense fortune de l'hetman comte
Tomski-Amourzow, l'une des illustrations russes
de la guerre de Crimée, la comtesse, après quelques années d'un deuil sévère, avait parcouru
l'Europe, et, une fois arrivée à Paris, s'était plon-
gée avec une ardeur inextinguible dans l'océan de
plaisirs de la Capoue moderne. Dès le début, la

comtesse avait franchi les degrés du trône de la fashion, et le luxe de ses équipages, de ses dîners et de ses toilettes défrayait depuis des mois la conversation des badauds de Paris, et les articles des journaux consacrés au *high life*. La mobilité de son esprit, sa curiosité insatiable, la jetaient dans les milieux les plus divers, et elle passait tour à tour de la chanteuse de café aux princes de la politique, de l'Opéra et des raouts élégants aux petits théâtres ou au cabaret à la mode, faisant d'ailleurs partout excuser ses excentricités et ses hardiesses par sa grâce facile et une bonté à toute épreuve. Des deux compagnons de la comtesse, M. de Bienséant, qui lui prit le bras, par droit d'ancienneté, sinon de conquête, offrait un type réussi de l'homme entre deux âges. Ses traits fins et réguliers avaient supporté, sans trop de dommage, l'outrage des ans, et s'harmoniaient parfaitement avec les boucles d'une chevelure mélangée. Sa toilette conservait intactes les saines traditions de costume du grand comte d'Orsay et de l'aimable lord Pembroke. Le chapeau haut de forme, à bords relevés, curieux monument d'un autre âge, venait d'obtenir les honneurs d'un dessin et d'une monographie spéciale dans un des organes les plus accrédités du monde élégant. Le nœud géométrique de la cravate de soie bleue, à gros grains et à double tour, eût mérité l'approbation de M. Garat. Son pantalon étroit, à carreaux tranquilles, verts et bleus, faisait valoir les formes élégantes d'une jambe qui avait brillé sous la soie aux bals de Madame. La redingote de gros drap bleu, à revers de velours, rappelait la coupe harmonieuse de Chevreuil premier, le dernier des tailleurs. Un ruban multicolore, qui liseronait modestement la boutonnière de gauche, des gants de daim d'une éblouissante blancheur, un jonc effilé et clair, à pomme d'or armoriée, complétaient le costume de cet élégant débris des temps passés. Le troisième hôte de la voiture, homme dans toute la force de l'âge, de haute taille, à tournure martiale, venait à peine de mettre pied à terre, que Monjicot se précipitait follement vers lui, la droite étendue, tandis que de sa main gauche il affectait ce geste sacramentel et préservateur des maléfices, comme chacun sait, que les lazzaroni de la Chiaja désignent sous l'expression pittoresque : « *Fare la corna.* »

— Monjicot, mauvais garnement, je finirai par me fâcher, dit d'un air de bonne humeur le nouveau venu, qui n'était autre que le *jettatore* dont le jeune diplomate avait célébré la puissance malfaisante et occulte.

— Vous n'avez pas idée, monsieur de Kernozian, de toutes les folies qu'il m'a débitées sur votre compte, fit le prince Dourakine, passant rapidement à côté des jeunes gens pour rejoindre la comtesse et son compagnon, qui s'étaient lancés intrépidement au milieu de la foule.

— Je l'ai rasé au vif, murmura Monjicot à l'oreille de Kernozian, dont il prit familièrement le bras. Avec ses apparences de libre-penseur, je soupçonne ce Boyard d'être superstitieux comme il n'appartient qu'à un Grec orthodoxe. Dix contre un qu'en ce moment Dourakine voudrait se voir partout ailleurs que dans ce lieu funèbre en votre compagnie. Devant un tapis vert, par exemple, en tête à tête avec Baboosch-Pacha. Vous savez que le Prince a encore gagné hier soir quatre mille louis au pauvre Grand Turc.

— Et je n'y étais pas, vous me devez cette justice, répondit Kernozian ; mais ce Grand Turc, c'est donc la déveine incarnée dans la peau d'un Crésus ?

— Ah ! cher comte, messieurs, dit la dame, se

retournant pour s'adresser à toute la bande, que je vous en veux à vous tous de ne m'avoir pas préve-nue, et de m'avoir laissé mettre une toilette de couleur qui fait tache au milieu de tous ces pauvres gens en deuil.

— Il y a si longtemps que je ne suis venu ici à pareil jour, reprit Bienséant, que je ne me doutais pas de la véritable solennité funèbre que nous de-vions y trouver.

— Quelle impardonnable erreur de costume !... Et puis il faut bien ajouter, pour être franche, poursuivit la dame avec un sourire, que M. Hau-ton m'a apporté, pas plus tard qu'hier, une tenue de deuil, mais un amour de tenue de deuil. Quand on a une famille impériale aussi nombreuse que la nôtre, on doit toujours avoir un deuil frais et prêt. Le dernier courrier n'a-t-il pas donné de bien tristes nouvelles de la santé du Grand-Duc Her-man ? Cher et excellent prince, je crains qu'avant peu il ne me donne un triste motif de porter le chef-d'œuvre de M. Hauton. Jamais le ciseau et le goût du maître n'ont rien produit d'égal dans le genre lacrymatoire, comme il l'appelle. Quelle puissance de conception ! quel brio !... le sublime artiste que ce Hauton ! la fée aux favoris roux, dit la duchesse de Tokay ! Seulement il se fait payer cher, et ce n'est qu'avec un tremblement nerveux que j'ouvre ses notes, quoique l'hetman ne soit plus là pour les vérifier. Hélas !

A ce moment la comtesse, entourée de son état-major, venait d'arriver à quelque distance de l'o-bélisque funèbre, au pied duquel les deux repré-sentants de l'autorité avaient établi leur quartier général, et le conseiller d'État, le lecteur voudra bien se le rappeler, mettant fin à une irritante discussion, quitta son compagnon pour s'avancer vers les nouveaux arrivants.

— Ah ! Darroles... des plans et des papiers à la main, fit Bienséant avec une importante bonhomie. Nous vous trouvons à l'œuvre, toujours à l'œuvre, infatigable homme d'État !

— Simples affaires d'édilité, répondit Darroles ; l'examen sur le terrain de quelques plans qui pourraient bien ne jamais être mis à exécution.

— Gare la bombe, ou plutôt gare les tombes, murmura Monjicot. Cela sent furieusement par ici le boulevard, l'artère magistrale : trottoirs en bitume, plantations d'arbres quadragénaires, *trink-hall*, colonnes murales, tout le Shiboleth de la vraie civilisation !

La comtesse avait gracieusement répondu aux galantes démonstrations de Darroles ; mais apercevant tout à coup l'entrepreneur, qui s'était rapproché de son chef de file, elle s'écria avec une sévérité affectée :

— Vous ici, monsieur Poncifer, vous osez vous présenter devant moi ! Figurez-vous, messieurs, que, par son obstination inqualifiable, cet homme odieux m'a donné hier une attaque de nerf ; j'ai failli en mourir.

— Attenter aux jours de notre bien-aimée souveraine, entrepreneur déloyal. Poncifer, qu'avez-vous fait ? fit Monjicot d'un ton tragi-comique.

— Messieurs, soyez-en juges, reprit la veuve. Vous savez avec quelle lenteur assassine M. Poncifer mène les travaux de mon hôtel du boulevard des Batailles. Depuis des éternités, les maçons sont à l'œuvre, et je ne sais pas encore si l'an prochain je pourrai avoir le plaisir de vous y recevoir... Eh bien ! non content de cela, ce grand coupable contrarie, combat, raille même tous mes projets, toutes mes idées... Ainsi, pour mon escalier, je veux quelque chose qui sorte du vulgaire, de ces éternels stucs blancs, que l'on voit partout. Je me suis arrêtée à un escalier en onyx de Crète, rampe d'argent, avec des encadrements en lapis et pierres variées ; quelque chose de riche et de bigarré, dans le genre de la façade du nouvel Opéra. Eh bien ! M. Poncifer ne veut pas démordre de son maussade stuc blanc, et hier nous avons eu une scène, mais quelle scène !

Darroles, peu intéressé par le récit des forfaits de son complice, venait de tirer sa montre et en considérait les aiguilles en homme dont les moments sont comptés, lorsque Poncifer, averti par ces indices d'un prochain départ, s'approcha de lui :

— Eh bien ! cher maître, dit-il à demi-voix, vous nous quittez... J'espère que, comme d'usage, la nuit portera conseil.

— N'espérez rien... le tracé n° 1 ne sortira pas du portefeuille, ou sinon...

Et rendu à toute sa mauvaise humeur par une sollicitation inopportune, le conseiller d'État, saluant la compagnie, se mit à descendre le sentier d'un pas rapide.

— Monsieur Poncifer, je ne vous lâche pas, et vous garde près de moi pendant toute notre promenade, dit la comtesse à l'entrepreneur immobile et penaud sous le coup de la rebuffade qu'il venait de recevoir. J'ai besoin de vos conseils, de vos lu-

mières, de vos talents ; vous voyez que je ne vous
tiens pas rancune. Il s'agit d'une affaire de la plus
haute importance. Vous me voyez émerveillée,
fascinée, fanatisée par toutes ces belles tombes que
j'ai sous les yeux, et je veux sans délai accomplir
un dernier devoir conjugal.

— Vous pouvez compter sur mon zèle, répondit
Poncifer, toujours mélancolique.

— Oh ! mais c'est plus que du zèle que je vous
demande : il me faut pour ce soir, pour ce soir
même, un projet de tombeau. Depuis que je suis
entrée dans ces lieux de deuil, je ne peux me consoler d'avoir laissé si longtemps le cher époux sous
une tombe indigne de lui : une simple colonne de
granit ! Si vous êtes aimable, bien aimable, comme
je le crois, bon monsieur Poncifer, poursuivit la
veuve d'une voix câline, vous m'apporterez ce soir
le projet que je vous demande, et nous le discu-
terons entre deux tasses de thé.

— Mais c'est l'impossible que vous me demandez
là.

— Impossible n'est pas français, dit Bienséant
avec une galanterie surannée.

— Notez bien que je vous laisse carte blanche,
quant à la matière et au genre, reprit l'Artémise

du Nord avec volubilité. Je vous demande seulement une large surface sur laquelle on puisse rappeler et décrire en vers latins les services, dignités et croix de mon pauvre défunt, et il en avait long !

Pendant ce dialogue, la planète et ses satellites avaient continué leur course. Le prince russe, à l'avant-garde, étudiait de droite et de gauche les épitaphes des tombeaux, avec le soin d'un archéologue de profession. Près de lui Monjicot, malgré sa jeunesse et sa gaité, n'échappait pas à l'influence solennelle du lieu. La nécropole, en ce jour de fête, offrait plus que jamais à l'observateur un champ inépuisable de réflexions. Pour le jeune diplomate, mûri par de lointains voyages, l'intérêt n'était pas dans ces monuments gracieux ou bizarres, dans ces épitaphes où s'exhale en styles variés la douleur humaine. Son regard scrutateur s'exerçait sur la foule des promeneurs, et distinguait parmi eux le souvenir récent, le souvenir ancien, le souvenir réchauffé, la visite de cœur, la visite de convenance : tous ces motifs si divers qui, à la fête des morts, appellent au lieu d'éternel repos le monde des vivants : chrétiens et libres penseurs ! Au coude d'un sentier, Monjicot et son compagnon arrivèrent subitement en vue du petit monument dont Poncifer avait prononcé l'arrêt. Les trois personnes signalées par l'entrepreneur à travers le cristal de sa jumelle, la dame en noir, le monsieur à cheveux gris, le petit garçon se trouvaient encore près de la tombe proscrite. La figure de la dame est couverte d'un voile épais, sa robe de soie noire accuse un deuil de vieille date; mais quelle profonde douleur dans son attitude ! comme elle est abîmée dans le déchirant souvenir ! L'homme âgé, la figure calme, couve d'un œil plein de tendresse sa compagne agenouillée. Le chérubin aux cheveux bouclés répète ses prières les mains jointes. Le pieux pèlerinage tire à sa fin. La dame se relève, l'homme âgé passe doucement le bras de sa compagne dans le sien, et appuie sa main gauche sur la tête du jeune enfant ; tous trois quittent la tombe d'un pas mélancolique. La veuve de l'hetman et ses compagnons, arrêtés à distance respectueuse, contemplent d'un œil pensif ce défilé funèbre.

— Mais c'est l'amiral de Banneheu et madame Darroles, murmura Bienséant à voix basse.

— Madame Darroles ! répéta la comtesse, stupéfaite.

-- Comment, madame Darroles, reprit Poncifer tout intrigué. Serait-ce, par hasard, une parente du conseiller d'État ?

— Mieux que cela, ou pis que cela : c'est sa femme, répondit Monjicot.

— Darroles !... Darroles marié ! s'écria l'entrepreneur confondu. Et l'amiral ?

— C'est tout simplement son beau-frère.

— Les écailles me tombent des yeux... J'y vois clair dans l'affaire du tracé... Mais ai-je assez mis les pieds dans le plat ? Bizarre hasard ! se dit à lui-même Poncifer du ton d'un homme ahuri par une stupéfiante révélation.

— Bizarre rencontre, en effet, reprit Monjicot d'une voix pensive. Tout à l'heure nous nous trouvions avec le mari ; ici nous tombons sur la femme. Je parie qu'ils ne se doutaient pas de leur présence simultanée dans le champ du repos. Ce couple désemparé porte aux flancs une flèche mortelle. Il y a ici tout un drame, je le sens,... j'en suis sûr.

— Un drame !... dites une tragédie. Je suis saigné d'un demi-million, balbutia Poncifer avec un sourire de possédé.

La comtesse était restée étrangère à cette con-

versation ; car, dès que l'on eut perdu de vue la
famille éplorée, elle s'était approchée de la tombe,
et, s'agenouillant vivement sur la pierre, pria avec
ardeur. Bienséant et Kernozian, qui avaient suivi
la comtesse, contemplaient cette scène en silence.
Si l'homme du monde ne voyait dans cet incident
qu'une de ces excentricités dont son élégante amie
se montrait prodigue, Kernozian s'expliquait moins
sans doute cette pieuse démonstration, et son regard, dirigé curieusement sur la comtesse, semblait vouloir percer le mystère de sa prière. La
sagacité de l'observateur fut mise en défaut: la
veuve se releva, secoua la tête, comme pour chas-
ser de tristes pensées.

— Il est temps, dit-elle, de regagner la voiture ;
j'ai donné rendez-vous au lac, avant dîner, à Baboosch-Pacha... Messieurs, je compte sur vous pour
ce soir.

Et, prenant le bras de Bienséant, la comtesse
donna le signal de la retraite.

— Eh bien ! mon cher vicomte, fit le prince
russe, rejoignant Monjicot, qui redescendait le
sentier en compagnie de Poncifer, et le drame à
sensation que vous m'avez promis ? Et votre *jettatore ?*

— Vous êtes bien sombre, Poncifer, interrompit Monjicot, faisant la sourde oreille, pour éviter de donner à son interlocuteur le loisir d'une revanche de plaisanterie.

— Soyez donc gai lorsque vous venez de perdre un demi-million, grogna sourdement l'entrepreneur.

— Vous venez de perdre un demi-million ? Et comment cela, s'il vous plaît ? demanda l'étranger de distinction d'un ton moitié sérieux, moitié narquois.

— La chose serait trop longue à vous expliquer, répondit l'homme d'affaires, ramenant mélancoliquement ses regards vers la terre, et je me contenterai de vous assurer que, s'il n'y a pas de ma faute, je ne saurais en dire autant de quelqu'un qui n'était pas loin d'ici tout à l'heure. C'est pis qu'un sort !

— Vraiment, fit Monjicot avec un radieux sourire.

— Un demi-million perdu par la faute de quelqu'un qui n'était pas loin d'ici tout à l'heure, murmura le prince russe, évidemment mal à l'aise

Il poursuivit après une pause, interpellant directement Montjicot :

— Ah çà ! mon jeune ami, votre sorcier a donc
fait des siennes ?

— Je vous l'avais bien dit, il est terrible, reprit
le vicomte d'une voix triomphante, en désignant
d'un geste fatidique Kernozian, demeuré en arrière
sur les hauteurs.

Le pauvre *jettatore*, droit et immobile, les mains
appuyées sur la grille de fer, contemplait d'un œil
obstiné la tombe devant laquelle s'était agenouillée
la comtesse. Le marbre ne portait que la simple
épitaphe :

THÉRÈSE-MARGUERITE
L'ÉPERVIER DE BANNEHEU, NÉE D'HÉRIZEY,
DÉCÉDÉE A L'AGE DE 25 ANS,
LE 20 AOUT 1855.
PRIEZ POUR ELLE !

I

LA COMTESSE TOMSKI-AMOURZOW *AT HOME.*

Vers neuf heures et demie du soir, le même jour, un des promeneurs du Père-Lachaise, le comte de Bienséant, montait l'escalier d'un des plus beaux hôtels du boulevard Malesherbes. S'arrêtant au premier étage, le comte remit son paletot entre les mains d'un valet de pied soigneusement poudré, à livrée verte, et apparut dans tout l'éclat d'une tenue du soir, que relevaient singulièrement un grand cordon, trois plaques, et une pléiade d'étoiles reliées entre elles par une chaîne d'or. Sous la conduite d'un valet de chambre vêtu de noir, le visiteur fut introduit dans un salon splendidement éclairé, et le serviteur se retira en annonçant la prochaine arrivée de la maîtresse du logis. Depuis un quart-d'heure déjà, cette même promesse avait

2.

été faite à un des autres compagnons de la comtesse, M. de Kernozian, qui se tenait debout devant la cheminée. Profitons de l'absence de la veuve
de l'hetman Tomski-Amourzow pour faire plus
ample connaissance avec ses deux hôtes et amis.

Henry de Kernozian avait dépassé la trentaine,
et les rides qui sillonnaient son visage attestaient
une vie où ni les périls ni les émotions n'avaient
fait défaut. Dernier rejeton d'une bonne et vieille
famille de gentilshommes vendéens qui avaient
largement payé de leur sang dans les luttes du
siècle, Kernozian, fidèle à la religion monarchique
de ses ancêtres, n'avait pas cependant laissé son
épée oisive au fond du fourreau. Les champs de
Novare, les murs de Gaëte, les forêts de la Pologne,
l'avaient vu tour à tour, depuis quinze ans, défendre, en véritable chevalier errant, la cause du
faible et de l'opprimé. Les rudes épreuves qui
avaient suivi sa dernière équipée ne l'avaient pas
guéri de ses fiers penchants, et les malheureux,
peuples ou individus, avaient conservé pour Henry
de Kernozian l'attrait qu'a le miroir pour l'alouette
des champs. Aussi, tout en lui attribuant vaguement
une sorte de pouvoir de *jettatore*, ses amis
lui avaient-ils décerné le rare surnom de l'*ami des*

vaincus. Une petite fortune de quelques mille livres
de rente suffisait à tous ses besoins, et il passait
avec un dédain de croisé au milieu du luxe des en-
richis du jour, sachant, sans concessions et sans
regrets, unir aux opinions monarchiques une simplicité d'habitudes toute républicaine.

Le comte Fortuné de Bienséant ne pratiquait que
dans la tradition vestimentale le culte du passé.
Les lambris dorés, le pouvoir, exerçaient une véritable fascination sur ce petit-fils d'un des plus
riches fermiers généraux de la cour de Louis XV.
Gentilhomme de la chambre de l'honnête duc d'An-
-goulême, les premières années qui suivirent la
révolution de 1830 avaient vu Bienséant au premier
rang de l'intimité des jeunes et brillants princes
de la maison d'Orléans. Plus tard, les salons du général Cavaignac l'avaient compté parmi leurs plus
assidus visiteurs. Après le 2 décembre, un luxe de
dévouement du lendemain avait valu au comte une
des charges importantes de la cour nouvelle. La
banalité qu'il portait dans ses affections politiques
se retrouvait dans ses affections privées, et lui donnait une sorte de popularité dans le monde parisien. Les traditions de la vie élégante, que Bienséant possédait en maître, en faisaient une sorte

de Mentor-né pour les riches étrangers qui viennent fondre leurs lingots au creuset de Paris. La
veuve de l'hetman, qu'il avait rencontrée à la dernière saison sur les bords du Rhin, n'avait pas
échappé à la loi commune, et en avait été récompensée par la grande notoriété qui entourait déjà
son nom.

Kernozian, après avoir échangé un salut courtois
avec le nouveau venu, avait quitté son poste d'observation près de la cheminée pour s'accommoder
dans un fauteuil. Quant à Bienséant, depuis qu'il
avait franchi la porte de l'antichambre, sa figure
s'était sensiblement rembrunie. A plusieurs reprises il arpenta la chambre d'un pas nerveux, et
enfin ses soucis s'exhalèrent en ces mots :

— Que se passe-t-il donc ici ?

— Ma foi ! rien que de très-ordinaire : la Czarine, qui nous a convoqués pour neuf heures et
demie, est encore probablement à sa toilette.

— Comment, vous n'avez rien remarqué dans
l'antichambre ? dit Bienséant avec une agitation
croissante.

— Rien absolument, reprit Kernozian, impassible dans son fauteuil.

— Vous n'avez pas remarqué qu'en ce moment,

dix heures du soir, à cinq minutes près, il n'y a qu'un seul valet de pied dans l'antichambre de ce qui devrait être une des maisons tenues de Paris !

— C'est parbleu vrai ! Horreur ! interrompit Kernozian avec une indignation comique.

— Riez, riez tant qu'il vous plaira, mon cher monsieur, reprit le comte, non sans aigreur. Pour ma part, je ressens vivement cette atteinte au code, de la grande existence. Pour moi, c'est désespérant. Voilà une femme, une étrangère, que j'ai adoptée à Bade : j'en ai fait mon vase d'élection, j'ai voulu réunir autour d'elle toutes les splendeurs, tous les luxes de la vie aristocratique. La couronne est complète, rien n'y manque : suffisamment jolie, bonne nature, cœur d'or, deux cent mille roubles de rente, un des beaux noms militaires de la vieille Russie ; par droit de naissance, nous possédons l'inimitable bonne grâce des dames françaises ; le sort nous a tout donné...

— Tout, fors un valet de pied de plus dans l'antichambre, murmura Kernozian, parodiant un mot célèbre.

Sans s'arrêter à cette interruption, Bienséant continua d'une voix pleine d'amertume :

— Et mes conseils, mes soins, aboutissent à
quoi ? à un établissement désordonné, comme celui
du premier Américain venu, arrondi d'un million
de dollars par d'heureuses spéculations : suif ou
pétrole ! Oh ! les femmes, même les meilleures, il
leur faut toujours du nouveau ; le caprice du moment, c'est là leur seule règle ! Avant-hier, il y
avait ici à dîner la crème de la crème : le général
Bosabre, Prudhomme de l'Orge, Mgr de Patagonopolis, le duc de Parmegiano, Baboosch-Pacha...
Qu'imagine la comtesse ? de nous faire servir deux
ou trois plats russes : des viandes crues nageant
dans un espèce de brouet rouge ou noir, des mets
de cannibales, affreux à l'œil et détestables au goût !
Aussi, pendant tout le repas, Baboosch-Pacha, qui
est malin comme un singe, me poignardait-il de
regards moqueurs. « Petite cuisine, que la cuisine
moscovite, monsieur le comte, » m'a dit d'un air
de triomphe, en sortant de table, cet affreux Turc,
qui chez lui mange du pilaw et des khabobs avec
les fourchettes de la nature ! Les railleries de ce
mécréant m'ont frappé au cœur ; car il sait, comme
tout le monde, que la comtesse s'est présentée sous
mon égide au monde de Paris.

— Ah ! je ne connaissais pas ce dernier méfait

de la comtesse, reprit Kernozian, et, vrai, à votre place, je poserais la question de cabinet.

— Permis à vous, monsieur, reprit l'arbitre du *high life* d'un ton fort sec, de traiter ces questions par-dessous la jambe ; tout le monde n'est pas obligé de comprendre qu'il est dans la société, ainsi que le dit le Grand Échanson, des lois éternelles, comme dans la nature. Aux gens riches, les soucis, les labeurs, les mécomptes de l'élégance, des dehors fastueux, de la grande existence. Faire circuler les capitaux, c'est là le secret politique des aristocraties qui veulent et savent éviter les révolutions. Il serait, parbleu ! trop commode d'avoir des millions, et de vivre dans un entre-sol, avec un homme de confiance ou une bonne à tout faire ! Noblesse, richesse, pouvoir, obligent également à entourer sa vie d'un strict décorum. Ainsi, n'est-il pas triste de voir, comme nous l'avons vu ce matin, les plaies de la vie privée exposées en plein jour : Darroles d'un côté, de l'autre son beau-frère !

— Mais depuis combien de temps, et quelles sont les causes de cette mésintelligence ? dit vivement Kernozian, qui prêtait à son interlocuteur en ce moment une attention qu'il n'avait pas accordée à sa dissertation somptuaire.

— Mille excuses, cher comte, Henry, de vous avoir fait si longtemps attendre, dit la veuve, qui apparut en ce moment dans tout le luxe d'une de ces ébouriffantes toilettes dont son Mentor lui avait donné le goût et le secret. Après un échange d'affectueux serrements de main, la comtesse poursuivit d'une voix dolente : Ah ! monsieur de Bienséant, quel événement imprévu : l'affreux contretemps ! J'ai à peine eu la force de m'habiller, tant la nouvelle m'a frappé au cœur : Bernard me quitte !

— Bernard vous quitte ! répéta Bienséant stupéfait.

— Oui... Ce couple de valets de pied que nous avons eu tant de peine à réaliser ! Deux hommes, même taille, même encolure, même poil, des jambes faites au tour ; si ressemblants que vingt fois j'ai pris l'un pour l'autre. Ce couple rare, unique dans Paris, dépareillé ! Quelle joie pour la duchesse de Tokay, qui m'enviait mes deux serviteurs, et voulait leur faire un pont d'or ! Bernard hérite et entre à la Bourse. Après dîner ce soir, il m'a appris la triste nouvelle. Ah ! c'est navrant !

— Allons, allons, belle comtesse, du courage, fit Bienséant avec une bonhomie paternelle, nous le remplacerons ; vous savez que vous pouvez compter sur mon zèle, mon dévouement à toute épreuve. Et tenez, je crois connaître un drôle qui sort des cuirassiers et qui pourrait bien faire votre affaire. Dès demain je me mettrai à sa recherche.

Ces promesses ne rassurèrent pas complétement la veuve éplorée, car elle reprit :

— Journée d'angoisses et de contrariétés, qui au reste avait dignement commencé. Mon chef, ce Béchamel, que je comble, n'est-il pas venu me dire ce matin qu'il quitterait mon service si je ne lui accordais un troisième aide. Sa santé exige impérieusement, a-t-il ajouté, qu'il ait sa liberté de trois heures à cinq, pour faire son tour de lac quotidien.

— Et vous vous êtes rendue à sa demande ? interrompit Bienséant avec une anxiété visible.

— Que pouvais-je faire ?.. La comtesse poursuivit en affectant une pause d'Iphigénie : Heureuses, heureuses les modestes existences qui ne sont pas encombrées de tous ces ingrats et exigeants serviteurs. Je suis tellement surexcitée, nerveuse, que pour un rien je congédierais tout mon monde et m'en irais vivre avec ma femme de chambre au Grand-Hôtel... L'odieuse journée ! le sort me doit une compensation, et voici sans doute M. Poncifer qui me l'apporte...

L'entrepreneur, le vicomte de Monjicot, s'avançaient en ce moment vers le canapé où trônait la maîtresse du logis. Derrière eux marchait le général Bosabre, le brillant colonel qui, après avoir commandé à l'assaut récent de Patagonopolis la colonne de brèche, était venu apporter à Paris les drapeaux enlevés à l'ennemi dans cette glorieuse journée, et y recevoir des étoiles noblement gagnées.

— Bon monsieur Poncifer, m'avez-vous tenu parole ? dit la veuve, rendant d'avance en monnaie de sourire le tribut d'hommages que l'homme d'affaires, le diplomate et l'homme d'épée venaient déposer à ses pieds.

— Parole ou à peu près, autant que le temps me l'a permis, reprit l'entrepreneur. En vous quittant au Père-Lachaise, j'ai dû passer au square de la Bastille, faire une visite aux travaux de mon théâtre de la rive gauche, repasser la Seine pour arriver à votre hôtel du boulevard des Batailles, où nous serons sous toit avant deux mois, comptez-y ! Enfin, rentré chez moi, j'ai donné quelques instructions à un de mes dessinateurs qui m'a crayonné le simple projet que voici, ajouta Poncifer en tendant à la comtesse un rouleau de papier.

— Mais c'est vraiment fort bien, dit la dame en examinant attentivement les plans à travers le cristal de son binocle.

— Des plus simples, interrompit Poncifer avec un sourire modeste : une pile tronquée de boulets supportant un bouclier ; en manière de cimier, le kolbach de feu l'hetman, le tout flanqué de drapeaux, lances et javelots, les nobles attributs du métier des armes.

— Au milieu des lances et drapeaux, je crois bien que trois ou quatre canons seraient d'un heureux effet, fit Bienséant.

— Oui, quelques canons rayés, et un filet de fusils à aiguille compléteraient l'originalité du monument, et lui donneraient même un précieux caractère d'actualité, murmura Monjicot.

— Oh ! drapeaux ou canons, je ne fais pas la différence, reprit la comtesse. Ce qu'il me faut, avant tout, comme je l'ai déjà dit ce matin, c'est une large surface sur laquelle on puisse célébrer en vers latins les hauts faits et dignités de mon cher hetman.

— Madame la comtesse tient elle beaucoup au

latin ? C'est bien vieux, le latin, fit Poncifer, d'un ton peu respectueux pour la langue de Virgile.

La comtesse n'eut pas le loisir de formuler un arrêt suprême. Un flot de nouveaux venus entra dans le salon, et la compagnie ainsi renforcée se fractionna en groupes. Nous nous attacherons au plus important, réuni autour de la maîtresse de la maison. La conversation, après y avoir abordé le sujet de la solennité du jour, fut peu à peu amenée à discuter les projets qui avaient conduit Poncifer au Père-Lachaïse, dans la matinée.

— Il faut en prendre son parti, disait Poncifer, les cimetières à l'intérieur des villes sont con-damnés par les plus graves considérations. Nous sommes dans un siècle de progrès, tout marche à grande vapeur autour de nous, et nous serions fa-talement condamnés à nous éterniser dans de vieilles coutumes qui datent du premier âge du christianisme! Je le demande, est-ce sérieux ?

— Je le demande non moins sérieusement, grand prêtre du progrès, interrompit Monjicot, voudriez-vous introduire dans le beau pays de France les us et coutumes de ces intéressantes ribus polynésiennes qui accommodent leurs morts aux épices et au vinaigre ?

— Je ne vais pas chercher mes exemples chez les sauvages, reprit l'entrepreneur piqué au vif. Je me contente de demander que l'on revienne tout simplement à la tradition romaine, à la crémation, qui était en usage avant que le christianisme eût fait rétrograder jusqu'aux coutumes égyptiennes la triste humanité.

— La crémation a son côté pratique et utilitaire, fit Kernozian ; brûler les morts et conserver leurs cendres dans des urnes le long des rues et des grandes voies de communications, c'est se débarrasser d'eux aux moindres frais. Avez-vous jamais été en Italie, monsieur Poncifer ?

— Jamais! Madame Poncifer m'obsède pour visiter cette terre classique des beaux-arts ; mais je réponds obstinément : après l'achèvement des nouveaux boulevards.

— Comme Mirabeau : Après l'achèvement de la Constitution, interrompit Monjicot.

— Cette ressemblance m'honore, reprit candidement l'homme du progrès. Ah ! si pour vingt-quatre heures le grand orateur de la Constituante pouvait me prêter son éloquence, je vous travaillerais la Chambre, et la crémation serait votée d'acclamation. Que lui oppose-t-on ? Économie de terrain, salubrité, tradition du peuple qui a fait grand par excellence ! Aux sociétés à l'état d'enfance, les pyramides des Pharaons ; les catacombes aux premier martyrs. Le bûcher, la crémation à l'ère des Césars, à la civilisation moderne !

— J'accepte vos idées dans leurs plus justes et rigoureuses conséquences, répliqua Kernozian avec un implacable sérieux, et je demande au nom de ce siècle utilitaire que l'on s'abstienne de copier servilement les Romains. Point d'urnes, mais que l'agriculture profite des cendres des morts ; que de landes, de bruyères, de terres abandonnées pourraient être ainsi rendues à la culture, à la fertilité !

— N'exagérons rien, monsieur de Kernozian, fit Poncifer, qui instinctivement devinait l'ironie sous cette approbation exagérée. Cendres ou squelettes, les morts ont droit au respect ; et tenez, permettez-moi d'illustrer ma pensée par un exemple saisissant. Vous admirez avec moi la façade du nouvel Opéra, ce chef-d'œuvre de l'architecture moderne ! Eh bien ! moi, non content de l'admirer, je la compléterais, je l'utiliserais : au-dessous des bustes des auteurs et des compositeurs célèbres, je voudrais des urnes pour leurs cendres ! Ne riez pas, nous ne verrons pas cela, mais ces idées pratiques entreront dans les mœurs. La crémation, c'est la sépulture de l'avenir.

— Sépulture de l'avenir, musique de l'avenir, tout cela n'est pas drôle, murmura Monjicot.

— Le prince Dourakine !

— Son Excellence Baboosh-Pacha !

— Monseigneur l'Archevêque de Patagonopolis !

— M. Prudhomme de l'Orge ! annonça d'une voix retentissante le valet de chambre qui venait d'ouvrir à deux battants la porte du salon.

L'arrivée du prélat et de l'un des hommes considérables du Corps législatif amena sans transition la conversation, autour de la comtesse, sur le gros événement politique du moment, l'expédition de Patagonie. Le député de l'Orge apportait avec lui un exemplaire tout frais éclos de l'intéressante brochure : *Latins et Anglo-Saxons ou la question Patagonienne*. Les beautés du style, les profonds aperçus, les révélations piquantes du célèbre pamphlet dû à la plume fleurie d'un Châteaubriand mouche, furent discutés tour à tour dans le cénacle groupé près de la cheminée.

En ce temps-là, à peine hier, et dont tant de ruines et de désastres nous séparent... en ce temps-

là, grâce aux lignes de navigation et de chemins de
fer, la grande ville des bords de la Seine était devenue une sorte d'empyrée vers laquelle gravi-
taient toutes les étoiles terrestres. Illustrations du
génie, de l'aventure, de la fortune ; favorisés du
sort qui aviez saisi la chevelure d'or de l'incons-
tante déesse dans les plantations du Brésil, les
steppes de l'Australie, les placers californiens ;
taïkouns du Japon, rajahs de Bornéo, présidents de
république américaine, avec ou sans emploi ; tous
passaient ou devaient passer sur votre bitume ;
ah ! pauvres Parisiens !...

Le salon de la comtesse offrait ce soir-là un panorama assez complet de ce monde Babélique et
interlope. Sur un sofa à l'extrémité du salon, *il
signor* Pozzo Profundo, *primo basso cantante* du
théâtre royal de San-Carlo, cause avec *Herr* Ro-
muland Tannhauser, maître de chapelle de S. A. S.
le grand duc de Wartburg, et l'un des précurseurs
de la musique de l'avenir. A la table ronde, courbé sur un album photographique, un petit-neveu
de héros, le capitaine Ralph Washington, qui a
reçu dans ses bras Stonewall Jackson frappé à
mort, un autre héros ! Près de l'ancien officier
confédéré vient de passer l'honorable Ebenezer

Dollar, le millionnaire bien connu de *Broadway*, New-York. Nous n'oserions pas affirmer que les deux Amériques aient fraternisé du regard. Pour le moment, M. Dollar discute les embellissement de Paris avec le baron Issachar, de la maison Nephtalie Zabulon et Cie de Francfort-sur-le Mein, et affirme qu'après dix ans de travaux continus, la vieille Lutèce n'aura plus rien à envier à Chicago : *Upon my word and honour, Sir !* Chère vieille Lutèce !

La langue de Shakespeare défraye aussi la conversation du major Frédérick Dash, l'heureux propriétaire du vainqueur du grand prix de cent mille francs (*Golden-Age,* par *Monarchist* et *Liberty,* comme chacun sait), et de sir Wandering Walkover Bart, l'énergique président du *Snowy-Club* de Londres, qui vient de planter l'*Union-Jack* sur les neiges de la Jung-Frau, vierges jusqu'à lui du pied de l'homme. La littérature est représentée par deux figures en vue, le directeur du journal populaire l'*Almaviva,* et le spirituel auteur du beau roman : *les Sept meurtres de Chatou.* Que de notoriétés. Et ce n'est pas cependant grand jour de réception chez la comtesse : *Field day !*

La semaine précédente le coup d'œil du salon était plus varié. Le sirdar Sikh Simpking-Shrab

Sing étalait le luxe de ses diamants et de ses cachemires. L'on y voyait aussi : le chef Crétois Marcos Turcophagos Kleptanak avec sa fustanelle et ses armes damasquinées ; l'abbé Chrysostome sous la robe blanche des dominicains, le grand Uléma du Maroc, Bou-Maza, retour de la Mecque, en turban vert et autres illustrations pittoresques au moins de costumes.

Poncifer, qui avait modestement fait place aux célébrités de la politique, fut accosté par Monjicot dans l'encoignure de la fenêtre où il avait cherché un asile :

— Eh bien ! maréchal de la truelle, dit le jeune diplomate avec sa gaillardise ordinaire, avez-vous enfin retrouvé votre demi-million ?

— Vous en parlez bien à votre aise, reprit l'entrepreneur déconfit. Ah ! l'affreux guignon, la malé chance ! Une affaire sûre avortant par la combinaison la plus bizarre, la plus inouïe de la fortune ! Mais aussi pouvais-je me douter que Darroles fût marié, marié à la belle-sœur de l'amiral de Banneheu !

— Soyez juste envers la bonne déesse Fortune, reprit le jeune homme, et avouez humblement que vous n'avez pas pris la peine de vous informer des relations de parenté du conseiller d'Etat. Le mariage a quelque chose comme sept ans de date, et s'est fait en Italie. Je venais d'entrer dans la carrière et copiais mes premières dépêches à Turin. Je peux vous donner ce détail que la lune de miel n'a même pas suivi son cours réglementaire. A peine le *conjungo* prononcé, les deux époux faisaient, chacun de son côté, le voyage d'Italie. J'ai rencontré à cette époque l'amiral avec sa belle-sœur à Rome et Darroles à Florence.

— Mais quelle fut la cause de cette séparation ? demanda le spéculateur.

— Quelle fut la cause du mariage ? riposta l'attaché. Un voltigeur de la république, un bohême de la presse, un vaincu, sinon un proscrit, — la position de Darroles n'était pas brillante à cette époque, — épousant mademoiselle d'Hérizey, beau nom, assez belle fortune, *sweet girl.* Ah ! les cris de paon blessé que ma grand'tante de Bouvines a poussés, en apprenant cette mésalliance, tintent encore à mon oreille !... Mystères de ménage, mon cher bâtisseur ! bien fol qui cherche à en soulever les voiles, pour ne pas dire les rideaux !

— Mais enfin, comment le monde explique-t-il tout cela ?

— Le monde a pour les affaires de Darroles,
comme pour toutes choses, ses deux versions, reprit Monjicot. Les envieux, les mauvaises langues
se vengent des succès du conseiller d'État par les
suppositions les plus noires : trame ténébreuse
contre la vertu d'une jeune héritière pendant l'absence de son tuteur ; intrigues suivies de rapt....
mariage nécessaire. Tout un drame à sensation de
la Porte-Saint-Martin.... Incompatibilité d'humeur
entre les deux conjoints, disent les bonnes pâtes ;
dévouement exagéré d'une pupille envers son tuteur acariâtre et dévot ; fierté d'un mari pauvre,
qui ne veut rien devoir qu'à son travail !... Explications qui, pour être plus charitables, n'en sont
pas plus claires.... C'est à jeter sa langue aux car-
lins.... Gardons la nôtre pour élucider des situations moins corsées ... Votre perte de ce matin,
par exemple.... Un rocher qui vous a roulé sur la
tête, mon digne Sisyphe.

— Un rocher, dites une montagne, reprit vivement Poncifer, dont ces paroles rouvrirent la blessure mal cicatrisée. Jugez-en : nous avions un plan
magnifique pour relier Notre-Dame aux communes
de Pantin, Belleville, la Villette, et par hasard je
possède comme quelque deux hectares de terrains

vagues dans les bas-fonds de la rue Saint-Maur. Ces terrains mis en façade prenaient une immense valeur ; mais Darroles, qui a voix prépondérante au chapitre, exige que le Père-Lachaise, ou plutôt que la tombe de la femme de l'amiral de Banneheu soit respectée, et il faut en revenir au tracé de 1858, qui laisse mes terrains de côté. Un homme comme Darroles, et avec ses ennuis domestiques, donner dans ces préjugés de dernier champ d'asile, lieu d'éternel repos !... verser dans ces nervosités de femme sensible si déplacées dans un siècle d'affaires ; vrai, cela passe toute croyance !

— Seconde version.... Un bon point aux bonnes pâtes, interrompit Monjicot en levant sentencieusement l'index.

— Sentiments pleins de délicatesse, dignes d'un noble cœur, interrompit Bienséant, qui, en compagnie du général Bosabre, venait de rejoindre les deux causeurs et avait entendu les dernières paroles de Poncifer. Le procédé fait d'autant plus d'honneur à Darroles, que les relations entre les deux beaux-frères ne sont pas des plus tendres.

— Et je ne m'en étonne pas, reprit Poncifer en éclatant.... Voilà un original, que l'amiral de Banneheu : un Cincinnatus qui comprend les af-

faires ! Si sa belle-sœur lui ressemble, le pauvre
Darroles n'a pas tiré un lot à prime à la grande loterie du mariage.

— Permettez-moi, monsieur, de relever les paroles que vous venez de prononcer bien à la légère
sur un homme que j'aime et respecte comme un
père, dit le général Bosabre avec une sévérité militaire. Je ne sais si l'amiral comprend ou ne comprend pas les affaires, mais je sais que c'est un de
ces nobles caractères qui honorent l'humanité. En
Crimée, sa bonté, son courage, sa loyale bonhomie
lui avaient valu dans l'armée le nom de l'amiral
Bayard. Au feu, à l'ambulance, à l'hôpital, partout
il était admirable. La glorieuse épopée que la vie de
ce brave des braves pendant le rude hiver de 1855 !
Mais la mort de sa femme a porté un coup terrible
à ce cœur d'élite, et depuis le douloureux événement
qui a eu lieu, je crois, vers la fin de la campagne,
il vit retiré du monde, abîmé dans de tristes souvenirs... Pauvre homme ! Dans sa retraite, du moins,
l'accompagnent les sympathies et le respect de ses
vieux camarades.

— Que madame de Banneheu repose en paix, fit
Bienséant ; mais avouez entre nous, mon cher général, que cette éternelle et mortelle douleur, ce

renoncement aux choses du monde, ne sont pas sans exagération. Et puis parce que l'on est veuf, veuf inconsolé et inconsolable, a-t-on pour cela le droit de confisquer sa belle-sœur à son profit ? Sans connaître bien à fond les détails de la mésintelligence qui divise malheureusement le ménage de mon ami Darroles, j'en sais assez pour être sûr que l'amiral a contribué pour beaucoup, sans le vouloir assurément, à amener une séparation amiable entre les deux époux. Quelle catastrophe imméritée pour Darroles que ces difficultés conjugales ! Son talent oratoire, son grand sens politique, sa probité antique ont conquis à Darroles les plus hautes sympathies. Ce matin même encore, le Grand Échanson me répétait qu'il voit dans Darroles un des prédestinés de l'avenir !... Ah ! si l'illustre orateur voulait suivre mes conseils !... Mais qu'y faire ? Ces démocrates apprivoisés ne sont pas hommes que l'on mène à la lisière.

— Fichtre ! à qui le dites-vous ? murmura Poncifer d'une voix qui révélait toute l'amertume dont les déboires de la matinée avaient empoisonné son cœur.

Pendant ce colloque, le représentant de l'Orge avait rengainé sa brochure à couverture paille, et le prélat avait pris congé de la maîtresse de la maison. Les autres invités commençaient à suivre son exemple, et Bienséant lui-même venait de lâcher les ressorts de son gibus en signe de pro - chaine retraite.

— Vous nous quittez, monsieur de Bienséant ? dit la comtesse.

— Il est déjà tard, et je dois au moins faire une courte apparition ce soir à la réception du Grand Échanson... Monjicot, comme il est convenu, je vous mène; êtes-vous prêt ? ajouta Bienséant, qui s'inclina devant la veuve et quitta le salon suivi du jeune diplomate.

Le salon était dégarni de tous ses hôtes. Kerno- zian, qui semblait guetter ce moment avec impa- tience, s'approcha de la comtesse et lui dit d'une voix pleine de câlinerie :

— Voulez-vous me permettre de vous faire encore veiller quelques instants ?

— Tant que vous voudrez, mon bon Henry, reprit affectueusement la veuve ; je ne vous vois jamais assez, et, sans reproche, vous devenez bien rare. Dans toute la semaine dernière vous ne m'a- vez fait qu'une seule visite : où passez-vous donc vos journées, à présent ?

— Je suis tout disposé à vous le dire, si de votre côté vous voulez me prendre pour confident... Donnant, donnant... continua le jeune homme avec une gaîté affectée.

— Vous prendre pour confident... Qu'est-ce que cela veut dire ? Mais, si j'avais un secret à confier, un service à demander, n'êtes-vous pas sûr que vous êtes le premier à qui je m'adresserais ?

— Merci de ces bonnes paroles, reprit Kernozian ému, elles me prouvent que vous appréciez à sa juste valeur la tendre reconnaissance de mon cœur. Je vous dois la liberté, peut-être la vie ! Sans vous, où serais-je aujourd'hui ? Au fond de quelque mine de la Sibérie, pour n'en sortir jamais, sans doute.

— Et la confidence que vous me demandez ? interrompit la veuve brusquement, comme pour mettre fin à un sujet de conversation épuisé depuis longtemps.

— Oh ! cela est encore plus difficile à exprimer que les sentiments de mon cœur. Au dernier moment, le courage me manque pour pénétrer ce qui est peut-être un secret, une douleur de votre vie.

— Un secret, une douleur de ma vie ! Voyons,

sommes-nous au bal masqué ?... Ah ! vous me faites bouillir, poursuivit la veuve intriguée par le luxe de précautions oratoires dont s'entourait son interlocuteur.

— Je vous demande comme la plus grande faveur que vous puissiez m'accorder, le plus important service que vous puissiez me rendre, de me confier tout ce que vous savez sur la famille de M. Darroles, dit Kernozian, sans reprendre haleine, à l'exemple du poltron qui se précipite tête basse au milieu du danger:

Une émotion profonde sillonna, avec la rapidité de l'éclair, le visage de la comtesse, mais elle la domina promptement et reprit d'une voix presque calme :

— Ce sont des personnes que j'ai connues autrefois, dans ma première jeunesse, mais que j'ai perdues de vue depuis des siècles.

— Ah ! mon amie, me tromper ! dit Kernozian avec amertume; et les anxiétés de votre âme devant cette tombe, et l'altération de vos traits ! Croyez-vous donc que ce matin votre ardente prière, vos larmes aient échappé à mes regards ?

— Voyez comme le fait le plus simple peut, chez un homme d'imagination, se métamorphoser en roman, reprit avec une douce raillerie la veuve, complétement remise de son émotion passagère. Ce matin, au milieu de notre promenade, cette foule recueillie, cet appareil de deuil agissent sur mes nerfs, avivent dans mon cœur les douleurs du passé. Je m'agenouille sur la première tombe venue et prie pour mes morts. Immédiatement votre esprit exalté construit sur cette simple base tout une intrigue, tout un drame.

— C'est là la vérité, toute la vérité ; la défunte madame de Banneheu et madame Darroles sont des personnes que vous avez connues dans votre enfance, mais que depuis lors vous avez perdues de vue ?

Et Kernozian fixa sur la comtessé des yeux ardents, comme s'il avait voulu lire au plus profond de sa pensée. Le visage de la veuve soutint sans fléchir l'éclat de ce regard inquisiteur, et Kernozian, décontenancé, poursuivit.

— Pour vous expliquer l'interrogatoire que je viens si brutalement de vous faire subir, je n'ai d'autre moyen que de vous livrer mon secret tout entier.

— Oh ! mais, que de lenteurs !... Quel supplice !... Accouchez donc !... Vous êtes amoureux...

amoureux de madame Darroles, ajouta la veuve avec une singulière pétulance.

— Et si cela était ? Je suis peut-être trop vieux pour espérer encore, mais mon cœur est trop jeune pour être mort à l'amour ?

— Ne vous calomniez pas, Henry, et puisque j'ai deviné juste, qu'il s'agit d'une confidence amoureuse, je suis tout oreilles.

— Pendant notre dernier séjour sur les bords du Rhin, une vieille tante me mit en relation avec l'amiral de Banneheu, allié de ma famille, que je n'avais pas eu encore occasion de rencontrer. Séduit autant par ce que je savais du beau renom militaire de l'amiral que par la dignité de ses manières et l'aménité de son esprit, je profitai avec empressement de la permission qu'il m'avait accordée de lui rendre visite. Sous le même toit habite, avec l'amiral, madame Darroles, la sœur cadette de la jeune femme qu'il a perdue il y a quelques années : si mes souvenirs sont fidèles, lorsque l'amiral présidait aux derniers départs des troupes de Crimée. Madame Darroles est jeune, belle, distinguée. Les soins de l'éducation de son fils et le bonheur de l'amiral résument tout l'intérêt de sa vie.

— Et vous voudriez lui en créer un autre... détourner à votre profit les tendres sentiments de son cœur, mauvais sujet, interrompit la veuve en fixant à son tour des regards interrogateurs sur le jeune homme.

— Je suis amoureux, je l'avoue humblement, reprit Kernozian d'une voix où respirait la plus pure tendresse, d'autant plus amoureux que je devine chez cette séduisante jeune femme un immense et mystérieux chagrin. Un mari vivant en dehors du toit conjugal, cela se voit souvent sans doute, et ne suffit pas pour justifier mes soupçons. Rien qui les justifie davantage dans les apparences de cet intérieur où respirent le calme et l'honneur ; mais regardez-y de plus près : ces attentions du marin pour l'amie de son âge mûr, les soins exquis de la jeune femme pour son tendre gardien, ont quelque chose de pénible et de forcé. Ah ! loin de moi jusqu'au souffle d'une mauvaise pensée ! Mais Monjicot a vu d'instinct, ce matin, peser sur ces deux êtres un fardeau de douleurs qui dépasse les forces humaines. Il ne s'est pas trompé, tout me l'atteste... Ah ! lorsque la pauvre femme s'oublie, qu'elle plonge ses regards dans le passé, ses yeux, ses yeux si purs se noient dans un abîme de désolation !... Parfois embrasse-t-elle son fils : ce n'est pas la caresse d'une mère, c'est le baiser de feu feu que le saint du désert attachait au crucifix... Oh ! l'expression de ce visage à ces moments d'angoisses !...

— Pauvre Louise ! murmura la veuve d'une voix émue.

— Louise ! Vous savez son nom, interrompit Kernozian avec toute la violence d'une passion déchaînée. Dans un moment d'émotion et d'oubli, son nom vous a échappé. Je ne m'étais pas trompé, le mystère qui empoisonne la vie de mes pauvres amis est connu de vous.

— Non !... non !... mille fois non ! répéta énergiquement la comtesse. J'ai connu autrefois, comme je viens de vous le dire, madame Darroles et sa sœur; qu'y a-t-il d'étonnant à ce que je me rappelle son petit nom ? Depuis son mariage, madame Darroles n'a évidemment pas changé de nom de baptême.

— Ne me trompez pas, ayez pitié de moi, bonne Julie, reprit Kernozian avec une ardente prière. Ah ! si vous saviez mon supplice, mes tortures ! adorer une femme jeune et belle, dont la situation difficile donne prise à toutes les calomnies, et ne rien connaître de sa vie ! La candeur règne sur son visage, l'honneur dans son cœur; je suis sûr de sa vertu, et cependant il me faut dévorer en silence les méchants propos que les sots et les malveillants débitent sur son compte ! Que répondre aux sarcasmes, aux insinuations perfides des Bienséant, des Prudhomme de l'Orge ? Ne pouvoir même confondre dans ma pensée ces fats impudents ! Vous savez maintenant mon secret, et, hélas ! vous ne pouvez rien pour moi, ajouta l'amoureux obstiné revenant à la charge, puisqu'il s'agit de personnes que vous avez connues autrefois...

— Oui... autrefois... il y a dix ans et plus, interrompit la veuve visiblement impatientée... J'ai connu Louise d'Hérizey... elle était jolie comme un cœur ; oh ! la bonne et charmante enfant !...

Après une pause, la dame reprit, avec les minauderies d'une grande coquette :

— Mais vous êtes tout simplement odieux avec vos soupçons, vos interrogatoires de procureur. Quel caractère ! que de défauts que je ne vous connaissais pas ! Il se fait tard, allez-vous-en. Si vous n'avez rien de mieux à faire demain, venez me demander à dîner. Je vous promets un tête-à-tête, et vous pourrez tout à loisir me parler de vos amours. Suis-je assez aimable ?

— A demain, reprit le jeune homme en attachant un regard scrutateur sur la comtesse, dont les dénégations obstinées n'avaient pas éteint les soupçons de son cœur.

III

DEUX NÉGOCIATIONS.

Le lendemain, à une heure peu avancée de la matinée, M. Poncifer, qui avait traversé au pas gymnastique le boulevard des Capucines à l'embouchure de la rue Caumartin, enfila la rue Neuve-du Luxembourg et s'arrêta devant un bâtiment d'assez modeste apparence. En habitué de la maison, l'homme d'affaires enjamba avec un jarret d'acier les trois étages de l'escalier et, une fois sur le palier agita vivement le cordon de la sonnette qui serpentait le long de la porte de droite. Un domestique en petite tenue classique du matin, le tablier sur le ventre, le plumeau à la main, vint ouvrir, mais ce ne fut pas sans de vives sollicitations que le visiteur obtint d'être annoncé à la divinité du sanctuaire.

4

— L'on ne peut travailler un instant, dit Darroles à l'entrée de son serviteur. Encore un im-
portun !

— M. Poncifer a tellement insisté…, grogna
Cerbère.

— N'aurait-il pas pu me demander un rendez-
vous, au lieu de tomber chez moi comme une
bombe… Puisqu'il est ici, laissez passer.

Et l'homme d'État de l'avenir, faisant faire un
quart de conversion au coussin de moleskine sur
lequel il trônait avec majesté, tendit d'un geste
auguste la droite à son visiteur.

Le cabinet dans lequel Poncifer venait d'entrer
n'avait rien emprunté au goût futile du jour. De
droite et de gauche la muraille était flanquée de
belles bibliothèques d'un style sévère, où s'épa-
nouissaient sous de sombres reliures tous les livres consacrés à l'art de gouverner les hommes :
Bulletin des lois, législation comparée, traités di-
plomatiques. En avant de la fenêtre, un magnifique
bureau ministre tout couvert de dossiers, lettres,
volumes cornés. Sur la cheminée, une garniture
en bronze composée d'un buste de Napoléon 1er, en
costume de Premier Consul, et de deux aigles symboliques, les ailes déployées, étreignant de leurs

serres le globe terrestre. La dynastie régnante était largement représentée dans ce sanctuaire du travail par deux portraits à l'huile et nombre de cartes photographiques à tous les états de grandeur. Les souvenirs des jours passés n'avaient pas été toutefois impitoyablement proscrits. Dans un recoin mal éclairé de la muraille, figurait une admiration de jeunesse, sous les espèces d'une lithographie de Grévedon, représentant la figure austère de Godefroy Cavaignac. Sur une table près de la cheminée, dans un écrin ouvert, reposait au milieu d'un lit de velours ponceau une magnifique plume d'oie à tige d'or semée de pierreries. Une notice, gravée sur une plaque de vermeil attachée au couvercle de l'écrin, annonçait que c'était là un hommage offert en 1847 par la société des Pythagoriciens d'Uttah (lac salé), à l'illustre auteur de *Torquemada et ses contemporains,* ouvrage qui, à la veille de la révolution de février, avait porté, on s'en souvient, un rude coup à la Société de Jésus et conquis une véritable notoriété au nom de M. Darroles. Près de ce tribut de l'admiration populaire, et comme pour symboliser une fois de plus l'abîme qui sépare la veille du lendemain, étincelaient dans une vitrine les ordres de chevalerie qui, aux

jours de grandes solennités, ornaient la poitrine du
républicain converti : la croix de commandeur de
la Légion d'honneur, les plaques de l'Aigle rouge
de Prusse, de Saints-Maurice-et-Lazare d'Italie, et
tout autour de ces brillantes planètes une myriade
de satellites d'un ordre inférieur. C'est ainsi que
le panorama de la vie de Darroles se déroulait au-
toúr de ces murs. Jeune et ardent républicain
avant l'Empire, il ne s'était définitivement rallié à
la dynastie nouvelle que lorsqu'elle avait pris en
main la cause des nationalités et de l'affranchisse-
ment des peuples. S'il est permis de juger une figure par son cadre, d'un propriétaire par son
ameublement, ce cabinet de travailleur révélait
chez Darroles des habitudes simples, une ardente
ambition, un véritable désintéressement des biens
de la fortune. La réputation de haute probité dont
jouissait le conseiller d'État était strictement justi-
fiée et ne servait pas peu les hautes visées de son
ambition.

— En course dès l'aube du jour ! dit Darroles à
son visiteur. Le repos n'est ni pour vous ni pour
moi. Je ne suis pas non plus sur un lit de roses,
et j'abats de la besogne depuis six heures du
matin.

— Je m'excuse, cher maître, d'avoir pénétré jusqu'à vous malgré la consigne, reprit Poncifer avec humilité ; mais je tenais à vous voir aujourd'hui même, et je sais que dans l'après-midi tout votre temps est pris par les commissions.

— Heureusement nous avons encore trois bonnes heures jusqu'à midi.

— Pour ne pas abuser de vos précieux instants, je vous dirai sans préambule que cette nuit, toute cette nuit, j'ai pensé à l'affaire du Père-Lachaise.

— Et vous persistez à soutenir le dernier tracé ? demanda Darroles dont le front olympien se couvrit de sombres nuages.

— Non... non, assurément, répondit Poncifer avec une singulière vivacité. Après mûres réflexions, j'ai baissé pavillon devant vos judicieuses observations et je suis revenu au tracé de 1858. Après tout, pourquoi froisser inutilement les superstitions populaires, le respect qui chez nous s'attache au culte des morts. C'est puéril et primitif, mais en somme cela ne fait de mal à personne. Je dirai même qu'un beau cimetière est un ornement tout comme un autre pour une cité-reine. Aussi j'adopte sans arrière-pensée le tracé de 1858. Ah ! dame, cela sera cher : il y aura des difficultés de

4.

terrain, des ouvrages d'art ; mais qu'importe la dé-
pense ? Avec le plan n° 2, le cimetière presque entier est respecté et nous enlevons à peine quelques
tombes vers l'angle nord-ouest.

— Vous ne vous doutez pas de toute la satisfaction avec laquelle je viens d'entendre vos paroles,
dit l'homme politique avec une véritable émotion.

— Merci de ne pas me tenir rancune de mon fol
engouement pour le premier projet. Vous le savez
par expérience, nous autres hommes de spéculation, nous nous passionnons comme les poëtes,
tantôt pour ceci, tantôt pour cela. Il faut mener les
affaires vivement, ou sinon l'on n'arrive à rien...
Le plan était d'ailleurs réellement grandiose ! Mais
si j'avais su qu'il pût porter atteinte à un monument cher à votre mémoire, je ne m'y serais pas
arrêté une minute. Les sentiments du cœur, les
souvenirs de famille... Mais c'est sacré, cela ; c'est
la base de la société moderne ! J'ai la preuve, même
dans mon ménage, que les femmes s'insurgent
à la seule idée de la mutilation du lieu de dernier
repos. Madame Poncifer, qui est la douceur même,
est inflexible à ce sujet. « Numa, me disait-elle
pas plus tard qu'hier soir après la soupe, tu reviens encore de ton cimetière ; eh bien, je ne te

prends pas en traître, mais tiens-toi-le pour dit :
M. le préfet me passera sur le corps avant de toucher au tombeau de ma mère. » Aussi c'est con-
clu, convenu : le tracé de 1858 ! Je ne sors pas de
là !...

Poncifer ajouta après une pause :

— Il est d'autres intérêts de votre beau-frère l'a-
miral de Banneheu sur lesquels je dois appeler
votre attention.

— Vraiment ? dit le conseiller d'État dont la
figure accusa à la fois l'étonnement et la curiosité.

— Des intérêts très-sérieux. L'amiral possède et
habite, comme vous le savez mieux que moi, une
maison située aux Ternes, moitié villa, moitie hôtel : jardin de deux hectares trente-sept centiares ;
joli immeuble ! Il y a un mois, j'ai appris par hasard que d'ici à l'année prochaine peut-être, mais
pour sûr dans deux ans, un boulevard qui doit relier le parc de Neuilly au Palais-Royal couperait la
propriété en deux. Une affaire d'or, une Californie
à exploiter ! Je n'avais pas ces renseignements depuis vingt-quatre-heures — il faut mener les affaires vivement — que je volai chez l'amiral et lui
tins à peu près ce langage : « Monsieur, je ne veux
pas jouer au fin avec vous, je viens vous proposer

de me faire gagner un joli million, tout en empo-
chant vous-même un pareil bénéfice. Voici la chose.
Avant deux ans vous serez exproprié, mais votre
immeuble ne vaut guère que cent cinquante à deux
cent mille francs ; si donc le jury vous alloue dans
les cent mille écus, vous n'aurez pas à vous plaindre.
Cédez-moi votre terrain ; je colle dessus cent mille
francs de bâtiment, quatre-vingt mille francs de
matériel ; j'installe une fabrique de n'importe quoi :
bougies stéariques, pâtes d'Italie, instruments de
musique. Avant trois mois nous sommes sous toit,
dans six nous livrons des bougies, des vermicelles
ou des violons, et l'expropriation n'en arrive pas
moins au bout de deux ans... Mais il ne s'agit plus
ici d'un particulier lésé dans ses habitudes et à qui
l'on paye son dû en pourvoyant aux frais de son
déménagement et du renouvellement de son mobilier... Nous sommes un grand établissement avec
clientèle dans les deux mondes ; partout nous sou-
tenons la gloire du pavillon commercial, la concurrence des Anglais, et l'État paye deux millions à
l'industrie ce qu'il payerait à peine cent mille écus
à un particulier. Il faut mener les affaires vivement : cela vous va-t-il ? » Je ne vous cacherai pas
que l'amiral, qui pendant mon discours avait donné

des signes non équivoques de stupéfaction, se leva en ce moment, me montra du doigt la porte d'un geste peu civil, et me dit : « J'ai bien l'honneur de vous saluer. »

— La réponse n'était pas encourageante, interrompit Darroles avec un froid sourire.

— Comme je ne me rebute pas pour peu de chose, vous le savez, je tins bon et revins à de nouvelles explications ; mais l'amiral y coupa court par ces mots : « Monsieur, si dans deux ans l'État a besoin de mon immeuble pour cause d'utilité publique, il le prendra à sa valeur réelle ; mais j'aimerais mieux mendier mon pain par les rues que d'accepter les propositions que vous avez osé m'adresser. » La réponse était verte, mais le diable d'homme l'accompagna d'un geste et d'un regard à mettre en fuite un rhinocéros, et je sortis bien décidé à passer à profits et pertes cette belle entreprise. Aujourd'hui que je connais vos liens de parenté avec l'amiral, la position change : ses intérêts me deviennent aussi chers que les miens ; je ne lui permets plus de sacrifier, par un fol entêtement, toute une fortune : deux millions à gagner sans plus de difficultés que je n'en aurais à prendre un mouchoir dans ma poche !

— Ou dans celle d'un autre, murmura le conseiller d'État.

Ce sarcasme échappa à l'homme d'affaires, tout entier à ses projets, et il poursuivit :

— Après réflexion, j'ai compris ma faute : j'ai voulu mener l'affaire vivement, enlever le succès à la baïonnette, et l'amiral a dû me prendre pour un intrigant, un brasseur d'affaires. Non ! non ! ce n'est pas là la façon de procéder avec un homme dans la position de l'amiral. Même en se présentant un million à la main, il faut savoir employer les tempéraments, les égards, et c'est malheureusement par là que je pécherai toujours. Mais on ne se refait pas ! Aussi c'est à vous que je m'adresse; que diable ! cher maître, votre intérêt n'est pas moins évident que le mien : l'amiral n'a pas d'enfants, et...

— N'allez pas plus loin, dit vivement Darroles; votre affaire est de celles dont je ne me mêlerais à aucun prix, et je m'étonne, en vérité...

— Je ne vous demande pas une intervention directe; je sais que vos relations avec l'amiral sont un peu tendues, mais vous connaissez les influences qui peuvent agir sur lui... Et vraiment vous me devriez bien cette fiche de consolation.

— Poncifer, reprit le conseiller d'État avec hauteur, si vous aviez pris la peine de me consulter avant de vous rendre à la villa des Ternes, je vous aurais épargné une entrevue aussi désagréable qu'inutile. L'amiral de Banneheu n'est pas un homme de notre époque, un brocanteur de terrains, un adorateur du veau d'or. C'est un fidèle de la vieille école des Colbert, des Turgot, des Daru, de ces illustres pères conscrits de notre histoire pour qui le trésor public était l'arche sainte, les deniers du peuple chose sacrée. Vous souriez, mon gaillard ; vous ne croyez pas à ces gens-là, vous ! Grande est votre erreur ! L'espèce disparaît, mais, Dieu merci, n'est pas perdue. Moi qui vous parle, je connais bon nombre de ces arriérés dans l'armée, dans la marine, et autre part, ajouta le conseiller d'État avec emphase. Pour en revenir à M. de Banneheu, je puis vous assurer qu'il ne se baisserait pas pour ramasser dans le ruisseau le Régent de la couronne de France ou le Kohi-Noor de la reine d'Angleterre. Aussi suivez mon conseil et ne retournez pas à la charge ; une nouvelle visite se terminerait encore plus brutalement que la première, et quant à moi, pour rien au monde je ne voudrais servir d'intermédiaire à vos projets.

— Eh bien ! s'ils n'ont pas, dans la marine im-périale, l'œil plus ouvert sur leurs propres intérêts, ce n'est pas à eux que je confierai mes expédi-tions dans les contrées lointaines... Avouez cepen-dant, cher maître, que depuis hier je suis poursuivi par un noir guignon. C'est égal, puisque vous l'or-donnez, affaire enterrée ; la poule aux œufs d'or n'en est pas morte pour cela ! Tracé de 1858 con-clu, convenu, ou la mort !

Et l'homme d'affaires, reprenant sa course au pas gymnastique, culbuta presque dans l'antichambre M. de Bienséant, qui venait d'en franchir la porte.

Le nouvel arrivant avait été reçu par le serviteur au plumeau avec tous les honneurs dus à son rang et à sa naissance. Une main vigoureuse ouvrit à deux battants les portes du cabinet, et le nom fa-vorisé avait à peine retenti que Darroles, quittant vivement son fauteuil, s'avança à la rencontre de l'homme de cour et lui prit affectueusement les deux mains.

— Mon cher ami, dit le comte, je suis venu vous saisir à cette heure indue, parce que j'ai à vous entretenir de choses graves. Le four politique chauffe, si je puis employer cette locution vul-gaire.

— Et il s'agit de trouver du bois, interrompit Darroles.

— Ou plutôt des hommes. Le Comte-Duc, chez lequel je suis passé hier soir en sortant de chez la comtesse Amourzow, m'a parlé de vous en termes qui m'ont réjoui le cœur, et qui m'ont prouvé que le temps n'était pas éloigné où vous occuperiez sur le grand théâtre la place due à vos talents. Il ne dépend que de vous de hâter le moment où vous monterez au premier rang, mais devez-vous presser cet instant ? C'est ce que je viens examiner avec vous.

— S'il ne s'agissait que de moi, dit Darroles, je puis attendre. Les grands hôtels, la représentation conviennent peu à mes goûts studieux ; dans mon troisième étage, avec mes dossiers et mon fidèle Jacques, je suis plus heureux que je ne le serais à la place Beauveau. Mais il ne s'agit pas seulement des intérêts de ma carrière ; il s'agit du pays, de la dynastie, et comme les choses marchent, à l'intérieur et à l'extérieur, d'une façon dont je suis peu satisfait, j'attends non sans impatience, je ne vous le cacherai pas, le moment où je pourrai mettre la main au gouvernail.

— Ardeur ambitieuse digne d'un noble cœur, mais qu'il est du devoir de l'amitié de tempérer.

5

Les points noirs qui assombrissent l'horizon doivent, suivant toutes les apparences, se dissiper avant peu : la question italienne, par exemple ! La papauté a fait son temps, je le constate à regret, mais je le constate, ajouta Bienséant du même ton de douce résignation philosophique avec lequel Pilate, après s'être lavé les mains, dut demander une serviette. Je sais de plus que dans cette question vous n'avez rien à renier de votre passé. Il y a quinze ans et plus, hélas ! que vos belles études sur *Torquemada et ses contemporains* vous ont posé en adversaire du pouvoir temporel. Cependant, préjugé, entêtement, esprit de routine, vieille superstition, appelez cela comme il vous plaira, je ne voudrais pas vous voir arriver avant que la question romaine ait été résolue autrement que par ces petits bibelots de fer que l'on vend sur les boulevards. D'ailleurs, il est d'autres raisons qui doivent, pour le moment présent, vous écarter du pouvoir.

— Et lesquelles, je vous prie ? demanda le conseiller d'État visiblement contrarié des conseils de prudence que distillaient en miel amer les lèvres de son interlocuteur.

— Il faut, avant de les aborder, répondit l'homme de cour, cherchant ses mots avec un certain em-

barras, que je m'autorise de mon amitié éprouvée.
J'ose dire que mes faibles services n'ont pas été
inutiles à votre carrière, et j'affirme que vos succès réjouissent mon cœur comme s'il s'agissait de
mon fils. A tous ces titres, je me sens autorisé à jeter un regard indiscret sur votre vie privée, et à
vous raconter, dans tous les détails, ce qui s'est
passé hier soir chez le Grand Échanson. Vous ne
savez sans doute pas qu'à la fin de notre promenade au Père-Lachaise, nous avons rencontré madame Darroles.

— Madame Darroles ? répéta le conseiller d'État
dont le visage s'assombrit... ah ! oui, c'était le jour
des morts !

— Oui, à peine nous aviez-vous quittés, que
nous nous sommes trouvés presque face à face avec
madame Darroles, accompagnée de l'amiral et de
votre fils. Monjicot, qui ne peut tenir sa langue en
repos, n'a pas manqué, à la réception de Sa Grâce,
de parler de notre course du matin, et de notre
double rencontre. Le Comte-Duc, qui avait écouté
ce récit avec une attention marquée, m'a immédiatement pris à part pour m'entretenir longuement de vous... Mon ami, continua Bienséant se
rapprochant du conseiller d'État et lui étreignant

les mains avec effusion, mon ami, an nom de vos
intérêts bien compris, de l'avenir de votre juste
ambition, mettez fin à une situation qui navre tous
vos amis, qui contrarie plus que vous ne pouvez
croire vos légitimes espérances.

— Mais vous me demandez là ce qui ne dépend
pas de moi, dit avec une amertume indicible le
mari, dont la figure, pendant ces derniers moments,
avait révélé les angoisses d'un cœur torturé.

— Ce qui ne dépend pas de vous; et comment
cela ?... Pourquoi ce ton tragique, ce sombre visage ? Victor, que vous prenez les choses vivement !... Trouveriez vous ma parole indiscrète ?
De longues années d'amitié sans nuages donnent
des droits que, pour la première fois, je réclame en
ce moment. Vous devez rendre hommage à la délicatesse avec laquelle je me suis abstenu jusqu'ici
de vous entretenir de vos difficultés conjugales.
J'attendais peut-être une confidence, mais je ne
voulais la provoquer à aucun prix. Après les graves
paroles que j'ai entendues hier soir, cette réserve
ne m'est plus permise. « Il faut, m'a dit Sa Grâce,
que Darroles sorte enfin du régiment des Irrégu-
liers; c'est une question pour lui d'être ou de ne
pas être : pas d'hôtel de ministre sans foyer do-

mestique. Profitez de l'intimité de vos relations
pour lui donner ce conseil, car c'est une condition
sine qua non. » Après une pause, Bienséant poursuivit d'un ton de pédagogue : Les maîtres dans la
science de gouverner les hommes ont pu souvent
échouer dans la science du ménage. Le pouvoir, les
lauriers, la pourpre même des rois ne confèrent
pas le rare privilége du bonheur conjugal. Mais
pour les hommes du premier rang, il est des devoirs, des nécessités de position, devant lesquels il
faut savoir se plier, se soumettre. Avant tout, chefs
de file de l'humanité, craignons de donner pâture,
dans notre vie privée, au scandale, aux mauvais
propos ; avant tout, respectons la forme,... la forme
et le décorum ! Aussi, quel qu'ait pu être le passé,
qu'il rentre dans le néant, ne voyons que l'avenir!
C'est au nom de vos intérêts les plus chers, vieil et
excellent ami, que je vous demande pour madame
Darroles oubli et pardon.

— Bienséant, dit le conseiller d'État, l'œil ful-
gurant, la lèvre crispée, l'étrange discours que
vous venez de me tenir ! Mais je n'ai rien à pardonner ni à oublier, croyez-en ma parole.

— Eh bien ! alors,... murmura le négociateur
officieux stupéfait.

— Je n'ai rien à oublier ni à pardonner, répéta
Darroles d'une voix tonnante, je l'atteste sur mon
honneur. Madame Darroles est pure entre toutes
les femmes, et le Grand Juge, lorsqu'il sonde les
pensées de son cœur, les actes de sa vie, n'y voit
que pureté, honneur, abnégation ! Le conseiller
d'État poursuivit en frappant ses mains l'une
contre l'autre d'un geste où l'étonnement se joi-
gnait à la douleur : Bienséant, vous ne savez pas
le coup cruel que vous venez de me porter ! ...
Vous, mon ami, ajouter foi aux lâches propos des
envieux ét des oisifs !... Ah ! le monde, le monde,
qui ne juge autrui que sur les apparences, et ne
peut deviner ce que certaines positions renferment
de dévouement et d'amertume !

Pendant ces véhémentes paroles, Bienséant, les
jambes croisées, les yeux invariablement fixés sur
les bouts de ses bottes vernies, avait mâchonné
gravement entre ses dents la pomme d'or de son
stick. Malgré cette pose recueillie, constatons à regret que la parole du grand orateur avait échoué,
et que l'auditoire se livrait mentalement à des
réflexions que Gavarni eût pu mettre à profit dans
sa spirituelle série: *Les maris me font toujours rire.*

Darroles comprit instinctivement qu'il n'avait

pas gagné sa cause. Il se leva, s'approcha vivement de son ami, lui appuya fortement sa main droite sur l'épaule en disant, avec l'accent de la vérité :

— Vous me connaissez depuis de longues années, Bienséant, et m'avez vu dans des positions bien diverses ; mais, vous le savez, je suis un honnête homme, incapable de transiger avec les lois de l'honneur. Laisserais-je mon fils, mon enfant bien-aimé, entre les mains d'une mère coupable ? Irais-je voir chaque semaine, ainsi que je le fais régulièrement, une épouse infidèle ? Un homme entouré de l'esprit de tous, comme l'amiral de Banneheu, arbriterait-il sous son toit une femme déshonorée ?... Mais répondez, Bienséant, répondez donc !

Le négociateur matrimonial s'aperçut sans doute, à cette vigoureuse apostrophe, que le terrain de la discussion commençait à flamber sous ses pieds, et il reprit avec componction :

— Que puis-je vous répondre ? Tout cela est de la dernière évidence; clair comme cristal de roche ! Mon ami, c'est à mon tour à me défendre contre vos imputations. Comment avez-vous pu prêter à mes paroles un sens qu'elles ne sauraient avoir à aucun titre ; y trouver autre chose que l'impression de mon ardent désir de vous voir arriver à la place qui vous appartient, au premier rang ?... Ah ! l'importance des femmes dans la vie politique, vous la comprendrez peut-être un jour, mais vous vous ne vous en doutez pas encore ; cher grand orateur, c'est là votre côté faible, le seul !

— Il se peut, dit d'une voix presque calme l'homme du pouvoir, dont la figure s'était sensiblement rassérénée durant cette dernière phase de la discussion. Je ne me croyais pas si près de la perfection ! Après un tel éloge, je ne peux vous ménager l'indulgence ; permettez-moi cependant de vous demander si vous croyez vos sages avis applicables de tous points en la circonstance ? Avez-vous lu au fond de mon cœur, au fond de ma vie ? Heureux célibataire, qui avez su arranger votre existence avec un art suprême sans jamais porter d'autres liens que ceux du bon plaisir, gardez-vous de juger certaines situations sur les apparences, comme le fait le vulgaire. Et, tenez, lorsque j'épousai mademoiselle d'Hérizey, j'étais inconnu, sans position, sans fortune, le monde n'a-t-il pas cru, et n'a-t-il pas eu, jusqu'à un certain point, je le reconnais, ses raisons de croire que j'avais recherché là une alliance utile, des relations puissantes, les moyens de parvenir, en un mot. Vous connaissez la vérité cependant, vous savez si j'ai utilisé le patronage Banneheu ! Je suis le fils de mes œuvres... Si j'ai conquis ma place au soleil, c'est à force de travail, d'abnégation, de persévérance. Je ne dois rien qu'à moi,... à moi seul ! Eh bien ! le monde ne se trompe pas moins en appliquant sa mesure mesquine à mes difficultés de famille. Il m'en coûte de ne pouvoir vous en dire plus à ce sujet,... un sentiment de délicatesse...

Le mari en disponibilité fit quelques pas dans la chambre, puis s'arrêtant brusquement devant son ami :

— Croyez-vous donc que les préceptes de haute sagesse et de haute politique que vous venez de développer soient nouveaux pour moi ? Chaque jour, chaque heure, chaque instant, ils sont présents à ma pensée. Reconstruire mon foyer, est l'intime et unique préoccupation de ma vie. Je cherche les moyens, j'épie l'occasion, j'atteindrai le but, ou je mourrai à la tâche !... Mais il faut de la patience, des ménagements, à moins qu'un hasard... Ils sont terribles, croyez-le, ces obstacles que moi, Darroles, en des années de lutte de

6.

chaque jour, je n'ai encore pu vaincre ! Malheur
et fatalité ! ajouta le conseiller d'État d'une voix
où l'amertume le disputait à l'orgueil.

— Ces seuls mots en disent plus que toutes les
explications, s'écria Bienséant d'un accent convaincu qui annonçait que la discussion avait dou-
blé le cap des tempêtes. Ce que votre délicatesse
vous empêche de me dire, je l'ai deviné depuis
longtemps. Ces tyrans égoïstes et cagots sont la
plaie des familles ; mais nous surmonterons l'ob-
stacle, et, dans tous les cas, nous tâcherons de lui
survivre, ajouta le philosophe pratique avec un
sourire qui ne prétendait nullement cacher sa
finesse. Que diable, ces marins ne sont pas immortels. Je n'insiste plus, mon ami, il me suffit d'avoir
rempli ma mission, de vous avoir porté les paroles
de Sa Grâce. Vous appréciez les impérieuses nécessités de la situation, je n'en désirais pas davantage. Vous m'excusez, très-cher, d'avoir touché
une corde plus douloureuse, hélas ! que je ne le
soupçonnais... Comptez sur ma discrétion et au
revoir.. Le temps me presse, j'ai devant moi une
affaire vraiment importante ; ne riez pas,... il
s'agit d'appareiller le valet de pied de notre chère
Czarine... A propos, vous négligez bien cette ai-

mable souveraine de la mode ; depuis des siècles, vous n'avez pas paru dans son salon. Vous avez tort, c'est un endroit en vue, où il fait bon de se montrer de temps en temps.

— Je ferai mon possible pour y venir un de ces soirs, mais mon temps est bien pris, et je ne saurais vous désigner le jour, repartit Darroles qui, reconduisant son visiteur jusqu'à l'antichambre, lui serra affectueusement la main en signe de réconciliation et d'adieu.

Une fois seul, Darroles donna de nouveau des signes irrécusables de profonde agitation, et pendant plus d'un quart d'heure parcourut d'un pas déréglé son cabinet en tous sens. Las d'une course inutile, le conseiller d'État vint s'abîmer dans son fauteuil de moleskine, le menton affaisé sur la poitrine, les yeux perdus dans l'espace. Un effort suprême mit en fuite l'essaim de noires pensées qui frémissait autour de son front. D'un coup de poing vigoureux appliqué sur le cuir de son bureau, Darroles fit bondir de terreur les livres et dossiers habitués à de meilleurs procédés. Ah ! le travail, s'écria t-il en plongeant nerveusement sa plume dans l'écritoire, c'est encore la seule bonne chose de la vie !

IV

VIEUX AMIS.

Le lecteur voudra bien nous permettre de l'introduire, sans autre cérémonie, dans l'immeuble du quartier des Ternes, contre lequel le génie de la spéculation, sous les traits de Poncifer, avait dressé le matin même, dans le cabinet du conseiller d'État ses béliers destructeurs. Sans pouvoir rivaliser avec ces coquettes villas où fleurissent les plantes tropicales, et où l'herbe rasée de frais le matin est douchée matin et soir, la demeure de l'amiral de Banneheu ne manquait ni d'élégance ni d'un certain air aristocratique : c'était, en effet, un hôtel du bon vieux temps, aux larges proportions. Les hautes classes d'autrefois ne semblaient tenir aucun compte de ces deux choses que les hommes du jour apprécient et mé-

ñagent avant toutes les autres : les temps et l'espace. Qu'importait le temps à un ordre de choses
qui se croyait immuable et éternel, et où les géné-
rations passées, présentes et futures se donnaient
la main dans une œuvre commune ? Quant à
l'espace, il était donné à profusion, pour ne pas
dire gaspillé, dans ce qui nous reste des antiques
demeures de nos aïeux. L'habitation de deux personnages dont le nom a été déjà souvent prononcé
dans ce récit se recommandait, au premier abord,
par ses vastes dimensions. La maison, à un étage,
s'élevait au fond d'un grand jardin dont les beaux
ombrages étaient en ce moment parés des riches
teintes de l'automne Une vérandah, couverte d'un
triple rempart de lierre de la plus belle venue,
protégeait le rez-de-chaussée et était flanquée, de
droite et de gauche, d'orangers entourés de massifs
de fleurs à leur dernier sourire. Le vert et bel
espace qui s'ouvrait sous les yeux, l'éloignement
de tous ces bruits de la rue si odieux déjà du
temps de Boileau, produisaient l'illusion d'une
habitation des champs.

Deux heures venaient de sonner à la pendule du
salon, et la tiédeur de l'atmosphère permettait aux
maîtres du logis de savourer les charmes d'une

dernière belle journée d'automne. L'amiral, une
lettre ouverte à la main, et sa belle-sœur acharnée
à une tapisserie, étaient assis sous la vérandah.
Dans le jardin, un enfant de six à sept ans con-
duisait un cerceau avec une ardeur juvénile et
foulait aux pieds sans pitié l'herbe verte et les cor-
beilles de fleurs.

L'amiral de Banneheu touchait à la soixantaine. C'était un homme de haute taille, légèrement voûté, l'œil profond et presque mélancolique.
Le hâle de la mer et le soleil des tropiques avaient
laissé sur son visage leur empreinte en une teinte
d'un jaune brun. Le costume du marin, d'une
minutieuse propreté et d'une coupe élégante,
annonçait un sage qui, dans la retraite, n'oublie
pas le respect qu'un homme bien élevé se doit à
lui-même. La dame assise près de l'amiral, et qui
ne détournait les yeux de sa broderie que pour
suivre avec une anxiété maternelle les courses du
bambin, pouvait avoir vingt-cinq ans. Ses cheveux
d'un noir d'ébène retombaient en boucles épaisses
sur son col blanc et gracieux. Au calme de ses
traits, à son regard réfléchi, à ses vêtements de
couleur sombre, il était facile de reconnaître la
mère de famille, la femme vouée tout entière aux

devoirs du foyer domestique. Jardin, maison, personnages, tout dans cet intérieur portait un cachet de sérénité sérieuse et confortable qui eût inspiré le pinceau d'un maître hollandais.

— Elle a vraiment autant de cœur que d'esprit, cette bonne madame de Salleyns, dit M. de Banncheu après avoir relu à deux reprises et avec une grande attention la lettre qu'il tenait à la main.

— C'est donc décidément une nouvelle Sévigné que vous avez découverte au fond de la Bretagne ? demanda la jeune femme d'une voix enjouée en continuant son ouvrage. Votre commerce épistolaire formera bientôt un gros volume.

— Un volume ! répéta l'amiral sur le même ton de plaisanterie. Ah ! Louise, Louise, l'exagération naturelle aux femmes, même aux meilleures, peut-elle aller plus loin ! Comptons : madame de Salleyns, en vieille et bonne parente, me recommande par lettre son neveu, et j'accuse régulièrement réception de cette première et du protégé. Connaissance plus intime faite avec M. de Kernozian, après quelques mois j'écris à la bonne dame pour lui dire tout le mal que je pense de son cher Henry, et elle me répond par la lettre d'aujourd'hui. Cela ne fait que deux épîtres de part et d'autre, quatre au total, à moins que nous ne changions la table de Pythagore par la grave raison que Robert est furieusement brouillé avec elle. Robert ! interrompit l'amiral en haussant la voix dans la direction du jardin, deux et deux ?

— Quatre ! cria de loin avec énergie l'enfant, sans abandonner son cerceau et à la plus grande satisfaction de la jeune femme, heureuse du démenti donné par le petit savant à la mauvaise opinion que l'on venait d'émettre sur son compte.

Il y eut un moment de silence ; M. de Banneheu reprit :

— Ce que j'aime surtout dans madame de Salleyns, c'est que sa tendresse pour Henry ne l'aveugle pas sur les graves inconvénients de l'existence qu'il mène.

— Comment cela ? fit Louise d'une voix mal assurée. J'ai cru jusqu'à ce jour que la vie de M. de Kernozian avait été bien et noblement remplie.

— Sans doute, et ce n'est pas moi qui blâmerai les généreux élans qui l'ont conduit à Novare, à Gaële ; mais ces campagnes d'enfant perdu, dans lesquelles l'esprit d'aventure et de caprice ont parfois autant de part que le cœur, sont loin de constituer une carrière sérieuse. En dehors du drapeau de son pays, quelle que soit sa couleur, il n'y a de nos jours, pour un soldat, que roman, poésie, au mieux quelques glorieux épisodes sans lendemain. Henry ne l'a pas compris ; peut-être appartient-il à ses amis de lui montrer les dangers de la voie sans issue où il est engagé. La vie n'est pas un poëme héroïque ; c'est un cercle bien circonscrit de devoirs et de labeurs. Qui s'en écarte en porte toujours la peine, et quant aux chevaliers errants, leurs jours sont passés.

M. de Banneheu reprit après une pause, en accentuant ses mots avec intention :

— Chacune de ces aventureuses expéditions est toujours suivie d'un long intervalle de repos où le nouveau Renaud est fatalement conduit à hanter les jardins enchantés mais dangereux d'Armide Le plus intrépide, le plus discipliné des matelots. pendant la traversée, court souvent des bordées au port... Croyez-en l'expérience d'un vieux marin.

— Vous me l'avez dit bien des fois, interrompit Louise avec un sang-froid affecté.

— Excusez-moi et revenons à Henry. Tout bien pesé, considéré, en voulant le marier, comme elle me le propose dans sa lettre, madame de Salleyns a une excellente idée ; seulement elle s'adresse mal en me chargeant de lui trouver une fille, c'est sa propre expression ; je vois si peu de monde !... Mais vous avez voix aussi au chapitre : que dites-vous de ce projet, Louise ?

— Vous venez de répondre pour moi ; tous deux nous voyons si peu de monde !... reprit la jeune femme en passant péniblement la main sur son front.

— Cependant nous avons encore quelques fidèles connaissances, vous surtout. Vos bonnes amies la comtesse de la Charte et madame de Bouvines, qui, sans vouloir en médire, font une rude concurrence aux agences matrimoniales, ne demanderaient sans doute pas mieux que de s'intéresser à cette œuvre pie... En tout cas, nous ferions bien de prêcher le mariage à Henry et de contribuer, par nos paroles du moins, à le diriger vers cette étape conjugale où sa bonne tante désire si ardemment et si sagement le voir arriver... N'est-ce pas aussi votre avis ?

— Le mariage... l'union indissoluble de deux êtres, reprit Louise d'une voix grave, est chose si sérieuse, si pleine de dangers bien plus redoutables que ceux des jardins enchantés d'Armide, qu'il faut, à mon avis, en remettre le soin à la Providence, à l'arbitre suprême de nos destinées... L'intervention de l'ami, de l'ami le plus tendre, le mieux intentionné, ne peut-elle pas souvent causer des malheurs irréparables ?

Si simple, si banale que fut cette réponse, elle n'en produisit pas moins une vive impression sur les deux personnages. La jeune femme, qui n'avait parlé qu'avec hésitation, effort, presque à regret, dissimula la pénible émotion de son visage en se penchant outre mesure sur sa tapisserie. Quant à l'amiral, ses traits se contractèrent avec une étrange expression ; il se leva et parcourut la galerie d'un pas saccadé en jetant à la dérobée des regards inquiets sur sa belle-sœur. Le calme ne revint sur la figure du marin que lorsqu'il se fut arrêté à contempler pendant plusieurs minutes les jeux de l'enfant. M. de Banneheu rouvrit la conversation en disant :

— Je vous félicite, ma chère Louise : vous avez fait merveille. Robert, aujourd'hui, ne se ressent en aucune façon du mal de gorge qui nous a tant inquiétés.

—Pauvre petit !... quels jours nous avons passés !... Que vous avez été bon pour lui pendant sa
maladie ! répondit Louise en attachant sur son
beau-frère des yeux pleins d'un tendre respect.
C'est grand dommage, continua-t-elle, que la saison soit si avancée, et j'attends avec impatience le
moment où notre bambin pourra prendre ces
bains de mer dont le médecin promet tant de
bien.

Notre bambin n'était plus à la place où l'amiral
l'avait aperçu quelques instants auparavant ; il
avait porté sa course vers l'extrémité du jardin et
contemplait en ce moment, à travers la grille, un
spectacle inusité dans ces quartiers solitaires. Une
belle calèche-verte, attelée de chevaux gris, venait
de s'arrêter dans la rue à quelques pas de la grille.
Un valet de pied artistement poudré, descendu du
siége, demandait à une marchande de légumes
autour de laquelle se pressait une respectable clientèle de commères, la demeure de l'amiral de Banneheu. Vingt voix obligeantes, accompagnées de
gestes non moins obligeants, désignèrent la grille
derrière laquelle se trouvait Robert, l'œil écarquil-
lé, la poitrine haletante. Le cocher rendit légèrement la main à l'attelage ; les chevaux s'avan-

cèrent en piaffant pour s'arrêter devant la grille, dont le goliath enfariné agita le marteau, et l'enfant, oubliant son cerceau sous le coup d'une vive émotion, partit au galop dans la direction de la maison.

— Maman, du monde ! dit Robert, en manière de cri d'alarme, en précipitant follement sa tête blonde sur les genoux de sa mère.

— Attendez-vous quelqu'un ? demanda l'amiral.

— Absolument personne, répondit Louise. M. de Kernozian viendra sans doute aujourd'hui, car nous ne l'avons pas vu depuis deux jours ! mais je ne l'attends pas avant son heure ordinaire, trois ou quatre heures, s'entend.

— Ce n'est pas mon ami Kernozian, interrompit l'enfant, c'est une belle dame en voiture.

Un domestique de la maison, qui arriva en ce moment au pas accéléré, confirma les assertions de Robert, en remettant à sa maîtresse une carte richement armoriée sur laquelle se lisaient les mots : Comtesse Tomski-Amourzow.

— Connaissez-vous cette dame, Amiral ? reprit Louise.

— De nom : une princesse hyperboréenne, dont

les journaux célèbrent sur tous les tons les équipages et les toilettes.

— Que peut-elle vouloir de nous? demanda Louise intriguée.

— De moi, rien, assurément... Peut-être, continua le marin après un instant de réflexion, désire-t-elle visiter votre crèche ou votre école. Ces dames élégantes ont parfois des caprices de bonnes œuvres qu'il ne faut pas décourager. Je vous laisse le soin de la recevoir : en bonne justice, chacun son tour. N'ai-je pas fait, il y a quinze jours, les honneurs de la maison à cet honnête industriel qui venait me proposer de voler, de compte à demi, deux millions à la bonne ville de Paris? Viens, Robert, je vais te montrer, comme tu me l'as demandé hier, la manière dont les marins font les nœuds.

L'amiral, tenant par la main le petit garçon, n'avait pas disparu dans la maison, que la visiteuse inattendue traversait les sentiers du jardin. Magnifiquement vêtue, comme à son ordinaire, le visage coloré, la poitrine haletante, la veuve de l'Hetman franchit d'un pas précipité les six marches de la vérandah, et, avec une impétuosité qui trahissait de violentes émotions :

— Louise, me reconnais-tu ! dit-elle, en étreignant dans ses bras la maîtresse de la maison éperdue.

Il n'y eut toutefois chez la jeune femme qu'une lueur d'hésitation. Louise avait reconnu des traits amis. Elle rendit avec usure ses caresses à l'étrangère, et ses lèvres répétèrent le nom : Julie ! chère Julie ! avec une surprise qui n'était pas exempte de plaisir.

La veuve de l'Hetman poursuivit, avec une volubilité qui sentait le vertige :

— Oui, c'est Julie..., Julie, bien repentante d'être restée si longtemps sans te donner de ses nouvelles. Mais que veux-tu, tant d'événements, de catastrophes !... Tu ne le sais pas, sans doute : je me suis mariée, je suis veuve ! Pauvre Hetman, il a été si bon pour moi ! Depuis que nous nous sommes quittés, il y a déjà bien des années, ma vie a eu des chances heureuses et inespérées. A Saint-Pétersbourg, j'ai connu et épousé l'Hetman. Certes, j'aurais dû t'écrire le changement merveilleux de ma fortune ; mais les devoirs du monde, ma place à la cour..., la maladie du pauvre comte..., les affaires de sa succession...

Pendant cette avalanche de paroles, Louise avait

dominé un premier moment de surprise, et sa figure avait reflété les émotions les plus diverses :
étonnement, appréhension arrivant parfois à une
terreur vague, affection, malaise.

— Enfin, te voilà revenue ! dit la jeune femme.

— Revenue depuis quelque temps déjà, fit la
veuve, dont la langue reprit sa course impétueuse.
J'ai toujours pensé à venir te voir : mais les nouvelles connaissances, les folles agitations de la vie
de Paris, les affaires sérieuses : je fais bâtir un
hôtel boulevard des Batailles, un bijou ! J'aurai un
escalier en onyx, unique au monde ; tu viendras
voir cela un de ces jours, avec moi !... Mais je suis
folle de te parler de mon hôtel ; c'est mon pardon
que je devrais implorer pour ma négligence !... Je
t'aime cependant, sois-en sûre. Vrai, pour un ins
tant, je ne vous ai jamais oubliés, chers amis de
ma jeunesse, et hier, dans une visite au Père-
Lachaise, me trouvant, par un hasard inattendu,
auprès de la tombe de Thérèse, que tu venais à
peine de quitter...

— Thérèse ! répéta Louise.

Et, se levant avec une émotion qu'elle ne put
maîtriser, elle étreignit la veuve de ses bras. Ce
mouvement de tendresse ne fut pas toutefois

exempt de terreur. On eût dit que la jeune femme voulait étouffer sous ce nom toute explication, tout discours. Il y eut dans cette étreinte quelque chose d'affectueux et de convulsif qui sembla agir machinalement sur la comtesse.

Les deux femmes s'entre-regardèrent d'une manière étrange. Les sentiments les plus divers étincelaient sous les cils de Louise : douleur, égarement, prière, menace, ordre impérieux, tendresse, quelque chose du coup d'œil fascinateur que le dompteur doit lancer au lion captif dont les mouvements trahissent des velléités de révolte, quelque chose aussi de ce regard désespéré dont parle Milton, et que jetèrent vers leurs frères les anges maudits en tombant dans l'abîme. Enfin Louise ferma les paupières, et des larmes silencieuses témoignèrent seules du volcan éteint.

— Pauvre Thérèse ! dit la veuve.

Louise se redressa tout à coup avec une résolution suprême, et dit d'une voix assurée et tendre :

— Tu n'as pas embrassé Robert ?

— Robert ? demanda la veuve d'un air étonné.

— Robert, répéta Louise, mon bel enfant. As tu donc oublié son nom ? Et l'amiral, quel plaisir n'aura-t-il pas à te revoir ?

Sans autre explication, avec une vivacité qui
trahissait de poignantes angoisses, la jeune femme
s'élança dans la maison, à la recherche de son fils
et de l'amiral.

Restée seule, l'étrangère roula autour d'elle des
yeux inquiets, et à plusieurs reprises quitta son
siége de jonc pour venir s'y rasseoir et se lever
encore. A cette agitation nerveuse succéda un complet affaissement ; la veuve demeura quelques
instants immobile dans son fauteuil, et un flot de
larmes inonda son visage. Ce fut là le dénoûment
de la crise. Les pleurs avaient à peine disparu
sous les plis d'un riche mouchoir brodé à jour,
qu'avec la mobilité naturelle de son esprit, la
comtesse saluait d'un sourire radieux le retour de
Louise qui, tenant par la main le petit Robert, et
suivie de l'amiral, franchissait la porte du salon.

Les honneurs de la présentation échurent à Chérubin, qui fut choyé, caressé, admiré autant que
le méritait sa jolie figure. Ces premières effusions
passées, vint le tour de l'amiral. Il serra cordiale-
ment la main de la comtesse, et s'inclinant devant
elle avec une bonne grâce respectueuse : Bien
heureux de vous revoir, ma chère Julie, dit-il de
la voix la plus cordiale.

— Vous m'avez reconnue, dit la comtesse, étrei-, gnant de toute la force de ses deux mains la main du marin.

— Et sans la moindre difficulté... Les yeux sont encore très-bons, je vous assure, malgré mon grand âge. Et d'ailleurs s'il existe quelque diffé- rence entre ce que vous êtes aujourd'hui et ce que vous étiez autrefois, la comparaison ne peut être qu'à l'avantage du présent, poursuivit l'amiral avec un accent de galanterie paternelle. J'ajoute, pour être franc, que Louise m'a tout dit; aussi n'ai-je pas voulu perdre de temps pour venir vous présen- ter mes hommages et mes félicitations. Depuis combien de temps êtes-vous à Paris !

— Depuis des mois ! Oh ! je rougis, jusqu'au plus profond de mon cœur, de mon impardonnable oubli ! Mais quelle vie que la mienne ! Que de fois je me reporte à mes bons jours tranquilles d'autre- fois, où j'économisais tout l'été pour m'acheter à l'hiver une robe de soie ! Vrai, c'était là le bon. temps !

— Rien ne s'acquiert sans peine en ce monde, et, je le vois à regret, la couronne de la mode n'a pas moins d'épines qu'une couronne constitutionnelle ou autre. L'amiral ajouta: Ne vous y trompez pas, belle comtesse, je suis au courant de vos exploits mondains. Notre solitude n'est pas si profonde que la réputation de vos dîners, de vos toilettes, de vos équipages, ne soit venue jusqu'à nous. Les bruits du club, les récits des journaux m'ont tenu au courant de vos succès, car, sans deviner la bonne Julie sous l'élégante comtesse Amourzow, je suivais sa course triomphante avec une attention particulière.

— L'instinct du cœur, interrompit la veuve.

— Et aussi un souvenir de ma vie militaire ; les excellentes relations que j'ai échangées avec l'Aide de camp général Comte Tomsky Amourzow, qui commandait la division des cosaques de la ligne au siége de Sébastopol, sans doute un de vos parents ?

— Mais c'était le pauvre Hetman lui-même, mon digne et cher mari, fit la veuve d'une voix humide.

— Je n'en suis que plus porté à rendre à la mémoire de ce vaillant soldat la justice qui lui est due. Jamais je ne me suis trouvé en présence d'un plus noble adversaire. Sans lui c'en était fait de cet excellent Dessiale que vous connaissez bien, ma chère Louise. C'est Amourzow qui l'a recueilli, grièvement blessé, sous sa tente, et l'a soigné comme un frère ; et, si l'on peut, après les grands et vrais services : énumérer les petits, parler de la reconnaissance de l'estomac après celle du cœur : je dois à ce brave comte d'avoir mangé à plusieurs reprises de fort bons plats de fraises : une petite galanterie qu'il m'envoyait à l'occasion par ses vedettes, en témoignage de reconnaissance pour un paquet de quinine que je lui avais expédié à la demande de Dessiale. Ces pauvres Russes étaient fort à court de médicaments : que de souffrances dans leurs rangs, et héroïquement supportées !

— Étranges hasards de la vie ! interrompit la comtesse. Vous ne vous doutiez pas, au moment où vous échangiez ces petits présents, que l'amie Julie devait porter un jour le nom de votre chevaleresque adversaire. Une heureuse union, des jours de parfait bonheur, dont le ciel, hélas ! n'a pas eu pitié. Au bout de deux ans, je perdais mon pauvre mari, et la fortune qu'il m'a laissée ne m'a certes pas consolée de sa mort. J'ai pris la Russie en horreur. Pour me distraire, j'ai couru l'Allemagne, les bords du Rhin, et, chassée par l'ennui, suis venue me jeter à corps perdu dans les plaisirs de la vie parisienne... Mais que de déceptions, que

6.

de vide au milieu de tous ces nouveaux visages,
de ces liaisons banales, parmi lesquelles je ne
compte qu'un seul et sincère ami après vous,...
un ami commun à nous tous, je crois, M. de Kernozian ! ajouta la veuve en fixant sur Louise un
regard interrogateur.

— Tu connais Kernozian, Henri de Kernozian ?
dit la jeune femme avec étonnement.

— Un parent éloigné, et un sincère ami de nous
trois : le favori de Robert, reprit l'amiral.

En cet instant, comme si les paroles de l'amiral
avaient renfermé un pouvoir magique d'évoca-
tion, Kernozian lui-même s'avançait dans le jardin, précédé du domestique qui avait servi d'in-
troducteur à la comtesse.

A la vue de l'équipage de la veuve, qu'il avait
reconnu à la grille, le jeune homme s'était arrêté
indécis ; mais son hésitation n'avait pas été de
longue durée, et bientôt d'un pas résolu il avait
repris sa marche. Mis en garde par cet avertissement contre tout mouvement de surprise, le nouvel arrivant distribua des saluts avec une égale
bonne grâce entre les deux dames, sans oublier
l'amiral ni le petit Robert.

— Monsieur de Kernozian, dit Louise, au moment où vous sonniez à la grille, nous parlions de vous. J'apprenais à l'instant, avec un vrai plaisir, de ma chère Julie, que vous êtes un de ses bons amis, comme vous êtes le nôtre.

— M. de Kernozian est discret sur ses relations d'amitié, impitoyablement discret, reprit la comtesse avec un sourire. Ce n'est que d'hier que j'ai connu les liens de parenté qui l'unissent à l'amiral.

— Vous me prêtez une vertu que je serais heureux de posséder au même degré que vous, madame, dit Kernozian, rendant raillerie pour raillerie. Je puis vous assurer toutefois que, si j'eusse connu hier soir vos projets de visite en ces lieux, j'aurais été trop heureux de vous accompagner.

— Je prends acte de ces paroles, et nous reviendrons ici souvent ensemble ; mais, pour aujourd'hui, permettez que je vous enlève Louise. Après des années de séparation, deux femmes ont tant de choses à se dire ! Louise, veux-tu me faire les honneurs du jardin et me montrer de près ces beaux ombrages qui réjouissent des yeux aveuglés par les pierres de Paris?

— Pendant notre promenade, je m'empare, moi, de Kernozian, dit l'amiral. J'ai à lui montrer une acquisition récente, une aquarelle de ma vieille frégate *la Coquette*.

Les fauteuils de la vérandah étaient vides ; le marin, en compagnie du jeune homme, venait de rentrer dans la maison. Louise et Julie parcouraient à pas lents les allées du jardin. Un embarras visible pesait sur les deux femmes ; la comtesse éméchait du bout de son ombrelle les longues touffes d'herbe, et Louise se baissait de temps en temps pour cueillir quelques pâquerettes échappées aux premières gelées de l'automne. Enfin la comtesse rompit le silence en disant de sa voix la plus tendre :

— Et maintenant que nous sommes seules, parlons de toi. Que de fois, à l'étranger, les souvenirs du passé sont revenus brûlants à ma mémoire ! Ah ! ces quatre sombres mois passés au fond des Pyrénées ! la mort de l'infortunée Thérèse ! le retour si imprévu de l'amiral !...

— Julie! Julie! dit Louise suppliante, en lui posant doucement la main sur la bouche.

— Non, non, répéta la comtesse, je ne veux pas renouveler tes profondes douleurs ; mais la maison, ce nid dans les fleurs, l'amiral l'a-t-il conservé ?

— Oui.

— Le brave marin et sa digne femme vivent-ils toujours ?

— Oui, oui, répéta Louise.

— Héroïque amie, es-tu heureuse ? Ne regrettes-tu rien ?

-- Que puis-je regretter ? Robert me donne toutes les joies qu'une mère peut attendre d'un enfant aux bons instincts. L'amiral est le meilleur des hommes ; ses soins, sa tendresse sont sans bornes. Ma vie s'écoule tranquille, sans autre nuage que les inquiétudes que peuvent me donner la santé de Robert ou celle de M. de Banneheu. Depuis des années, grâce à Dieu, je me suis toujours bien portée.

— Et M. Darroles ? demanda la veuve avec une curiosité mêlée d'embarras.

— M. Darroles vient ordinairement toutes les semaines voir son fils, répondit Louise impassible.

-- Figure-toi que nous nous sommes assez souvent rencontrés dans le monde, et qu'il ne m'a pas reconnue. Nous nous étions si peu vus, il est vrai, et il y a de cela si longtemps, que je n'ai pas le droit de m'offenser de son oubli. Après une

pause, la veuve ajouta en appuyant sensiblement
sur les mots : M. Darroles a fait un beau chemin.
Son caractère, ses talents sont également estimés.
Sa place est marquée au premier rang ; son nom
seul sera un bel héritage pour Robert, et si tu
étais ambitieuse...

— Je ne suis pas ambitieuse, dit Louise d'une
voix brève. Ma vie présente suffit à mes goûts et à
mon cœur. En dehors des miens, je trouve encore
des intérêts précieux. A cinq minutes de la maison, j'ai une crèche et une école. Il faudra que je
te montre cela un jour en détail ; nous sommes
très-bien installés. Les enfants ont le matin une
soupe grasse à bon marché, une nouvelle inven-
tion d'un savant chimiste étranger, le baron Lie-
big, une véritable manne pour les petites bourses.
Tu ne connais pas cela, toi qui connais tant de
choses à Paris.

Les vertus de l'*osmazone* et l'organisation des
crèches n'étaient pas sans doute sujets bien inté-
ressants pour l'élégante comtesse ; mais elle avait
trouvé Louise si mesurée dans toutes ses réponses, qu'elle ne tenta pas de ramener la conversation à des sujets plus intimes, et remit à une
autre visite le soin d'approfondir les sentiments de

son amie. Le tour de promenade fini, les deux dames rentrèrent sous la vérandah.

L'amiral et Kernozian vinrent immédiatement les y rejoindre. Pendant leur absence, le soin d'examiner les beautés du nouveau tableau n'avait pas seul occupé le marin et son compagnon. Tous deux s'étaient montrés à plusieurs reprises à une fenêtre de l'étage supérieur donnant sur le jardin. Kernozian suivait d'un œil plein de tendresse les pas de Louise. Le regard du marin était inquiet, perçant : on eût dit qu'il s'efforçait de saisir au vol les mots échappés aux lèvres des deux promeneuses.

— Vous ne nous avez pas raconté, chère enfant, dit le marin, s'adressant à la veuve, où et comment vous avez fait connaissance avec notre bon Henry.

— Un véritable remords que vous faites vibrer là dans mon cœur, interrompit vivement Kernozian. Mes premières paroles auraient dû être pour vous dire tous les titres de la comtesse à ma reconnaissance.

— Oh ! vous allez me faire rougir... De grâce, ne revenez pas devant moi sur cet éternel sujet ! Quand je serai partie, et mes instants sont comptés, poursuivit la comtesse, vous aurez toute liberté d'épiloguer en bien ou en mal sur mon compte.

— Pourquoi étouffer, chère Julie, la voix de la reconnaissance ? Une amie d'enfance réclame le droit de connaître et d'applaudir tes bonnes actions. Parlez, parlez, monsieur de Kernozian, ajouta Louise avec un accent de vive et tendre curiosité.

— Je ménagerai votre modestie, chère comtesse, et serai bref en parlant de cette dernière équipée de ma vie, dont les seuls précieux souvenirs se rattachent à vos bontés. Je ne vous ai jamais raconté en détail mon expédition de Pologne.

— Sans reproches, interrompit Louise, la comtesse en vérité n'a pas exagéré votre discrétion. Vous êtes d'un mutisme si désespérant sur vos campagnes, que vos amis n'osent jamais aborder ce sujet avec vous.

— Campagnes de vaincu, revers et défaites qu'il vaut mieux passer sous silence, dit Kernozian avec un triste sourire. Aux premiers jours de l'insurrection polonaise, je n'avais pu résister à la tentation de tirer l'épée en faveur d'une noble cause aussi populaire alors en France qu'elle est oubliée aujourd'hui. A peine commencée, mon épopée se terminait par un voyage à pied en Sibérie. Au milieu de la steppe, malade, exténué, étendu sur la neige, j'attendais, comme une grâce du ciel, que la lance d'un cosaque vînt mettre fin à mes maux, lorsqu'un ange de charité me couvrit de son manteau, me fit prendre place dans sa voiture et bientôt, par ses soins, je recouvrais mes forces et mieux encore la liberté.

— Il faut le plus inattendu des hasards pour que vos amis apprennent que vous avez manqué payer de votre vie votre dévouement à une sainte cause, dit Louise, interpellant Kernozian d'une voix pleine de tendre reproche...

En proie à une agitation qu'elle ne put maîtriser, Louise se leva, vint serrer la comtesse dans ses bras et s'écria :

— Heureusement, Dieu t'avait mise là pour le prendre sous ta garde et nous le rendre sain et sauf.

— Pourquoi glorifier outre mesure l'action la plus naturelle ? Adresser quelques mots énergiques en russe à d'honnêtes cosaques, recueillir un compatriote, tourner une lettre à notre Grand Chancelier, toujours galant : je n'ai pas fait davantage... Mais, vous l'avez voulu, je me sauve.

— Nous quitter déjà ? fit Louise.

— J'ai rendez-vous à quatre heures à mes constructions du boulevard des Batailles, avec mon entrepreneur. Et puis, pour une pauvre veuve, n'est-il pas par trop dangereux d'entendre parler reconnaissance, sentiments du cœur par un beau cavalier si digne de plaire? Ce sont là périls auxquels une femme prudente ne doit pas s'exposer, ajouta la comtesse, dont le sourire démentait toute intention de pruderie.

— Ne pars pas... donne-nous quelques instants encore, fit Louise. J'aurais tant de plaisir à écouter le récit de ta vie de Russie, des jours de captivité de cet ami commun que tu as recueilli, sauvé... O la page heureuse de ta vie !

— Une autre fois, cher cœur, tout le journal de mon séjour en Russie sera à ta disposition, et alors peut-être me demanderas-tu grâce. A présent, impossible. Je suis déjà en retard. Que va dire M. Poncifer, lui, l'exactitude en personne? Messieurs, ne vous dérangez pas pour moi, Louise me servira encore de cavalier, ajouta la comtesse, qui, distribuant alentour de cordiales poignées de main, prit au pas accéléré, en compagnie de son amie, le chemin de la grille.

Le temps des confidences était passé pour la veuve, tout entière au désir de rejoindre M. Pon-

cifer sur le théâtre de sa gloire. La figure de
Louise trahissait de vives émotions.

— Tu reviendras nous voir souvent, dit-elle.

— Oui, souvent, répliqua la comtesse machinalement, sans interrompre sa course.

— Oh ! merci, tu ne saurais croire tout le bonheur que m'a donné ta visite... Chère Julie, à qui
je dois tant et qui as tant fait pour Thérèse, pour
Henry.

A ce nom, la comtesse s'arrêta brusquement, et,
cédant à l'impétuosité irréfléchie d'un premier
mouvement :

— Louise, fit-elle, prends garde !

— Que veux-tu dire ? interrompit Louise, dont
le visage se couvrit d'une vive rougeur.

— Prends garde ! prends garde ! répéta une
troisième fois la veuve.

Et, pour échapper à toute explication, elle franchit d'un seul bond la grille sans regarder en arrière. Louise demeura quelques instants immobile, la main droite appuyée sur son front.
Lorsqu'elle reprit, d'un pas lent, le chemin de la
maison, pendant tout le trajet ses yeux demeurèrent fixés sur la terre, comme si elle eût voulu
lire au plus profond de ses entrailles.

V

LE COMTE FORTUNÉ DE BIENSÉANT A M. VICTOR DAR-
ROLES, PRÉSIDENT DE SECTION AU CONSEIL D'ÉTAT,
COMMANDEUR DE LA LÉGION D'HONNEUR, RUE NEUVE-
DU-LUXEMBOURG, 6, PARIS.

Floville, Grand-Hôtel, juillet 186...

« Cher ami,

« Voici si longtemps que je ne vous ai donné de
mes nouvelles et demandé des vôtres, que je profite du premier moment de répit pour mettre la
main à la plume à votre intention. Le docteur m'a
ordonné de suspendre les bains, et me voici déli-
vré, pour quelque temps du moins, de l'horrible
casse-tête d'avoir à combiner l'heure du déjeuner
avec celle de la marée, cette occupation incessante
de la vie des bains de mer. Je suis maître de ma
journée, et veux vous en faire hommage. En toute
humilité, je ne saurais mieux employer mon

temps. Le baromètre marque tempête ; il pleut, il
vente, il grêle, et l'on se demande pourquoi, par
un temps pareil, l'on n'est pas confortablement
établi chez soi, au lieu de se morfondre dans un
hôtel qui ressemble à la tour de Babel. Les fous
capables de cette erreur sont au reste en grand
nombre, et comprennent tout ce que l'on connaît
d'élégant et de bien posé à Paris. Votre exception
confirme la règle.

« En première ligne, notre grande Catherine,
qui poursuit brillamment sa carrière de luxe et
d'élégance. Peu disposé, comme je le suis, à prêcher la vertu bourgeoise de l'économie, je dois
vous avouer que ce gaspillage à jet continu commence à me faire trembler. Un pareil mépris de
l'or n'est plus de notre temps, où tout le monde
sait compter. Quels trésors a donc dû laisser ce
digne hetman, pour que sa veuve puisse se livrer
à tout ce luxe étourdissant ? Sa Majesté impériale et
royale a pris une des plus jolies villas aux environs
de la ville, et, pour trois mois à peine qu'elle doit
y rester, s'est fait construire une écurie de huit
chevaux. Poncifer a mené les travaux avec son
activité ordinaire, et, en moins de trois semaines,
les chevaux étaient au râtelier. Mais quel bill !! Ce

n'est pas, au reste, là mon affaire, et, pour me
borner à mon rôle de fidèle chroniqueur, j'ajouterai
que la comtesse est ici avec ses écuries au grand
complet. Trois fois par semaine, l'attelage à quatre,
les bais, les quatre bais, font l'admiration de la
plage. Quel step ! quel brio ! que de branche ! Les
autres jours, nous conduisons nous-même le *poney-basket* avec *Raton* et *Ratonne*, ces deux merveilleux poneys-mouches que le banquier Isachar
offrait, il y a deux mois, de payer leur poids en
argent, et ce n'était pas cher. Enfin notre amie a
dernièrement fait venir d'Angleterre un magnifique cheval de selle, par *Démago* et *Pétrole*, qui
lui a parbleu bien coûté cinq cents guinées. Mais
cette importation a fort mal tourné. La semaine
dernière, ce monstre aux formes exquises a presque
mangé son *lad*, et la comtesse est revenue à son
honnête cheval *Happy-Medium*, auquel elle aurait
dû rester fidèle.

« Voilà pour le *stud*. Les nouvelles de la table
sont moins brillantes. Béchamel, que ces perfides
Anglais nous ont enlevé, en lui faisant au Burlington-Club des avantages considérables (huit cents
liv. sterl. de traitement, brougham et cheval de
selle, deux stalles par semaine à Covent-Garden),

cet ingrat et grand artiste, dis-je, n'est pas rem-
placé. Son successeur Crouton sacrifie aux faux
dieux, aux mauvaises doctrines de l'art contem-
porain. Ce ne sont que plats montés, affreux édifices de saindoux et de grosse pâte. Crouton sort
des Affaires étrangères, où la cuisine n'est guère
meilleure que la politique : excusez cette velléité
d'opposition ; une fois n'est pas coutume. Il y aura
fort à faire pour ramener le nouveau chef aux
saines traditions de la grande cuisine française,
blonde et dégraissée !

« En manière de compensation, la cave de la
comtesse est un précieux écrin où brillent en première ligne les grands Girondins de 48, achetés,
sur ma recommandation, à la dernière vente de
Baboosch-Pacha. Décidément, ce Sarrasin avait et
a du bon ! Il est ici, comme vous le savez peut-être,
et plus je le cultive, plus j'apprécie son esprit fin
et éclairé, un peu trop entiché sans doute de ces
idées soi disant libérales qui ont, Dieu merci, fait
leur temps en Europe ; mais un aimable, facile et
gentlemanly compagnon. Je n'en dirai pas autant
de son ennemi intime, le prince Dourakine, ce che-
valier-garde nihiliste et démagogue, qui me plaît de
moins en moins. La question d'Orient se continue

sur les bords de la Manche entre les deux adversaires, et malheureusement, la fortune ne souriit pas
plus à l'homme malade de Floville qu'à son frère
de Constantinople. Nous avons presque chaque soir
un *Bac* vertigineux où le Moscovite gagne des
sommes folles, tandis que le pauvre Infidèle est
poursuivi par la plus tenace déveine. Son déplace-
ment lui coûte déjà dans les environs de trente
mille louis, et l'on parlait hier au soir d'une assez
faible différence resté impayée, malgré les habitudes
bien connues de ponctualité dans les paiements de
l'honnête musulman. « Mais que pourra-t-il bien
« mettre en vente maintenant ? disait ce matin à
« déjeuner Bosabre, faisant allusion aux dernières
« ventes du Pacha : vins, chevaux, tableaux, objets
« d'antiquité. — Des dattes, avec le costume de
« l'emploi », reprit Dourakine, d'un ton superbe
qui sied mal à un victorieux.

« Il est vrai que, encore ici, le proverbe : Malheureux au jeu... se montre vrai à la lettre. Pour
consoler de ses rigueurs, le fils du Prophète, la
capricieuse déesse lui accorde les faveurs de madame Poncifer. Connaissez-vous Athénaïs Poncifer,
née Gibouin ? Le couple est ici. Malheureux mari,
quelle affliction ! Une beauté du Midi, dont le par-

ler sent l'ail et la *bouillabaisse*. Grande, osseuse
et plate, avec des moustaches de grenadier, fumant
comme un traban ; et quels appétits d'élégance de mauvais aloi, de luxe vulgaire !
Attirée par les grandeurs comme la mouche par le
miel, madame Poncifer n'a pas manqué de mettre
à profit la position de son époux dans la maison de
notre amie pour s'y introduire. Cela serait insou-
tenable, si la dame, par son ignorance des usages
de la bonne compagnie, ne nous donnait souvent
en manière de compensation, de précieux moments d'hilarité. Quatre toilettes au moins par
jour ! et quelles toilettes ! fascinantes, pharami-
neuses, abracadabrantes ! Chaque soir, sous pré-
texte de lettres reçues, l'on débite les dernières
chroniques parisiennes de *l'Almaviva* ou de *l'impartial belge*. Nul ne connaît mieux que cette pé-
core les faits et gestes de la princesse X..., de
la duchesse Y..., du comte A... ou du lord B...
Heureusement, de précieuses naïvetés viennent
parfois égayer ces récitatifs désespérants. Hier
soir, entre autres. Le matin, sur la plage, madame
Poncifer avait tiré à boulets rouges sur les souvenirs d'Orient de Montjicot, pour connaître exactement la position de Baboosch-Pacha auprès de

son souverain, et avait innocemment et précieu-
sement noté dans sa tête les réponses folles du
malin attaché. Le soir, nous sommes réunis chez
la czarine. La belle entre : premiers compliments
de bienvenue. « Où est donc ce soir le *Kislar-Aga*?
— Le qui ? le quoi ? — Le « *Kislar-Aga* », répète
la dame avec une assurance de naïveté qui fait venir le rire sur toutes les lèvres. Que fut-ce donc,
lorsque la Poncifer, toujours née Gibouin, ajouta
qu'elle regrettait amèrement l'absence du pacha,
parce qu'elle voulait lui demander pour son album
sa nouvelle carte photographique en costume de
cour, avec ses insignes de grand dignitaire du sérail. Le prétendu *Kislar Aga* (en bon français,
grand eunuque blanc) était au bal, sans se douter
que Roxelane lui attribuait des fonctions qu'il ne
saurait heureusement remplir à titre de *right man
in the right place.*

« Par grâce d'état, Poncifer ne voit rien de ce
qui se passe autour de lui. Comme toujours d'ailleurs, le digne entrepreneur est tout entier aux
spéculations. Mais aujourd'hui ce terrible maniaque
ne se contente plus d'ouvrir des rues, de planter
des boulevards ou de construire des squares : une
conception babylonienne s'est emparée de ce cer-

veau incandescent. Vous savez, ou ne savez pas,
que Poncifer a acheté tous les palais indiens, japonais, turcs, chinois qui, à l'exposition dernière,
faisaient les délices de nos bons bourgeois. Poncifer propose de réunir tous ces édifices bizarres en
une ville où l'on pourra *ad libitum* habiter les
huttes des habitants du lac T'Nyan; les palais des
nababs de l'Inde, ou des hôtels monstres ; faire ses
courses en palanquin, à dromadaire, en *Hansom-
Cab* ; manger de toutes les cuisines, et arriver des
ailerons de requin et des chien farcis au simple
bouilli, en passant par l'olla-podrida et le sterlet :
bref, un univers-diamant que nous appellerons
Orbs... Capital social, vingt millions. Original et
grandiose, digne de l'ère des chemins de fer et des
télégraphes électriques, ce projet fait le plus grand
honneur à l'auteur qui, plein de confiance dans
son entreprise, affirme que les actions seront lan-
cées à une forte prime. Le Mobilier est dans l'affaire, et, vrai, je crois aussi à un épatant succès.
L'incessant travail de cet esprit aventureux méri-
terait bien sa récompense, et je ne m'explique pas
que tant de labeurs n'aient pas jusqu'ici obtenu
une de ces vaines distinctions auxquelles même
les plus forts attachent tant de prix. A la dernière

réunion du Casino, Poncifer me faisait remarquer, non sans amertune, que sa boutonnière était vierge, tandis que celle du dentiste américain Steel resplendissait des constellations les plus variées. Vous qui êtes au mieux avec le monde diplomatique, vous pourriez facilement réparer cet oubli des puissants de la terre. Poncifer n'est pas sans titre sérieux à la bienveillance des hommes d'État subalpins et autres. Je sais qu'il est fortement engagé dans une nouvelle machine destinée à percer le mont Cenis, et qu'il a gagné beaucoup d'argent, mais beaucoup d'argent, dans une fourniture de rails aux chemins de fer moldo-valaques.

« Mais quittons ces choses vulgaires, et devenons sérieux comme le sujet le comporte ; car il s'agit de vos plus chers intérêts, de votre avenir. Le Grand Échanson, vous le savez, est installé de puis plusieurs semaines dans sa magnifique villa du *Belrespiro*. Sa Grâce vit fort retirée, et ses loisirs verront sans doute éclore une de ces magnifiques élucubrations qui sont la gloire et la lumière de notre temps. Je m'étais bien promis de respecter les loisirs du grand solitaire, cependant la simple civilité m'a forcé à pousser une première fois jusqu'aux jardins enchantés. L'accueil a été si

flatteur, ces manières de grand seigneur, ces
grâces d'autrefois dont le comte-duc a conservé la
tradition intacte, ont tant de charmes pour moi,
qu'au risque d'être indiscret, presque involontairement je suis allé régulièrement faire ma cour.
A ma dernière visite, il y a trois jours, mon illustre hôte s'est étendu sur la palpitante affaire du
jour, notre grande expédition transatlantique.
Nous allons dans l'autre hémisphère mettre un
terme à l'envahissement du monde entier par la
race anglo-saxonne. Cette colossale entreprise sera
la grande page du règne. Les affaires militaires
peuvent être considérées comme terminées. Les
débuts du nouveau commandant en chef ont été
des plus heureux, le drapeau tricolore flotte sur
les murs de Patagonopolis. Le sol est déblayé, les
matériaux sont préparés; il s'agit maintenant de
construire. Je reproduis presque textuellement les
paroles de Sa Grâce : « L'ordre règne dans toute
« notre nouvelle conquête. L'armée, notre brave
« armée, a fait justice des ennemis, qui ne sont
« plus, et cela à la lettre, que des insurgés. Le
« mauvais vouloir de la Russie et des Etats-
« Unis ne produira qu'un échange de notes diplo-
« matiques. Nous passerons outre, et tout sera dit.

« Mais que de peines, de labeurs, de déboires peut-
« être nous sont encore réservés ! Il s'agit de fa-
« çonner au jeu d'un gouvernement régulier ces
« races vouées à l'anarchie, de fermer à jamais,
« dans ces terres volcanisées, l'ère sanglante des
« révolutions. Il faut faire passer dans les mœurs
« de populations sauvages ce code Napoléon, qui
« aurait suffi à illustrer un règne. Quelle be-
« sogne !... installer ces tribunaux, ce système de
« finances, cette administration que l'Europe nous
« envie ; inoculer dans les hommes de l'autre hé-
« misphère ces immortels principes de 89, notre
« *credo* politique, à nous, glorieux fils de la Révo-
« lution Mais où est l'homme carré par la base,
« comme disait S. M. Napoléon Ier, à la hauteur
« de la situation ? Je crois l'avoir trouvé. »

« — Sa Grâce a toujours la main heureuse, re-
pris-je non sans un certain esprit d'à-propos.

« — Le Grand Échanson sourit de ce rare et bienveillant sourire dont lui seul a le secret et continua:
« Cet homme, c'est votre ami Darroles ; pour nous,
« pour lui, il faut le décider à prendre en main
« les rênes de l'administration transocéanique. »

« — Darroles gouverneur général ? interrompis-
« je d'une voix émue.

« — Oui ! grand vizir ! ! C'est une affaire à
« préparer de longue main, et dont j'ai déjà planté
« les premiers jalons. »

« Vous comprenez mon trouble, cher ami : mes
rêves pour vous étaient réalisés. Mon cœur trans-
porté d'admiration s'inclinait devant l'homme
d'État au flair exquis, fin connaisseur en humanité, qui vous avait jugé digne, entre tous, de remplir le poste le plus envié et le plus difficile du moment. Le comte-duc continua après une pause :
« La situation exige un homme aux larges facul-
« tés, à la main de fer, à la' probité antique. Dar-
« roles a tout cela. (Quel éloge ! et dans quelle
« bouche !) Je sais que nous différons sur certaines
« questions de politique intérieure et étrangère
« mais peut-être Darroles, par son éducation, ses
« antécédents, sa vie militante de journaliste ré-
« publicain, est-il plus en état de juger le véritable
« courant des temps que je ne le suis moi même.
« Peut-être l'avenir appartient-il en effet, comme
« Darroles l'affirme, à la démocratie autoritaire, »
ajouta le comte-duc, en inclinant d'un air pensif,
vers la terre, ce beau front d'ivoire, habile à élucider les mystères du passé, du présent et de l'avenir, » Quoi qu'il en soit, la place de Darroles est

« marquée à Patagonopolis; à la tête du gouverne-
« ment : l'*alter ego* d'un autre Charlemagne. Je
« vous l'ai déjà dit, j'ai posé la candidature de Dar-
« roles, et sous peu j'espère rallier le grand con-
« seil à mon choix. Je compte sur vous pour enle-
« ver en temps et lieu l'assentiment de Darroles.
« Pour notre ami (notre ami !...), que d'avantages !
« Je n'attache pas un prix exagéré aux vulgaires
« intérêts matériels ; la question d'argent a bien
« cependant son importance ici-bas. Darroles est
« pauvre, et a, je crois, un fils. Par delà les
« mers, où nous lui ferons un magnifique traite-
« ment, le grand vizir pourra mettre de côté de
« belles économies, et rentrer en Europe avec une
« honorable fortune, honorablement gagnée. Voi-
« là pour l'homme privé ; pour l'homme public,
« les avantages ne sont pas moindres Quel noble
« champ d'application ouvert aux plus hautes fa-
« cultés humaines ! quelle école dans l'art du
« commandement que ce pays où tout est à créer,
« de la base au faîte de l'édifice social. En deux
« ans, avec sa puissante intelligence, les conseils
« et les secours dont nous ne le laisserons pas
« manquer, Darroles aura terminé sa besogne dans
« l'autre hémisphère, et passé maître en la science

« de gouverner les hommes, nous reviendra en
« France, où, si Dieu lui prête vie, sa place est
« marquée au premier rang. Nous vieillissons
« tous, mon cher Bienséant, et notre devoir est de
« préparer des hommes à l'avenir. Quel premier
« ministre plus indiqué que le pacificateur, l'or-
« ganisateur, peut-être le duc de Patagonie ! De
« plus, le vent tourne aux concessions libérales,
« nous marchons au parlementarisme ; avant dix
« ans la parole aura repris un grand rôle dans les
« affaires, il faut s'y résigner ! Avec son magni-
« fique talent oratoire, ses lauriers d'outre-mer,
« Darroles devient l'homme nécessaire, indispen-
« sable. Je l'ai toujours dit : son front est marqué
« du sceau du destin. Il sera le Richelieu, le
« Pitt de la dynastie ! » Le Richelieu, le Pitt de
la dynastie ! Vous l'entendez, cher et excellent
ami !

« L'homme d'Etat consommé qui me tenait ce
langage connaît trop le poids de ses précieuses
paroles pour m'avoir parlé à la légère, et je ne crois
pas aller au delà de ses intentions en vous trans-
mettant sans délai ces ouvertures. Richelieu! Pitt !
Réfléchissez-y bien, Victor ; que la crainte des ennuis d'une courte expatriation ne vous écarte pas

d'un chemin qui doit vous conduire au sommet du temple de la gloire.

« Je ne quitte pas notre nouvelle conquête sans vous parler de l'emprunt qui se prépare, 12 pour 100 ; quatre tirages par an, lots d'un million et d'un demi-million, placement de père de famille. Avec sa bienveillance accoutumée, le Grand Échanson m'a promis des obligations au pair. Si vous aviez quelques économies à placer, j'aurais plaisir à joindre votre soumission à la mienne.

« Je cherche une transition pour passer de vos intérêts matériels à vos intérêts de famille, et comme je ne la trouve pas, je reprends une conversation que nous eûmes dans votre cabinet, il y a tantôt six mois. Je vous disais alors combien il était important pour votre carrière que vos difficultés conjugales reçussent une solution. Quelque délicat que ce sujet soit à traiter, un ami, un vieil ami comme moi peut se permettre d'être indiscret et revenir à la charge. Une mission transocéanique amènerait sans bruit, sans éclat, cette solution que nous cherchons tous deux. Le rang élevé, le rôle important, cette vice-royauté qui vous sera avant peu offerte ne peuvent manquer de séduire madame Darroles : elle partage votre trône, et

quand vous revenez tous deux il ne reste plus
trace, dans l'esprit des Parisiens, des nuages qui
ont assombri vos premières années de ménage.
Et puis... et puis. Je suis encore sous l'émotion de
vos solennelles paroles, je sais la haute opinion
que vous avez du caractère et de la vertu de madame Darroles. J'ai pu apprécier tout récemment
encore par moi-même les grâces de sa figure, la
distinction de son esprit et de ses manières. Il y a
huit jours je faisais ma promenade de réaction, le
matin j'avais poussé assez loin de la ville, lorsque
je me suis trouvé en présence de l'amiral de Banneheu et de madame Darroles. L'amiral est une de
mes vieilles connaissances, et nous avons fait route
assez longtemps tous les trois ensemble. Quel type
de femme accomplie ! Que d'étoffe pour une lady
Pitt ! Vous jouez en vérité trop gros jeu, cher ami,
en abandonnant cette belle châtelaine, sous la
garde d'un vieux marin, dans un antique castel,
au bord de la mer, sans crainte des embûches et
des maléfices des chevaliers errants et des voleurs
de cœur. Nous avons ici un certain coureur d'a-
ventures, un preux de naissance, que l'entreprise
pourrait bien tenter. Nous sommes, d'inclination
et de métier, le défenseur du faible et de l'opprimé,

l'ami des vaincus, quoique la renommée nous ait prêté plus d'une galante victoire. Le fait est que Amadis a acheté un palefroi à un fort gros prix pour sa triste bourse, et que chaque jour, le matin, le voit se diriger en gaie chevauchée vers la villa de l'amiral, d'où il ne revient que très-tard le soir. Honni soit qui mal y pense !

« Arrivez, arrivez, ne fût-ce que pour quelques heures, très-cher ! Nous vous appelons de tous nos vœux, et vous promettons la plus cordiale des réceptions.

« Votre vieil et sincère ami,

« BIENSÉANT. »

VI

La volumineuse épître que Bienséant avait scel-
lée de ses armes (trois tournesols sur champ d'azur
avec la fière devise : *Fideliter*), la lettre de l'homme
de cour, disons-nous, venait de sortir, par une belle
matinée d'été, du bureau de poste de la rue de
Sèze, dans la boîte du facteur. La journée ne s'annonçait pas moins splendide sur les falaises de
Floville qu'aux environs de la Madeleine. Un ciel
pur et serein avait succédé à la tempête et attestait
une fois de plus, avec le proverbe, que les jours se
suivent et ne se ressemblent pas. Les plus ardents
baigneurs commençaient à se diriger vers la plage,
lorsque Kernozian, monté sur le palefroi dont l'acquisition avait défrayé la prose destinée au conseiller d'État, sortit par le faubourg du Nord, et

cheval et cavalier prirent la route de la villa des
Saules avec une assurance qui attestait que le chemin leur était familier à tous deux. Quelque temps
Kernozian rendant la main à sa monture, la laissa
marcher paisiblement, tandis que ses regards
flottaient indécis sur le gai paysage qui se déroulait devant lui. Ses yeux venaient de s'arrêter sur
une bande de corbeaux dispersés dans la plaine
quand, à son approche, les noirs oiseaux prirent
leur vol avec mille croassements sinistres, et tandis
que le gros de l'armée ailée s'élevait dans les airs,
une bande de cinq corbeaux se dirigea vers la
route, tournoya pendant quelques instants au-
dessus de la tête de Kernozian et, prenant son vol
sur la gauche, rejoignit le corps de bataille dans
le pays des nuages...

— Un Romain rentrerait certainement chez lui,
et cela ne t'affligerait pas beaucoup, mon brave,
dit Kernozian, en caressant de la main le col de
sa monture; mais, j'en suis fâché pour toi, ton
maître ne croit pas au vol des corbeaux.

Et Kernozian, enlevant son cheval, franchit, à
un bon galop, une partie montueuse de la route
terminée par un tournant assez brusque. Arrivé
au sommet, le jeune homme arrêta son cheval sur

les jarrets et s'avança, chapeau bas, à la rencontre
de la comtesse Tomski Amourzow qui, montée sur
le double poney *Happy-Medium*, et suivie d'un
groom à distance respectueuse, se dirigeait au pas
vers la ville.

— Vous ici, belle comtesse ? Quel heureux hasard ! dit Kernozian.

— Le hasard n'est pour rien dans notre rencontre, reprit la veuve de l'hetman d'une voix
brève. Je suis ici à vous guetter depuis plus d'une
demi-heure, car vous êtes en retard sur votre heure
ordinaire, monsieur Henry.

— Alors c'est un guet-apens en règle, dont je
suis d'ailleurs on ne peut plus flatté, et je vous
rends mes armes et ma liberté, fit le jeune homme
dissimulant mal un véritable embarras sous un
vernis de raillerie.

— Taisez-vous et écoutez-moi, interrompit impérieusement l'amazone.

La comtesse laissa flotter les rênes sur le col de
Happy-Medium, dont l'excellent naturel justifiait
cette marque de confiance, et, fixant sur son ami
un regard scrutateur, poursuivit :

— Je ne vous vois plus, Henry. Le jour, vous
êtes sur cette route ou en visite à la villa des

Saules. Le soir, mon temps est pris par les faux
plaisirs, les indifférents ; à peine puis-je dire deux
mots à mes amis. Aussi, maintenant que je vous
tiens en tête à tête, je veux vous délivrer tout ce
que j'ai sur le cœur : j'en ai long à vous dire, mon
cœur est bien gros !

— Votre cœur est bien gros, à vous, si entourée,
si adulée. Noble dame, ce rôle de confident m'honore, et j'ose dire que j'en suis digne. Parlez, parlez, répéta Henry sans se départir du ton de léger
persiflage dont il avait accueilli les premières ouvertures de la veuve.

— Oh ! n'essayez pas de feindre ; au premier
mot, vous m'avez comprise ! Il s'agit de Louise, de
vous... des plus chers intérêts des meilleurs amis
que j'aie en ce monde, dit l'amazone avec un accent de tristesse qui attestait la vive émotion de
son cœur. Oh ! je suis bien inquiète à votre endroit
à tous deux. Entre une femme comme Louise et
un homme comme vous, il ne peut s'agir de fri-
voles amours...

— Un amour éternel auquel j'ai voué ma vie,
interrompit Kernozian, dont la figure avait revêtu
depuis quelques instants une expression de gravité plus en rapport avec les paroles de la comtesse.

— Et sans doute payé de retour, dit vivement la
veuve. Pauvre Louise ! par grâce, ayez pitié
d'elle !... Ce n'est pas, savez-vous bien, une femme
ordinaire ; c'est un ange, un cœur d'or, une nature tendre et fière, capable des plus sublimes dévouements. Henry... Henry, n'ajoutez pas une
goutte à la coupe amère qu'elle a vidée jusqu'à la
lie. Tenez, je ne sais plus ce que je dis, tant les
angoisses débordent dans mon cœur ! Je donnerais
tout au monde pour vous arrêter sur la route de
l'abîme vers lequel vous vous précipitez tous deux,
et je-suis seule à vous faire entendre la voix de la
sagesse... L'amiral, ce guide, ce protecteur que le
ciel a placé près de Louise, qui ne voit rien... ne
devine rien... Oh ! les hommes ! ils sont tous
comme cela ! Mais vous valez mieux qu'eux, cher
Henry... vous vous rendrez à mon appel... Partez !
brisez votre cœur, dussiez-vous en mourir ! Mais
je vous en adjure au nom de votre honneur, au
nom de votre mère, n'appelez pas de nouveux malheurs sur ce jeune front qui a déjà tant souffert.

— Madame, reprit Kernozian d'une voix brève,
il y a six mois, un mot de vous eût suffi peut-être
pour dissiper ces sombres orages que vous entre-
voyez à l'horizon. Vos lèvres sont restées muettes

devant mes ardentes prières. Je ne vous reproche
rien, je rappelle des faits que vous ne pouvez avoir
oubliés Depuis lors, avec la discrétion d'un homme
bien élevé, je n'ai pas fait de nouveux appels à
votre confiance ; j'ai respecté votre secret comme
je le respecte en ce moment. Mais la passion qui
brûle aujourd'hui dans mon cœur est de celles que
les dangers n'effrayent pas... Que mon sort s'ac-
complisse !

— N'espérez pas m'en imposer avec ce langage
de héros de roman. Ne vous y trompez pas : je suis
résolue à tout tenter pour écarter de la pauvre
Louise les périls qui la menacent. Si vous m'y
forcez, je m'adresserai à l'amiral, je ferai tomber
les écailles qui obscurcissent sa vue, et il faudra
bien qu'il remplisse ses devoirs envers l'ange qui
lui a déjà tant sacrifié.

— Chère comtesse, reprit Kernozian avec un
triste sourire, ne me prenez ni pour un héros de
roman ni pour une folle cervelle. Croyez que ce
sévère langage, que vous dicte une sincère amitié,
il y a longtemps que je me le suis tenu à moi-
même. Croyez aussi que M. de Banneheu n'a point
manqué de clairvoyance. Cet hiver, je vous l'atteste, chaque mot sorti de sa bouche était pour me

vanter les bonheurs de la vie conjugale, m'engager
à prendre femme. Eh ! pouvais-je me méprendre
sur le but évident de ces paternels conseils... Mon
obstination a lassé sa patience; ou plutôt le meilleur ami de Louise lui-même a compris qu'entre
deux cœurs que la Providence a faits l'un pour
l'autre, l'homme ne saurait, sans sacrilége, étendre
la main.

— Vous avez réponse à tout, fit la comtesse, en
souffletant, d'un geste de dépit, le col de l'innocent *Happy-Medium*. Nierez-vous cependant que
dans sa position délicate, séparée de son mari,
Louise ne soit tenue, plus que toute autre femme,
à éviter de donner prise aux médisances, aux
mauvais propos ?... Déjà vos visites quotidiennes
sont le sujet des conversations des oisifs du Casino ;
le nom de Louise et le votre sont prononcés avec
des sourires qui me déchirent le cœur.

— Et qui se permet, je vous prie, de s'occuper
de madame Darroles et de moi ? dit Kernozian,
dont un éclair de colère illumina le regard. Il
ajouta d'une voix pleine d'amertume : Vous avez
voulu déjà me rendre tant de services ce matin
que vous pourriez peut être me rendre celui de me
nommer ces drôles malavisés.

— Oh! Henry, que c'est mal de me regarder avec des yeux si méchants, moi, moi... votre fidèle amie! Je ne vous nommerai personne, mais en revanche je vous avertis avec loyauté que je suis décidée à vous sauver tous deux malgré vous. Si vous ne voulez pas entendre la voix de la raison, si le bon sens de l'amiral me fait défaut, je parlerai à Louise. Insensible à son désespoir, à ses larmes, je lui tiendrai le sévère langage d'une mère ; tout m'y autorise, car jamais mère n'a plus tendrement aimé son enfant... C'est la guerre!

— Eh bien! la guerre soit! Madame la comtesse, tirez la première...

Et pour échapper à de nouveaux assauts, Kernozian pressant les flancs de sa monture, s'éloigna à une vive allure, et disparut bientôt dans les tournants de la route.

Kernozian laissa quelque temps marcher son cheval de toute la vitesse de ses jambes, comme s'il eût voulu calmer l'agitation de son cerveau par une course vertigineuse. Après un bon temps de galop, d'un geste saccadé il arrêta sa monture, qu'il fit repartir de plus belle presque incontinent. Une seconde, une troisième fois, il recommença la manœuvre ; enfin, comme dégoûté d'un remède

impuissant, Kernozian arrêta définitivement son
coursier éperdu de ces évolutions, lui tourna la
tête du côté de la mer, et ainsi érigé sur la rive en
manière de statue équestre, regarda fixement
l'immensité des flots. Mais ses yeux seuls étaient
au grand et tranquille spectacle de la pleine li-
quide immobile, sans une ride à la surface, et les
pensées les plus irritantes fermentaient dans son
cerveau... Un héros de roman ! La comtesse l'a dit,
et elle a parbleu plus raison qu'elle ne le croit! Je
n'ai jamais été, je ne serai jamais, affaire de cœur
ou autre, que le triste Don Quichotte ! Depuis tantôt un an, je ne m'appartiens plus : une passion
indomptable, le seul amour véritable que j'aie
éprouvé dans ma vie, me rive à cette femme. Mais
que sais-je de ses sentiments pour moi ? Qu'ont
obtenu mes soins, ma tendresse? De simples démonstrations d'affection banale, rien ou peu s'en
faut ! C'en est assez cependant pour que les indifférents, les amis, le monde, cet effroyable monde,
célèbre dans ses propos oiseux mes tendres entreprises... J'entends d'ici ce vieux fat de Bienséant,
ce sans-culotte de prince-russe, cette vipère de
Montjicot, s'égayer sur ma folle passion de la
Saint-Martin !... Riez... riez, vieux et jeunes gan-

8.

dins, vous êtes dans votre droit, vous ne devinez
même pas à quel point le pauvre Kernozian mérite
vos railleries ! Depuis douze mois, douze longs
mois et plus, je le répète, que toutes les forces
vives de mon âme sont concentrées sur cette
femme, qu'ai-je obtenu ? Qu'ai-je obtenu en retour
d'un amour qui éclate dans toutes mes actions,
mes paroles ? Pauvre fou ! Les preuves que tu n'as
pas pris place dans les affections de cette froide
déesse de raison, de décence et de marbre, te
manquent-elles donc ? Elles sont là plus maté-
rielles, plus palpables que le témoignage de tes
yeux ou de tes oreilles ! Il y a dans cet intérieur
un passé plein de douleurs ; ai-je pu en soulever
le voile ? La bonne volonté ne m'a certes pas fait
défaut plus que les occasions : mais aux premières
ouvertures, j'étais invariablement repoussé avec
perte, à moins que dans un touchant élan de confiance, on ne m'apprît qu'il y a bien loin du palais
du quai d'Orsay au boulevard des Ternes, ou que
M. Darroles, très-occupé au conseil d'État, ne peut
donner à sa famille plus d'un jour par semaine !...
Autre indice significatif de ma défaite, l'amiral, et
celui-là connaît à fond le présent, le passé, le
cœur de sa belle-sœur, a cessé de me parler ma-

riage ! Ah ! l'épreuve est faite, il ne craint plus désormais que mes ardeurs puissent compromettre la paix de l'âme de sa fidèle compagne ! Il ne me prend plus au sérieux ; je ne suis pour lui qu'un passe-temps, un calme ennui, un *patito* modèle... Vive Dieu, je ne puis sans folie continuer à jeter le plus pur de mon cœur au vent, ainsi que je le fais, avec une patience inconnue partout ailleurs qu'au royaume du Tendre ! Avant ce soir il faut que mon sort se décide, et que je lise couramment au plus profond de l'âme de cette belle insensible. Tout entier à cette énergique résolution, Kernozian fît faire brusquement volte-face à sa monture, et continua sa route, à un trot allongé.

Arrivé à la villa, Kernozian remit son cheval entre les mains d'un palefrenier, et n'eut pas de peine à trouver madame Darroles qui, en compagnie du jeune Robert, parcourait la pelouse voisine de l'habitation. Au bas de la prairie, aux bords d'un limpide ruisseau, s'élevait la belle plantation de saules, aux panaches éplorés, d'où la propriété avait tiré son nom. Jeune femme et enfant ramassaient à l'envi de petites fleurs des champs, marguerites et ne-m'oubliez-pas, sorties de terre sous l'action vivi-

fiaute de la pluie de la veille, et épanouies par
myriades, au milieu du vert gazon. Une simple
robe de mousseline blanche à points bleus faisait
valoir l'élégance de la taille de Louise ; ses beaux
cheveux d'un noir d'ébène, tordus à l'arrière en
grosses nattes, supportaient, dans un état d'équilibre instable, un chapeau de paille aux larges
bords. L'exercice, l'air frais du matin avaient coloré d'un doux incarnat le teint de la promeneuse ;
toute sa personne respirait quelque chose de juvé-
nil, de virginal, et un poëte classique n'eût pas
manqué de la comparer à la déesse Cybèle, par-
courant ses domaines. Nous croyons fermement
que Kernozian ne se livra pas à la moindre comparaison mythologique. Cependant, pour être vrai,
il nous faut dire que le front du gentilhomme se
dérida sensiblement. Quelque chose même comme
un sourire effleurait ses lèvres, lorsque Louise lui
serra affectueusement la main.

— La leçon de piano est donc finie ? demanda
Kernozian.

— Hélas ! pas encore commencée, répondit
Louise. La journée d'hier a été si mauvaise, que
nous n'avons pu mettre les pieds dehors, aussi la
récréation d'après déjeuner a-t-elle été plus longue

qu'à l'ordinaire. Midi et quart, poursuivit la jeune femme regardant à sa montre. Que de temps perdu !

— Vous vous calomniez, si j'en juge par la riche moisson de votre matinée, reprit Kernozian avec une galanterie qui frisait la naïveté.

Et il désigna du doigt l'énorme botte de fleurs que son interlocutrice tenait à la main.

— Encore quelques minutes de travail, et, pour en porter les fruits à la maison, il nous faudrait avoir recours aux paniers de l'âne ou à la hotte du jardinier, dit Louise avec une franche bonhomie.

— Vous me donnerez bien quelques-unes de ces charmantes petites fleurs ; j'ai une vraie passion pour les ne-m'oubliez-pas, répliqua Kernozian, en soulignant les derniers mots d'un sourire de sphinx de bergerie fort déplacé sur son honnête figure.

— Tant que vous en voudrez ; je n'ai pas le droit d'être parcimonieuse, prenez, prenez, répéta Louise.

Et, d'un geste gracieux, elle tendit la botte de fleurs au choix de son compagnon.

Le vol des cinq corbeaux reprit à ce moment

toute son influence néfaste sur les esprits de Kernozian : son visage s'assombrit ; d'une main précieuse il choisit une demi-douzaine de petites
fleurs, et, nous en rougissons pour cet honnête
gentilhomme, avec une mièvrerie indigne de son
âge et de son caractère, il s'offensa de ce que
Louise lui eût offert les petites fleurs symboliques
avec autant de facilité et sans plus de réserve que
s'il se fût agi d'une aile de poulet ou d'un verre de
madère.

La perspective d'assister à une leçon de piano,
qui menaçait le visiteur, n'était pas faite pour
égayer ses moroses dispositions, et, une fois arrivé
au salon, il s'enfonça sans mot dire dans une ber-
gère placée auprès de la grande table. Les gammes
commençaient à rouler sous les doigts de l'élève,
et si l'ouïe n'avait pas à s'égayer de ces simphonies
primitives, l'œil pouvait du moins se reposer avec
plaisir sur la gracieuse figure de Louise. De la
main droite, le professeur battait la mesure sur
son genou, tandis que son bras gauche s'enroulait
tendrement autour du col du petit bonhomme. Le
tableau était gracieux et complet : Raphaël n'eût
eu qu'à le reproduire sur la toile pour ajouter un
chef d'œuvre à la galerie de ses adorables vierges :

la vierge au piano! Toujours dominé par ses sombres humeurs, Kernozian s'arma, en manière de passe-temps, sinon de consolation, d'un immense album photographique. Il passa rapidement en revue une série de profils plus ou moins célèbres, et fut bientôt arrivé aux dernières pages qu'il contempla d'un œil plein d'intérêt.

— Vos nouvelles photographies sont enfin arrivées, et je les trouve très-réussies, dit l'amoureux se déridant définitivement après étude approfondie de la carte de Louise. Vous m'en devez au moins une.

— Je ne l'ai pas oublié, répondit la jeune femme au milieu d'un fracas d'accords mal plaqués. Commencez par prendre celle où je me trouve avec Robert. Mon cher enfant, c'est à n'y pas tenir, continua le professeur, interpellant son élève, qui méritait réellement cet avertissement par l'infernale symphonie à laquelle il se livrait en cet instant avec une farouche énergie.

— Ce n'est pas mon avis, reprit Kernozian sans égards pour les angoisses de Louise. La photographie où vous êtes seule est assurément la meilleure.

— Vous n'y connaissez rien, interrompit Louise

impatientée ; la photographie que vous vantez me vieillit au moins de dix bonnes années. Je ne veux pas vous donner une affreuse caricature où je suis enlaidie à plaisir. N'aimez-vous pas, d'ailleurs, assez Robert pour désirer sa photographie aussi bien que la mienne ! Fa, fa,... si, si,... do,... la, la, chantonna Louise pour ramener au texte du solfége son disciple qui s'en était de nouveau outrageusement écarté.

La physionomie de Kernozian, lorsqu'il retira bongré malgré de son cadre de papier la photographie désignée, n'exprimait ni le bonheur ni la reconnaissance ; bien au contraire, sans faire la part de l'innocente coquetterie qui avait dicté le choix de Louise, il prêtait à sa jeune amie des sentiments, une réserve bien éloignés sans doute de sa pensée... Pourquoi, se demandait-il, sous l'influence persistante des exercices de solfége et du vol des cinq corbeaux, pourquoi cette volonté arrêtée de mettre toujours, comme une défense, ce petit Robert entre elle et moi. Je ne suis certes pas un Hérode, mais si j'étais le maître, cet auguste bambin serait confié à son illustre père ou à un pensionnat. J'y gagnerais au moins de n'avoir plus de leçons de piano à avaler.

— Votre supplice est fini, dit Louise, en quittant le piano, et si vous voulez, nous allons retrouver l'amiral, qui doit en ce moment lire ses journaux dans l'allée des marronniers.

Kernozian, on le comprend, se rallia sans peine à cette proposition. Les préparatifs de départ furent bientôt terminés. Louise recoiffa son chapeau aux larges bords, et, en compagnie du maussade chevalier, se dirigea à travers le jardin à la recherche de l'amiral. Une fois la leçon terminée, Robert avait disparu en toute hâte, comme s'il eût craint que quelques remords de professeur ne le remissent sur la sellette.

— Quel temps nous avons eu hier ! dit Louise... Pluie, vent, tempête, du lever au coucher du soleil. L'amiral consultait, toutes les cinq minutes, son baromètre, et affirmait ne l'avoir vu aussi bas qu'une seule fois : pendant un cyclone dans le golfe du Bengale. Je suis restée toute la journée enfermée chez moi, et j'ai sincèrement regretté la maison du boulevard des Ternes. Nos cheminées ici fument horriblement, et après vingt essais infructueux, j'ai dû renoncer à faire allumer du feu dans le salon. Il y faisait si froid et si humide que j'ai conservé toute la journée mon gros man-

teau sur les épaules. Aujourd'hui nous sommes
vraiment récompensés de tous ces ennuis : air vif
et frais, beau ciel et beau soleil. Si l'amiral n'a pas
autrement disposé de sa journée, je suis toute prête
à faire une longue promenade.

Ces paroles sur la pluie et le beau temps ne ramenèrent pas le sourire sur le visage renfrogné du
jeune homme, qui ne put s'empêcher de remarquer
secrètement et tristement, qu'après quarante-huit
heures de séparation, on pourrait l'entretenir de
sujets autres que les variations du baromètre ou
les inconvénients des cheminées de province.

L'on eut bientôt rejoint l'amiral, qui se promenait dans une belle allée de marronniers, un livre
à la main, un paquet de journaux sous le bras.

— Qu'êtes-vous donc devenu, Henry, depuis
une heure que je vous ai vu descendre de cheval ?
demanda le marin.

— Mais il était au salon avec moi, reprit Louise.

— Et a assisté à la leçon de piano ? continua
l'amiral. Franchement, vous êtes sans pitié pour
ce pauvre garçon. Pourquoi ne pas me l'avoir
envoyé ? Le talent de Robert, quelque soit celui de
sa maîtresse, laisse encore fort à désirer.

— Vous avez mille fois raison et je m'excuse de

la corvée que je vous ai involontairement imposée. Ne m'en gardez pas rancune, Henry, poursuivit Louise, de sa plus douce voix.

Les noires dispositions de Kernozian ne résistèrent pas à ce simple appel, et lorsqu'après avoir longuement discuté un plan de promenade, la famille se mit en route, il ne restait plus trace, dans l'esprit de l'amoureux, des tumultueuses agitations dont il avait été possédé pendant la matinée.

La promenade fut charmante, le dîner gai et mangé d'un appétit que justifiaient les marches et les contre-marches que l'on avait exécutées à travers les dunes. Mais lorsqu'après le repas du soir, Kernozian vint fumer son cigare en dehors de la maison, sur la pelouse, le clair de lune, les verts ombrages, la solitude, ramenèrent le trouble dans ses idées : les cinq corbeaux du matin exécutaient *da capo* leur infernal concert dans sa cervelle. La journée est finie, se disait-il, qu'est-il advenu de mes inébranlables résolutions ? Pas plus avancé qu'hier, qu'il y a six mois. En vérité, un page de quinze ans, qui médite une déclaration à quelque contemporaine de sa grand'mère, ne peut être plus timide, ni plus gauche que moi. Tu mérites les étrivières,

amoureux transi, et si tes amis se chargent de te
les appliquer, morbleu ! ce n'est que justice...
Une fois ramené sur le terrain de ses noires humeurs, Kernozian ne pouvait manquer d'évoquer
le souvenir des divers incidents fâcheux qui
avaient assombri la journée. Ce fut un manque de
tact complet de la part de Louise de lui avoir
offert une botte de *ne-m'oubliez-pas*, des sacro-
saints *ne-m'oubliez-pas*, comme elle aurait pu lui
offrir une insignifiante rose-thé, ou une banale
branche de lilas! Une femme bien née, bien
élevée, douce et tendre, pouvait-elle assez méconnaître les instincts du cœur humain jusqu'à lui
imposer à lui... à lui! d'accepter l'image de cet
enfant terrible pour lequel il ne pouvait ressentir
qu'une affection tempérée... Affront et sacrilége!!!
Et les souvenirs de l'ouragan de la veille, et les
débauches chromatiques du petit Robert! Tous
ces impardonnables griefs avaient pris place en
manière d'arguments péremptoires dans le fou-
droyant réquisitoire qu'il formulait mentalement
contre l'infortunée Louise. Lorsque Kernozian
rentra dans le salon, un souffle déchaîné boulever-
sait son cerveau ; l'aiguille, au baromètre moral,
marquait décidément tempête.

Kernozian venait à peine de quitter le salon, qu'un domestique était entré, et avait remis un télégramme à Louise. L'épître était courte, mais son effet fut immédiat et décisif : un nuage de mauvaise humeur couvrit, sans plus tarder, le visage de la jeune femme.

— Quelle triste nouvelle vous annonce-t on ? demanda l'amiral, qui avait épié avec intérêt le jeu de physionomie de sa belle-sœur.

— Rien de fâcheux assurément, répondit Louise. Monsieur Darroles désire voir Robert, et m'annonce son arrivée pour demain.

— L'on pourrait lui offrir une chambre, dit nonchalamment le marin.

— Je ne crois pas qu'il accepte, il est très-affairé, et repartira sans doute par le train du soir.

— Il serait bon toutefois de donner des ordres. Voulez-vous y penser, ma chère enfant ?

— Oui, dit Louise, d'une voix brève.

La conversation s'arrêta là, et un silence plein de contrainte pesait sur le tête-à-tête, quand l'amiral salua de ces mots le retour de Kernozian dans le salon :

— Pourriez-vous nous donner des nouvelles

de l'élégante comtesse Tomski-Amourzow ? Il y
a un siècle que nous n'avons entendu parler
d'elle.

— Je l'ai rencontrée ce matin même à cheval, et
en très-bonne santé, répondit Henry.

— Et en très-nombreuse compagnie ? demanda
Louise.

— Seule !

— Seule ! répéta la jeune femme. Quel nouveau
caprice ?

— Caprice, si vous y tenez absolument... Je di-
rais, moi, innocent désir de respirer l'air frais du
matin, reprit Kernozian avec une aigreur qui ne
passa pas inaperçue.

— Je suis loin de reprocher à Julie sa matinale
chevauchée, dit Louise ; mais je suis moins indulgente pour l'irrégularité de ses visites. A son arrivée, avant que vous fussiez venu nous rejoindre,
elle a fait ici coup sur coup quatre ou cinq apparitions ; depuis lors, elle n'a plus donné signe de
vie. Le temps lui manque sans doute, prise comme
elle l'est par ses plaisirs, ou ce qu'elle appelle ses
affaires sérieuses : les menus de son cuisinier, les
travaux de son escalier en onyx, ou les élucubrations du célèbre faiseur, M. Hauton. Pauvre Julie,

la fortune, la mode, lui ont un peu tourné la tête,
et c'est grand'dommage! Son cœur est généreux et
bon, et mérite mieux que la vie de frivolité à laquelle elle s'est vouée.

Ces innocentes paroles produisirent, sur le cerveau affolé de Kernozian, l'effet de la mèche sur
le baril de poudre, et, profond machiavélisme de
la conscience, l'ami des vaincus pensa peut-être
faire acte de chevalerie en prenant la défense de la
femme qui, quelques heures à peine auparavant,
lui avait déclaré une guerre à outrance. Il se leva
brusquement de sa chaise, le front courroucé,
l'œil ardent, et s'écria avec une amertume indicible :

— Pauvre veuve !... pauvre veuve ! à la main si
libérale, au cœur si dévoué, voilà donc le langage
que tu inspires à tes amis ! les plus indulgents
n'ont pour toi qu'impitoyables critiques... et pourquoi ? Ton honnête frivolité a-t-elle jamais fait
mal à quelqu'un ? Par toi, et pour toi, des yeux
ont-ils pleuré ? Un cœur a-t il souffert ! Mais le
plus servile de tes adorateurs se séparerait de toi
pour toujours, qu'il n'y aurait pas une larme, et à
peine quelques regrets à l'heure de la dernière entrevue. Au lendemain ne survivrait rien autre

chose qu'un mutuel souvenir de relations agréables,
de douce camaraderie : et le monde' des âmes gé-
néreuses et des femmes modèles t'accuse, censure
tes actions ! Justice humaine, quelle est donc ta
mesure ? Rigueurs et sévérités pour cette aimable
légèreté qui sème autour d'elle la bienveillance et
les bonnes actions ! Hommages et respect pour la
froide prude embaumée dans sa vertu comme la
momie sous ses bandelettes ! Absorbez la vie d'un
homme, souriez aux tortures d'un cœur saignant,
du sourire dont l'enfant salue les derniers battements d'ailes du papillon dont il a transpercé le
corps ! Grande vertu, dit Sa Majesté le monde, et
digne de tous les respects !

Aux premiers mots de ce monologue déclama-
toire, Louise n'avait pu s'expliquer l'accent farouche
dont il était entamé. Peu à peu son intelligence
s'ouvrit, l'allusion devint trop transparente pour
qu'elle pût se méprendre sur le sens des paroles
de Kernozian. Le visage de la jeune femme pâlit,
ses yeux s'emplirent de pleurs ; les traits empoi-
sonnés de l'amant en courroux portaient en pleine
poitrine. La tirade finie, Louise se leva, et, pré-
textant un mal de tête subit, quitta la chambre d'un
pas mal assuré.

L'amiral et Kernozian restèrent en présence. Il
y eut un moment de silence. M. de Banneheu re-
gardait fixement son compagnon d'un regard
indigné dont Kernozian ne put soutenir l'éclat.
A l'effervescence du cerveau avait succédé l'abattement ; le remords, la honte d'avoir cédé à un emportement sans motifs emplissaient son âme.

— Monsieur de Kernozian, dit le marin du ton
sévère d'un juge qui prononce un arrêt, vous êtes
un honnête et galant homme ; le souffle desséchant
du siècle n'a pas flétri votre cœur. Vous croyez encore aux bonnes et justes causes, à la fidélité, à
l'honneur, au dévouement aux principes, au drapeau... Vous êtes l'ami des vaincus, et cependant, ah ! monsieur, vous venez d'outrager une
sainte !

L'amiral s'était retiré, mais sa parole vengeresse
n'était pas restée impuissante, et avait produit sur
le cerveau en feu de Kernozian l'effet d'une douche
glacée. Éperdu, hors de ses sens, il demeura dans
un fauteuil, les yeux attachés au parquet, sans
avoir conscience du temps. Enfin il se leva machinalement, descendit dans le parc, et erra tête nue
à travers les allées. La soirée était magnifique, le
ciel d'un bleu sombre ; un divin clair de lune illu-

minait les grands arbres du parc des rayons d'une lumière argentée. Mille oiseaux célébraient dans leurs chants joyeux les charmes de la nuit. Le hasard, le hasard seul, guida les pas de Kernozian vers une petite cabane où souvent il avait passé de longues heures avec son amie. La cabane n'était pas déserte... Henry s'arrêta en frissonnant : il avait reconnu Louise..., Louise assise sur un banc, la tête entre ses mains, dans une attitude pleine de tristesse. Dominé par une attraction irrésistible, Kernozian s'élança dans la cabane, et, tombant à genoux :

— Pardonnez-moi,.... pardonnez-moi ! s'écria-t-il d'une voix où la passion égalait le désespoir.

— Que vous m'avez fait de mal, Henry, ne savez-vous pas que je vous aime ; et depuis longtemps, dit la jeune femme... L'éclair de la passion ne fit que sillonner le cœur de Louise, le devoir avait repris son empire. D'un bond vertigineux elle s'élança hors de la cabane.

VII

LE TRAIN DES MARIS.

On a beau sonner trente-trois ans, avoir affronté
en de périlleuses expéditions les émotions de la
guerre, ce n'est jamais sans trouble que l'on entend les mots sacrés : « Je vous aime ! » sortir
d'une bouche adorée. Aussi, au matin, le souvenir
de l'aveu de la veille vibrait-il dans l'âme de Kernozian, lorsqu'il ouvrit sa fenêtre pour laisser
entrer dans sa modeste chambre les brillants
rayons d'un soleil d'été. Henry n'avait pas revu
madame Darroles depuis la scène rapide de la cabane. Délicatesse ou confusion, il n'était pas rentré
dans la maison pour prendre congé de ses hôtes.
Après avoir erré quelque temps dans le jardin,
non peut-être sans un secret espoir que Louise
viendrait l'y rejoindre, il avait regagné les écuries,

enfourché son cheval et repris lentement la route de Floville. Mais pendant toute la course du retour, et au plus avant même de la nuit, lorsque d'un pas agité il parcourait les quelques mètres de sa chambre, un seul objet occupait sa pensée : le tendre et touchant aveu de Louise. Involontairement, tous les événements de sa vie depuis un an s'imageaient dans sa mémoire avec autant de puissance de coloris que s'ils s'étaient passés la veille : sa première visite au boulevard des Ternes, la sérénité douloureuse de l'intérieur de l'amiral, le mystère du ménage Darroles, l'émotion de la veuve de l'hetman devant la tombe de la sœur de Louise !! Tant d'obscurités, d'énigmes, faisaient bouillonner dans sa cervelle les idées les plus incohérentes. Mais au-dessus de ce chaos planaient les deux phrases divines : « Je vous aime !... » « C'est une sainte ! » cette dernière affirmation de l'amiral, d'ailleurs superflue : l'enivrement du premier aveu n'a-t-il pas de tout temps donné à l'amoureux ravi le charmant privilége d'élever la bien-aimée au premier rang des divinités : Olympe ou Paradis ?

Kernozian salua d'un sourire radieux le réveil de la nature, qui n'avait pas de beaucoup précédé le sien ; mais il n'avait pas respiré depuis cinq minutes l'air frais du matin, que des nuages apparurent à l'horizon du ciel de son bonheur. Étrange contradiction du cœur de l'homme ! La veille, que n'aurait-il pas donné pour sortir de l'incertitude, obtenir de la jeune femme un aveu de réciprocité ! A cet instant, le doux témoignage commençait à l'embarrasser, et c'est d'un pas incertain qu'il entrait dans cette nouvelle phase de sa vie. Les mots échappés aux lèvres de Louise changeaient du tout au tout leurs relations mutuelles... Pour une âme honnête, c'est une grande résolution que de dissoudre les liens d'un ménage, quelque fragiles qu'ils puissent être... Elle hésite, mesure l'abîme, et se pénètre de la grandeur du sacrifice. Ici, la situation se compliquait du mystère du passé de Louise, et de la confiance de l'amiral envers lui... Le tromper, ce digne et loyal marin ! Devant les splendides lueurs du présent, entouré des sombres nuages de l'avenir, Henry en arrivait presque à redemander le clair-obscur, la douce incertitude des jours passés, qui n'était pas sans charme ni sans volupté.

La gravité de la situation éclatait jusqu'à l'évidence dans cette circonstance futile que Kernozian

se demandait s'il devait se rendre, comme à son
ordinaire, auprès de Louise. La veille encore, à
peine levé, il ne pensait qu'à monter à cheval et à
prendre la route de la chère villa des Saules. Aujourd'hui, après l'aveu tant désiré, à peine espéré,
il hésitait ! C'est que cette fois l'entrevue ne pouvait ressembler aux précédentes. Comment la
revoir sans rappeler la scène de la cabane, et cela
sous les yeux du pur et confiant amiral ! Quel
changement dans ce milieu serein et calme où
hier encore respirait la paix, sinon le bonheur.
Louise pourrait-elle garder envers lui l'insou-
ciance affectueuse dont elle avait témoigné dans la
scène du bouquet ? Et si une pareille dissimulation
n'était pas au-dessus de ses forces, cela ne serait-il
pas désespérant ?

Plusieurs heures Henry s'abîma dans ces pro-
blèmes, sans arriver à les résoudre. Enfin, à bout
de combinaisons, il en vint à prendre pour arbitre
de l'emploi de sa journée cette chose stupide par
excellence qui s'appelle le hasard. Presque immédiatement, l'aveugle divinité qu'il venait d'évoquer paraissait au palier du premier, et, gravissant
les cinq étages de la maison, se présentait à la
porte de la chambre de Kernozian sous les traits

souriants et moqueurs de Gontran de Monjicot. Le
dieu ne s'était jamais sans doute révélé à ses
fidèles dans une plus brillante tenue : robe de
chambre de cachemire à curieux ramages, pantalon à pied cramoisi, haut bonnet d'Astrakan
crânement posé sur l'édifice d'une chevelure soigneusement frisée. Des pantoufles orientales et un
chibouque non moins oriental complétaient le costume sultanesque du jeune vicomte.

— C'est moi,... moi-même, et en personne, dit
le nouveau venu, et je m'excuserais de l'heure
matinale de ma visite, si je n'avais des choses diablement sérieuses à vous narrer.

— Des choses sérieuses ? répéta Kernozian ;
alors, mon brave ami, donnez-vous la peine de
vous asseoir.

Et, d'un geste de grand seigneur, le maître du
logis avança l'unique fauteuil de son maigre ameublement.

— Ah ! merci pour les fauteuils ; à la turque,
c'est bien plus commode, reprit Monjicot qui, croisant les jambes, s'installa, suivant la mode asiatique, sur la descente de lit... Mon chibouque ne
vous dérange pas ? poursuivit-il en manière de
précaution oratoire, après avoir lâché coup sur

coup quelques bouffées de fumée. J'en ai long à vous dire, j'ai besoin de toute mon éloquence, et le tabac me lucidifie singulièrement les idées. Ce n'est pas commun, mais c'est comme cela !

— Que puis-je faire pour votre service? dit Kernozian d'un air de bonne humeur ; car l'exubérante gaieté du jeune homme avait pour lui un singulier attrait.

— Vous connaissez tous les détails de la scène d'hier ?

— Je ne sais absolument rien.

— Étrange !... étrange ! répéta le vicomte. Mais, parbleu ! vous vivez au milieu de nous en vrai solitaire ; on ne vous voit jamais, et je vous le reproche sérieusement, car en votre compagnie je me sens un autre homme qu'avec les gandins : jeunes de la vieille, ou vieux de la jeune gandinerie. Vous m'en imposez : je vous estime, je vous respecte... Et je ne respecte pas tout le monde.

— Merci, dit Kernozian, touché du compliment malgré sa forme abrupte.

— Vrai, vous m'en imposez, continua le jeune diplomate ; près de vous mes meilleures folies resteraient dans l'œuf, combien de sottises qui expireraient sur mes lèvres ! Quel dommage que vous ne m'ayez pas pris en sevrage !... Enfin, il faut que jeunesse se passe. C'est comme cela : un proverbe, la sagesse des nations ! Excusez la digressions ; j'arrive au sujet de ma visite.

— Je suis tout oreilles, fit Kernozian.

— Donc rendez-vous hier, vers quatre heures de l'après-midi, au petit salon rouge pour un *bac* de santé : Bienséant, Poncifer, Parmegiano, Bosabre, Prudhomme de l'Orge, Dourakine qui tient la banque, deux ou trois autres pontes et votre très-humble, présents à l'appel. Un jeu de famille, du loto, pas cinquante louis par coup sur le tapis. La pendule sonne cinq heures ; au dernier coup débuche Baboosch-Pacha, et je m'écarte de mon voisin de droite pour lui faire place. Dourakine se lève, toise du haut en bas le nouvel arrivant d'un regard diablement insolent, et dit : « Messieurs, je lève la banque, car c'est une duperie dont je ne me rends jamais complice que de jouer avec des gens qui ne règlent pas leurs dettes de jeu dans les vingt-quatre heures. » Stupéfaction, froid dans le dos général....l'ombre de Banquo... la tête de Méduse... quoi ! Dourakine sort après avoir jeté quelques mots à l'oreille de Bienséant. Le moins embarrassé entre tous les témoins de cette scène, c'est assurément le digne Osmanli, qui s'approche de moi et me demande ce que cela veut dire. Il ajoute candidement qu'il doit bien de la dernière séance sept cents louis à Dourakine, mais que ce dernier lui a gagné assez d'argent depuis un mois pour prendre un peu patience. « Après l'accueil brutal qui m'a été fait, continue le pacha, je suis bien embarrassé et n'ai rien de mieux à faire qu'à prendre les avis d'un homme qui, comme vous, joint la sagesse au courage, l'expérience du monde aux plus nobles sentiments... » Il l'a dit, poursuivit le narrateur avec emphase, *in shallah !* et mon père ne l'a pas entendu ! Impossible de refuser ce témoignage d'intérêt à ce brave homme de Turc qui a été parfait pour moi pendant mon séjour à Constantinople. J'accepte : mais à qui demander conseil moi-même ? Ce vieux roué de Bienséant est toujours pour les victorieux et représente les intérêts du boyard ; j'ai rendez-vous chez lui ce soir à quatre heures. L'entrepreneur Poncifer, ce pingre de Prudhomme de l'Orge ne m'inspirent qu'une médiocre confiance en matière de point d'honneur. Je ne veux pas mener cette affaire en étourneau, mais en gentilhomme ; aussi, tout naturellement, j'ai pensé à vous, et me suis décidé à venir vous trouver. Vous êtes, chacun le sait, l'appui du faible, le défenseur des opprimés.

— Et le plus maléficieux *jettatore* de l'Europe, interrompit Kernozian en souriant.

— Oh ! la longue rancune d'une mauvaise plaisanterie de plus de six mois de date, reprit vivement Monjicot... La voix du peuple, *vox Dei,* dit : Clodion le chevelu, Napoléon le Grand, Louis XVIII le Désiré, Kernozian l'ami des vaincus, *sed victa Kernoziani.*

— Vil flatteur ! Dites Kernozian un brave garçon, tout disposé à vous prêter son concours pour tirer cet étranger d'une position en vérité fort embarrassante.

— L'insulte a été publique et brutale, reprit Monjicot, et je pense bien à demander une réparation par les armes. Avec l'aide du Prophète et le bon damas de son père, on fera tout comme un autre son devoir sur le terrain... *Mash Allah !* mais avant de dégainer, il faut payer.

— Ce pauvre pacha est donc arrivé à ses derniers écus? demanda l'ami des vaincus.

— Quelle idée !... Une fortune princière. Cinq palais sur le Bosphore, dont le plus petit vaut, au bas mot, son joli million. Rien qu'en Asie Mineure, nous possédons une véritable province où bêlent

plus de gigots qu'il n'en faudrait pour nourrir
pendant six mois toute la ville de Paris. Mais
dame, une administration orientale, sept inten-
dants, et les rentrées n'arrivent pas toujours en
caisse au jour d'échéance. Quant à la solvabilité
du pacha, on ne saurait la mettre en doute, et,
pour moi, sa signature vaut celle de la banque de
France. Si j'étais en fonds, poursuivit l'orateur
d'une voix mélancolique, le tout serait promptement réglé, mais je suis à sec. La dernière fois
qu'il a payé mes dettes, le père roulait des yeux
furibonds et n'a parlé, pendant huit jours, que
démission du Club, conseil judiciaire, engagement
dans la marine... Ce n'était pas divertissant, je
vous assure.

— Où trouver quatorze mille francs sur la signature du pacha ?... C'est là la question, reprit Kernozian, résumant en deux lignes la longue tirade
de son interlocuteur.

— Vous l'avez dit, seigneur... Une idée, s'écria
vivement Monjicot en se dressant sur ses jambes :
si nous nous adressions à madame Poncifer?

— A madame Poncifer ? répéta Kernozian d'un
ton de véritable stupéfaction.

— Oh ! mais vous ne savez rien, rien de rien...

reprit l'attaché avec une folle gaieté. Vous ne savez pas que la noble dame raffole du pacha : une passion à tout briser ! Je lui ai persuadé que notre ami remplit au sérail les hautes fonctions de *kislar-aga*, grand eunuque blanc, si vous le préférez. Tout naturellement, cela lui a monté la tête. Ce ne sont que serrements de main, œillades assassines, correspondances mystérieuses, tout le tralala des folles amours. Si cela ne dépendait que de la belle Hélène, il y aurait eu déjà depuis longtemps enlèvement, rapt, *elopement in high life!* Nous y sommes : je m'adresse à la reine du moellon, qui paie les dettes de ce coquin de Mamamouchi... C'est Louis XIV en diable, pur grand siècle, voyez le Bourgeois gentilhomme ! C'était pourtant comme cela autrefois, poursuivit Monjicot d'un air pensif, cela a bien changé depuis, et c'est grand dommage.

— Oh ! ne mêlons pas ce demi-monde à nos affaires, reprit le gentilhomme pauvre avec un suprême dédain. Si, dans l'intérêt du pacha, nous devons demander un service d'argent à quelqu'un, que ce ne soit pas à ces parvenus vulgaires qui sentent le plâtre et le bitume, la spéculation véreuse, le vol à la prime. Vous me voyez désolé du piteux état de ma bourse, j'aurais eu grand plaisir à obliger votre ami. Que diable, moi aussi je suis Français, et dans la question d'Orient, avec l'homme malade contre son robuste voisin.

— Nous ferons de la haute politique une autre fois... Vous ne m'avez jamais entendu pincer cet air-là, je m'en acquitte fort proprement, je vous assure. Mais pour le moment je meurs de faim ; je n'ai pas déjeûné, dit piteusement Montji-cot.

— Eh bien, allez déjeuner et rendez-vous ce soir, à quatre heures, chez Bienséant. Le temps porte conseil, et d'ici là nous trouverons peut-être le moyen de tirer d'affaire le digne Turc.

— *Illah... Allah... Mohamed su Allah*, entonna d'un ton de nez fort dévot Monjicot, qui salua à la façon orientale en croisant les bras sur sa poitrine, et quitta la chambre du pas lent et majestueux d'un muezzin marchant à la mosquée.

Monjicot n'avait pas encore regagné le premier étage que le cerveau de l'ami des vaincus était à l'œuvre. Bientôt sa résolution fut prise, il coiffa son chapeau et descendit vivement l'escalier. Après avoir avalé en toute hâte une frugale tasse de café, Kernozian parcourait d'un pas hâtif la route qui sépare le Grand-Hôtel de la charmante villa habitée par la veuve de l'hetman.

Les deux colosses poudrés qui gardaient l'anti-chambre de la comtesse reconnurent immédiatement un intime de la maison. L'un d'eux, quittant, sans trop d'hésitation, le moelleux fauteuil où il reposait aussi voluptueusement que le prélat du *Lutrin*, guida les pas de Kernozian vers un petit salon où se trouvait la comtesse, en galant négligé du matin, un roman anglais à la main. Le nom du jeune homme avait à peine retenti que la maîtresse du logis, quittant son sopha, s'avança à la rencontre du visiteur et lui tendit la main avec une douce familiarité qui attestait son peu de rancune de la scène de la veille.

— Vous voilà, beau fugitif, dit-elle ; vous venez implorer ma bonté, reconnaître humblement vos torts ? Vous avez compris que la czarine sait parler le langage de l'amitié et de la raison : un peu tard sans doute ! Mais je vous pardonne, folle tête ; baisez-moi la main et que tout soit oublié.

Henry posa galamment les lèvres sur la petite main blanche et potelée qui lui était offerte, fort gracieusement, ma foi, et reprit, non sans une certaine hésitation :

— Je viens vous demander un service, un service d'argent.

— Que vous me rendez heureuse !

Et la comtesse sauta, avec une vivacité de jeune chat, au col de Kernozian, qu'elle embrassa sur les deux joues.

— Que vous faut-il ?

— Ah ! dame, reprit le solliciteur, qui avait intrépidement soutenu l'accolade, il me faut quatorze mille francs.

— Cent, si vous voulez. Il me reste, hélas ! plus d'argent chez mon banquier que je n'en dépenserai pendant mon séjour en France. Mes moments sont comptés. Il faut, dans l'intérêt de mon grand procès, que je sois à Pétersbourg vers la fin du mois prochain. J'ai reçu hier la triste nouvelle... mais nous causerons de cela tout à l'heure. Pour le moment, occupons-nous de vous. Il vous faut quatorze mille francs, m'avez-vous dit. Vous avez joué et perdu, vous aussi, le sage des sages ! poursuivit la dame en agitant l'index de sa droite d'un geste tragi-comique.

— C'est-à-dire... Il ne s'agit pas précisément de moi, mais d'un de nos amis communs, ce pauvre Baboosch-Pacha. Votre prince russe, qui lui gagne des sommes folles depuis un mois, s'est permis de lui faire hier en public l'algarade la plus inconvenante pour un innocent retard de quelques heures dans le paiement d'une dette de jeu. Ce charmant étourdi de Monjicot, un vrai cœur de gentilhomme, celui-là, m'a raconté la scène dans tous ses détails. Tout ce qu'il y a de plus brutal, de plus parvenu... Vous le savez, comtesse, je suis incorrigible : les faibles, les opprimés du sort, les vaincus ont toujours pour moi une attraction irrésistible, et, ma foi, je suis venu faire appel à votre libéralité. Monjicot répond de la solvabilité du pacha et, pour un rien, engagerait lui-même sa signature.

— Vous m'avez dit quatorze mille francs ? reprit la czarine.

Et, dans sa précipitation à obliger son chevalier favori, la dame s'assit à un petit bureau, sortit d'un tiroir un respectable calepin et traça *currente calamo* un chèque de sept cents louis sur la succursale de la banque de France à Floville.

— C'est fait. Voulez-vous vous charger de remettre vous-même mon bon au pacha ?

— Laissons à César ce qui appartient à César, et, puisque vous rendez le service, assumez-en *proprio motu* la responsabilité en de courtes lignes.

10

— Oui, quelque chose d'aimable et de bien tourné: un petit mot à la Sévigné.

Avec la mobilité d'esprit qui lui était naturelle, la comtesse se retourna vivement du côté de la table, saisit dans un buvard une feuille de papier magnifiquement armoriée.

— Comment commencer? Monsieur le Pacha... Excellence... peut-être Altesse?

— Rien de solennel, interrompit Kernozian.

— Assurément non... Mais que dire? fit la comtesse en mordillant de ses blanches dents les barbes de sa plume.

— Tout simplement : « Mon cher Pacha, entre exilés sur la terre étrangère, on doit s'aider. Un ami m'a appris vos difficultés, et je m'autorise de nos bonnes relations pour vous demander, comme une faveur, de me permettre de vous offrir les moyens d'en sortir. » Une petite formule de politesse « considération distinguée » ou « sentiments affectueux », votre signature, et la correspondance est terminée. Je me charge de remettre la précieuse épître au domicile du pacha. Il ne me reste plus qu'à vous offrir mes tendres et sincères remercîments, poursuivit le négociateur satisfait en recevant le billet des mains de la comtesse ; en

vérité, vous êtes la Providence des malheureux.
Quel bon cœur que le vôtre !

— Ne chantez pas encore victoire, je ne vous
tiens pas pour quitte envers moi...

La comtesse reprit, après une pause, d'une voix
grave :

— J'ai une promesse, une promesse sérieuse à
exiger de vous. Je vais partir, je vous l'ai dit ;
avant quelques semaines j'aurai quitté la belle
France. Je reviendrai, mais quand ? Le fâcheux
procès qui me rappelle, et qu'il est pour moi d'un
si grand intérêt de gagner, peut durer des années !
Que deviendra Louise, la chère Louise, pendant
mon absence ? Promettez-moi de respecter le calme
de sa vie. N'ajoutez pas à toutes ses épreuves une
fatale liaison qui ne peut amener pour tous deux
que désespoir et malheur, vous me le promettez ?

Kernozian rougit jusqu'au blanc des yeux, s'inclina respectueusement, et quitta le salon en promettant à la comtesse de venir au soir, sur la
plage, lui rendre compte de l'entrevue des témoins.

Vers huit heures du soir de la même journée,
les charmes d'un beau crépuscule avaient attiré
sur la plage le monde des baigneurs. Kernozian
et Monjicot marchaient côte à côte, d'un pas tran-

quille, sur le sable, aspirant à pleins poumons la brise du soir.

— Enfin cette désagréable affaire est terminée et bien terminée, disait Kernozian, et j'ai de sincères éloges à vous adresser, mon jeune ami, sur votre tenue et votre modération. Vous vous êtes conduit en véritable juge du point d'honneur.

— Merci du compliment, qui, dans votre bouche, me rend très-fier... C'est égal, le galion est arrivé à propos pour le pacha et pour nous. Si la dette de jeu était restée impayée, on peut dire que notre position aurait été diantrement embarrassante. Il aura sans doute reçu ce matin même les fonds qu'il attendait de Constantinople, poursuivit le jeune homme en jetant à la dérobée un regard scrutateur sur son compagnon.

— Ou bien il aura emprunté à gros intérêts ; ces riches étrangers trouvent toujours de l'argent; dit Kernozian qui soutint l'examen avec une figure impassible.

— Ils sont plus heureux que les fils de famille, fit mélancoliquement Monjicot.

Le jeune diplomate ne s'abîma pas longtemps dans une triste comparaison, car il ajouta avec un radieux sourire :

— Ah ! voici la bonne czarine et les deux poneys-mouches. Allons-y gaiement !

— Justement j'ai à parler à la comtesse, qui m'a donné rendez-vous ce soir sur la plage, interrompit Kernozian.

— Mazette !... Peste ! un rendez-vous !... Je vous quitte alors : être indiscret n'est pas mon caractère. Mais ma vertu ne reste pas sans récompense ; une fois n'est pas coutume. Voici la belle plâtrière à qui je dois en vérité quelques paroles bien senties sur la noble conduite du *Kislar-Aga*.

Et Monjicot quitta son compagnon qui se dirigea vers le *poney-basket* où trônait gracieusement la comtesse.

Quelques minutes ne s'étaient pas écoulées que Kernozian et son amie étaient assis de compagnie sur des chaises qui faisaient face à la mer.

— Maintenant parlez, dit la comtesse, qui, en digne fille d'Ève, attendait avec impatience le récit des événements de la journée.

— Grâce à vous, tout a marché à souhait, répliqua Kernozian. Nous n'avons qu'à nous louer de Bienséant et du général Bosabre, dont je craignais à tort, je l'avoue, la mauvaise tête. Dès le début, les témoins ont déclaré que la dette de jeu

10.

avait été payée le matin même, et ont loyalement
admis que nous avions droit à une réparation, à
des excuses, le prince Dourakine s'étant mis tout à
fait dans son tort par sa brutale sortie. Bosabre a
insisté particulièrement sur le mot excuse, tandis
que Bienséant voulait s'en tenir aux regrets. En
présence de ces explications, nous n'avions plus
qu'à nous déclarer satisfaits et à plumer traditio-
nellement les canards, ce que nous avons fait il y
a deux heures dans un petit banquet fort gai, fort
bien servi, au Moulin-Rouge : un restaurateur
borgne, découvert par Monjicot, et la découverte
lui fait honneur. Bienséant, Épicure Bienséant,
a daigné trouver le dîner de son goût. Le prince
de la gastronomie a distingué, mais distingué particulièrement, un vin de Château-Yquem 1847, un
vrai trésor, à ce qu'il paraît, et dont il a parbleu
bu sa bouteille.

— Oh ! la charmante partie que nous pouvons
faire au premier jour dans ce petit cabaret ! Je m'in-
vite, ou plutôt vous m'invitez à dîner ; entre nous,
c'est un oubli que vous avez à réparer, car, si j'étais
susceptible, je pourrais trouver mauvais de n'avoir
pas eu mon couvert mis au dîner de la réconciliation.

Après une pause, la comtesse poursuivit d'une voix dolente :

— Enfin, avant mon départ, je peux encore me promettre quelques bons moments, et j'en profiterai, soyez-en sûr. J'ai besoin de faire provision de bonne humeur. Ce n'est pas gai, les neiges de la perspective Newski et du quai Anglais, pendant un long hiver de Pétersbourg... Cher ruisseau de la rue du Bac!... Mais jouissons du présent sans penser à l'avenir.

La comtesse venait de murmurer l'acte de foi de la philosophie pratique, lorsque deux promeneurs s'arrêtèrent à quelque distance des chaises et regardèrent fixement dans la direction de la comtesse. Après minutieux examen, ne pouvant plus mettre en doute le témoignage de ses rayons visuels, Bienséant s'avança vers la veuve en disant:

— Nous vous cherchions, belle comtesse ; mon ami Darroles n'a pas voulu quitter Dieppe sans vous présenter ses hommages.

— Monsieur Darroles ? Quelle aimable surprise ?... demanda la comtesse, saluant gracieusement de la tête.

— Monsieur Darroles, répéta Kernozian.

Et l'ombre de la nuit, qui commençait à étendre

ses voiles épais sur la plage, empêcha seule de voir la profonde émotion qui couvrit en cet instant le visage du jeune homme.

— Je ne suis ici qu'en passant, madame la comtesse, répondit le conseiller d'État, mais je n'ai pas voulu perdre l'occasion de vous rendre mes devoirs. Sans reproche, il y a bien longtemps que vous manquez à vos amis de Paris.

— Vous en arrivez sans doute ? dit la comtesse d'un air distrait.

— Pas pour le moment, du moins. J'arrive du Grand-Hôtel, où je suis venu pour cette nuit réclamer l'hospitalité de Bienséant. J'ai pris hier soir le train des maris, un service fort commode dont je compte souvent me servir pendant les vacations du conseil. Parti de Paris hier à onze heures du soir, j'étais rendu ce matin, avant sept heures, à la villa des Saules, où j'ai passé la journée.

— Et vous avez, j'espère, trouvé tout le monde en bonne santé ? interrompit la veuve, toujours dominée par d'autres pensées.

— Parfaite ! Robert croît que c'est une merveille ; on lui donnerait, en vérité, deux ans de plus que son âge. L'intelligence n'est pas moins développée que les forces physiques, et il est temps de s'occuper de cet enfant.

— Il faut penser à en faire un homme, reprit Bienséant avec une emphase qu'expliquait peut-être l'excellence du Château-Yquem du Moulin-Rouge.

— Il n'y a pas péril en la demeure ; il est cependant urgent de prendre soin du caractère de Robert et de veiller sur ses premières études. Bonne et douce comme elle l'est, sa mère lui laisse faire toutes ses petites volontés. L'amiral, fasciné par les grâces du bambin, ne joue guère d'autre rôle que celui d'un oncle gâteau. Toute cette indulgence pourrait porter de mauvais fruits, et cela serait dommage, car l'enfant est doué du plus heureux naturel. J'ai le droit d'en être fier. Aussi, la session finie, je compte faire ici de fréquentes visites et prendre à tâche sérieusement l'éducation de mon fils. Vous n'avez pas de commissions pour Paris ?

— Aucune. Ne m'oubliez pas à votre prochaine visite à la villa des Saules : j'espère que je n'aurai pas encore pris la route de Russie... L'humidité de la plage devient insupportable, et ce que l'on peut faire de mieux, c'est de rentrer chez soi.

Et la comtesse, joignant l'action à la parole, se leva, prit le bras de Kernozian et se dirigea vers le *poney-basket*. La veuve se disposait à gravir le marchepied du galant équipage, lorsque, cédant à une soudaine inspiration, elle se retourna brusquement.

— Ah ! mon ami, dit-elle d'une voix émue, pour Louise, pour vous, arrêtez-vous au bord de l'abîme !

L'adjuration touchante de son amie, les paroles de Darroles, l'aplomb avec lequel il avait affirmé ses droits d'époux et de père avaient jeté le trouble dans l'esprit de Kernozian. Ses devoirs de cavalier servant accomplis, il ne pensa plus qu'à regagner son domicile. Il venait de s'armer, à l'arsenal du vestibule de l'hôtel, de sa clef et d'un flambeau, lorsque le concierge lui remit une lettre. Après avoir curieusement examiné l'écriture de l'adresse, Kernozian se disposa à rompre le cachet ; mais, réflexion faite, il remit à sa rentrée dans ses pénates l'ouverture de la missive. Une fois chez lui, l'enveloppe fut bientôt brisée d'un geste nerveux. Le billet, tracé d'une main convulsive, était ainsi conçu: « Vous êtes un homme d'honneur, n'essayez plus de me revoir... Plaignez-moi...

Oubliez la mère de Robert... l'épouse infortunée de M. Darroles. »

Le jeune homme lut et relut pendant plus d'un quart d'heure la courte épître. Enfin, ne pouvant plus mettre en doute le témoignage de ses yeux, l'ami des vaincus, vaincu lui-même, se prit la tête à deux mains et fondit en larmes comme un enfant.

VIII

LE SECRET DE LOUISE.

Le lendemain, vers huit heures du matin, l'amiral de Banneheu, monté sur un bon double poney rouan, s'arrêtait à la porte du Grand-Hôtel et, remettant sa monture aux soins d'un homme de service, entrait dans la salle du café. Après soigneux examen des lieux, l'amiral s'installait à la table placée près de la première fenêtre de droite, d'où l'on pouvait suivre facilement les entrées et les sorties de l'hôtel. Un garçon, bien frisé déjà malgré l'heure matinale, vint presque aussitôt offrir ses services au nouvel arrivant. Ce dernier commanda une tasse de thé et, en matière de contenance, s'arma du dernier numéro des *Petites Affiches*. Le garçon reparut bientôt, le bras droit chargé d'un plateau fort appétissant, et l'amiral salua son retour de la phrase banale :

— Vous avez beaucoup de monde à l'hôtel ?

— Foule, reprit le garçon, affable et loquace, c'est-à-dire qu'hier nous avons dû faire un lit dans le salon du comte de Bienséant pour M. Darroles, un conseiller d'État bien connu à Paris.

— Ah ! M. Darroles est ici ? dit le marin.

— Monsieur connaît M. Darroles ?

— Un peu. Doit-il rester longtemps à Floville ? continua nonchalamment M. de Banneheu.

— Non. Il repart ce matin par le train de neuf heures. Je vais lui monter son chocolat et l'avertir, de la part du chef de gare, qu'il y a un wagon retenu pour lui. Ah ! dame, un conseiller d'État, ça ne voyage pas comme tout le monde.

Cette remarque philosophique n'excita pas à un haut degré l'attention de l'amiral, qui, changeant de sujet sans transition, dit à l'homme frisé :

— Vous avez toujours M. de Kernozian, à l'hôtel ?

— Monsieur désirerait-il lui parler ?

— Pas pour le moment.

— J'en suis vraiment bien aise ; il est encore de bonne heure pour aller le réveiller, vu qu'il a passé la nuit à lire ou à écrire. Il y avait encore de la lumière à sa fenêtre quand je suis monté me

coucher ce matin, à quatre heures. Monsieur ne
sait pas, continua le garçon avec la complaisante
fatuité d'un homme bien renseigné, que nous
avons eu cette nuit un souper monstre, après un
Bac des plus cascadés, comme disent ces messieurs. Je ne sais pas ce qui s'est passé, mais le
prince russe du premier, en rentrant chez lui, a
fait un sabbat à tout briser. Pour les autres, ils
n'engendraient pas la mélancolie. Ah ! dame ! le
jeune vicomte de Monjicot surtout ! « Théobald,
m'a-t-il dit, lorsqu'il a pris de mes mains son bou-
geoir, je me suis refait, le Grand Turc s'est refait,
nous nous sommes tous refaits, et le boyard est
enfoncé jusqu'à la troisième capucine ! Vive l'empereur ! » Là-dessus il a jeté son chapeau en l'air,
m'a donné un louis et a monté l'escalier en dan-
sant une danse asiatique. Monsieur ne connaît pas
le vicomte de Monjicot ? Charmant garçon, grand
voyageur. Monsieur ne désire rien autre chose ?

— Rien, absolument.

Et l'amiral remit au garçon une petite pièce
d'or en lui disant de se payer et de garder le reste.
Le besoin d'un premier repas n'avait pas seul assurément entraîné M. de Banneheu dans le café du
Grand-Hôtel. Le pain resta dans le panier, le thé

continua à chanter sur son trépied, tandis que, le
journal à la main, l'amiral attachait fixement ses
regards sur la fenêtre. La patience de l'observateur
fut sans doute récompensée. Un mouvement assez
vif d'entrées et de sorties se dessina à la porte de
l'hôtel. L'heure du train de Paris approchait, et
l'on vit passer M. Darroles en compagnie du comte
de Bienséant, tous deux précédés d'une charrette
à bagages. M. de Banneheu se leva, s'approcha de
la fenêtre, l'ouvrit, et suivit d'un œil anxieux les
deux amis sur la route de la gare. Le cortége avait
disparu depuis quelque temps à l'angle de la
Grand'-Rue lorsque l'amiral, quittant son poste
d'observation, se rafraîchit les lèvres d'une gorgée
de thé et quitta la salle pour remonter à cheval.

Une heure après sa séance au café le marin, arrivant au pas de son cheval en vue de la villa des
Saules, fut accosté par un commissionnaire dont
la casquette portait les insignes du Grand-Hôtel, et
qui lui demanda si l'habitation voisine n'était pas
celle de madame Darroles. Sur une réponse affirmative, cavalier et piéton firent route de compagnie et franchirent le seuil de la grille. L'amiral
remit sa monture aux soins d'un palefrenier, et le
commissionnaire, avec le flair d'un homme fatigué

et altéré, se dirigea vers la cuisine. La course du retour avait été assez longue et le cavalier avait à peine mis pied à terre que la cloche du déjeuner faisait entendre son appel.

Le repas fut hâtif, et le soleil touchait à peine à son zénith que M. de Banneheu et Louise avaient repris leurs places accoutumées près du balcon du salon. Robert, pour se soustraire à l'épée de Damoclès d'une leçon de piano, s'était enfui dans le jardin au sortir de la table.

— Vous n'avez rien mangé, ma chère Louise, dit le marin d'une voix pleine de tendresse. Vous êtes pâle, vos yeux sont enflammés, vous avez la fièvre ; il faut vous soigner. Pourquoi êtes-vous descendue ce matin ? vous auriez dû garder la chambre, peut-être le lit ; cela vous aurait fait du bien.

— Je ne suis pas malade, je suis agitée, reprit Louise avec un effort visible ; ce temps lourd m'agace, me porte sur les nerfs, mais cela ne sera rien. Il y a de l'orage dans l'air, on étouffe, et je ne me sens pas la force de donner à Robert sa leçon de piano.

— Je ne crois pas qu'il réclame, interrompit l'amiral avec un sourire. En effet, le temps est accablant, et, ce matin, moi-même je me sentais très-mal à l'aise. Mais je me suis secoué dans une longue promenade à cheval sur Pilote ; nous avons pris une forte suée tous les deux. Je ne sais ce que pense la pauvre bête du remède. Pour moi, il m'a réussi à merveille. Vous avez vu qu'au contraire de vous, qui n'avez pas plus mangé qu'un oiseau, j'ai déjeuné comme quatre. Les côtelettes étaient excellentes ; sous votre habile direction, notre cuisinière de rencontre devient un vrai cordon bleu, je vous en fais mes compliments.

— Vous trouvez qu'elle fait quelques progrès ? J'en suis bien aise, dit Louise d'un air distrait.

L'amiral reprit après une pause, et avec une certaine hésitation :

— Vous n'attendez pas M. Darroles aujourd'hui ?

— Non... Il n'a quitté Paris que pour quelques heures. Il était indécis sur nos projets, et voulait savoir jusqu'à quand nous comptions prolonger notre séjour ici. M. Darroles, de plus, n'avait pas vu Robert depuis six semaines, et il a profité d'un jour de congé pour venir à la villa des Saules... Ne vous ai-je pas dit tout cela hier soir ? poursuivit Louise avec une naïveté contrainte, voisine du reproche.

— En effet... Vraiment, je perds la mémoire...
Ce que c'est que de vieillir.

— Nous vieillissons tous... Robert a plus de sept
ans !

La jeune femme continua d'une voix mal assurée, avec un regard fixe qu'elle s'efforçait de
rendre souriant, mais où perçaient de sérieuses
angoisses :

— M. Darroles, qui porte à son fils une vive affection, veut s'occuper sérieusement lui même de
son éducation. Dès notre retour à Paris, il compte
nous faire de plus fréquentes visites ; il me l'a
annoncé hier, nous le verrons presque tous les
jours.

— Ah ! vraiment !... Je comprends tout l'intérêt
que M. Darroles doit porter à ce charmant enfant,
et ses visites, vous le savez, ne sauraient m'être
importunes.

L'amiral ajouta à voix basse, en hésitant, comme
un homme qui craint de lancer une question indiscrète :

— Vous a-t-il parlé de ses espérances, d'un
prochain changement dans sa position, dans sa
vie ?...

Les tressaillements précipités qui, à ces paroles,

soulevèrent le corsage de Louise, avertirent sans doute M. de Banneheu des dangers dont était semé le terrain sur lequel il s'aventurait, car il reprit vivement :

— Dans sa position officielle, veux-je dire ; mes lettres de Paris parlent d'un complet remaniement ministériel. M. Darroles n'est pas sans chance d'y figurer ?

— Ce sont là sujets qui me touchent peu, et dont je ne m'entretiens jamais avec M. Darroles, reprit Louise, dont la figure s'était visiblement rassérénée en entendant les dernières paroles de son interlocuteur.

Cette réponse ambiguë ne satisfit pas le questionneur obstiné, et il reprit :

— M. Darroles est appelé à de hautes destinées sous le gouvernement actuel, et peut-être ses résolutions ne sont-elles plus ce qu'elles étaient il y a quelques années. Vous l'avouerai-je, ce voyage à l'improviste, cette recrudescence d'affection pour Robert, l'éducation dont il veut prendre charge, me donnent lieu de soupçonner que, dans un avenir prochain, M. Darroles pourrait exiger un changement dans nos mutuelles relations, notre manière de vivre.

L'effrayante pâleur qui couvrit en ce moment les traits de Louise ne put échapper à l'amiral. Il s'arrêta court, comme honteux de ses questions réitérées, quitta sa chaise et vint déposer un baiser paternel sur le front de la jeune femme, en disant :

— Vous savez, mon enfant, que j'accepte sans mot dire tout ce que vous pourrez décider, faire...

Ces paroles d'aveugle et respectueuse obéissance ne trouvèrent pas Louise insensible ; à la dérobée, elle appuya ses lèvres sur la main droite de l'amiral, et un nuage humide voila ses yeux.

— Chère folle, dit le marin en souriant, comme s'il ne sentait pas sur sa main les larmes brûlantes qui venaient d'y tomber.

Il y eut un moment de silence.

— Voulez-vous que je vous joue quelque chose, du Mozart, du Beethoven ? dit Louise pour se soustraire au supplice de nouvelles explications.

— Non... vous êtes souffrante, le piano vous agiterait. J'ai reçu hier soir un envoi d'ouvrages nouveaux, parmi lesquels le dernier volume paru de l'*Histoire de la Terreur*, de M. Ternaux, un beau et triste livre. Je l'ai commencé immédiate-

tement, et, si vous le permettez, je vais le reprendre, car on me recommande de le renvoyer le plus
tôt possible.

Le poids de l'immense contrainte qui pesait sur
ces deux êtres ne fut pas moindre dans le silence
que dans le colloque. La broderie que Louise avait
saisie en distraction n'avait pas occupé un instant
son attention. Ses yeux plongés dans le vide, ses
lèvres contractées annonçaient le douloureux combat qui se livrait dans son sein. L'amiral, en dépit
de l'intérêt de son volume, suivait d'un œil ému
le navrant spectacle de cette muette et suprême
douleur. Enfin, sentant que Louise désirait rester
seule, le marin déposa son livre sur la table, quitta
sa place, et, de la porte du salon, jeta aux
échos, d'une voix sonore, le nom de Robert!
Robert!

L'appel dut être répété à plusieurs reprises avant
que l'espiègle, qui redoutait le piano, y répondît.
La figure soupçonneuse de l'enfant se rasséréna
toutefois lorsque l'amiral lui eut dit:

-- Robert, aimes-tu mieux monter ton poney
que prendre une leçon de piano?

— Oh! oui, dit l'enfant avec un sourire épanoui
qui attestait la sincérité de son aveu.

— Eh! bien! demande la permission à ta maman, je vais moi-même donner l'ordre de mettre
la nouvelle selle à Mousse.

Après un moment de réflexion, Robert ne se
sentit pas convaincu de toute sa bonne fortune, et
il s'avança vers la jeune femme d'un pas lent et
timide qui sentait le clavecin :

— Petite mère, dit-il en roulant sa tête sur les
genoux de Louise d'un mouvement câlin, mon
oncle veut me faire faire une promenade sur
Mousse, avec ma selle neuve ; le lui permettez-
vous ?

Louise caressa machinalement les cheveux
blonds du bambin, et un vague sourire, comme
au sortir d'un rêve, passa sur ses lèvres. Tout
entière à ses sombres pensées, les détails de la
scène qui venait de se passer à ses côtés n'a-
vaient pas laissé trace dans son esprit troublé.

La permission demandée avait été accordée sans
difficulté. L'amiral et l'enfant étaient partis de
compagnie. Louise demeura quelque temps affais-
sée dans son fauteuil. Tout à coup elle se lève,
s'enveloppe dans un châle et sort de la maison :
d'un pas saccadé, nerveux, elle parcourt les allées
du parc, marche... marche toujours... jusqu'à

l'épuisement de ses forces. A la chaleur accablante
de la matinée a succédé une bise aigre et froide.
Le vent siffle dans les arbres, dont les cimes s'in-
clinent en frémissant. La tempête est aussi déchaînée dans le cœur de la jeune femme. Ses cheveux dénoués et livrés au vent, la pâleur mortelle qui couvre son visage, ses yeux rivés au sol,
sa course impitoyable, tout en elle évoque le
souvenir d'Ophélie, de Lucie, douces et tendres
victimes de l'amour, dont Louise pourrait peut-
être envier le sort! La douleur a ses raffinements
comme le plaisir. Instinctivement elle entre dans
la cabane, asile sacré, où deux jours auparavant
son cœur s'était ouvert à l'amour, au bonheur.
Rien n'est changé autour d'elle ; l'empreinte des
pas d'Henry est encore visible sur le sol, mais
quel abîme entre le présent et le passé ! Sous le
coup d'une magique hallucination, son cerveau
s'illumine : une douce voix murmure à son oreille
un divin chant d'amour. Joie et bonheur, Kernozian est là, éperdu à ses pieds! Louise porte
à son front une main égarée ; le rêve a passé,
et la poignante réalité se dresse implacable !
Nessun maggior dolore, a dit le poëte ... E[t]
Louise, à bout de forces, tombe sur le banc les

bras inertes, les regards fixés sur la paille du toit de chaume. Elle videra jusqu'à la lie la coupe amère... D'un geste convulsif, l'infortunée tire de son sein une lettre... L'écriture en est pâle, déjà blanchie par les larmes. Sa voix, qui n'est plus qu'un souffle murmure, comme une prière d'agonie:

« Je suis un homme d'honneur, vos ordres seront
« scrupuleusement respectés. Vous promettre plus,
« Louise, serait au-dessus de mes forces. J'accepte
« votre arrêt ! Mais non!... non, je ne peux croire
« que j'aie été le jouet d'une perfide coquette; je ne
« peux croire qu'un amour comme le mien n'ait
« pas été payé sinon de retour, du moins de pitié.
« Votre tendre aveu brûle encore mon oreille, à ce
« moment suprême où votre volonté nous sépare
« à jamais. Cruelle amie, l'as-tu donc oublié?...
« Eh ! je n'aurais été pour toi qu'un caprice, un
« passe-temps! Arrière, odieuses pensées ! La fa-
« talité, le ciel nous foudroie de son courroux: un
« mystère plein de douleurs vous enchaîne ; ne me
« demandez pas de le respecter... Louise, Louise
« chérie, j'en saisirai tous les fils... Je veux, je
« veux, même au prix de ma vie, vous savoir
« digne d'un cœur que vous possédez à ja-
« mais. »

Chacun de ces mots vibre au plus profond du cœur de la jeune femme, et ses yeux, amère volupté, s'inondent d'un torrent de pleurs. A cette violente douleur, succède une complète prostration, et Louise reste assise, immobile, le corps rigide, la tête appuyée contre un des poteaux de la cabane... Lorsqu'elle reprend ses sens, deux figures amies sont devant ses yeux. Elle reconnaît la comtesse, et d'une voix mélangée de joie et de terreur, s'écrie · Henry!... Henry!

— Oui, Henry, il est là !... Il est venu avec moi te demander pardon pour lui et pour moi. Il sait tout, dit la veuve, qui, en proie à un violent accès de désespoir, se prosterna aux genoux de Louise, comme elle aurait pu le faire devant une madone.

— Il sait tout ? répéta Louise, sans avoir conscience de ses paroles.

— Je lui ai tout dit ; Louise, Louise chérie. pardonne-moi, s'écria la comtesse en étreignant de ses mains les mains de son amie.

— Tout ?... tu lui as tout dit !... tout dit ! Dieu puissant, qu'as-tu fait ? s'écria Louise qui, se dégageant violemment de l'étreinte de la comtesse, se leva, et demeura droite comme une statue.

— De grâce, écoute-moi, reprit avec une ardente prière la veuve toujours agenouillée. Je n'ai pu résister à ses angoisses mortelles ! Devant ses larmes, je n'ai pu conserver ce fatal secret. Il était si malheureux : sa douleur aurait attendri un rocher, et je n'ai pas été maîtresse de mes paroles.

— Nous trahir! trahir la mémoire de Thérèse!... Malheureuse ! je ne te reverrai plus, dit Louise, dont les yeux lançaient des éclairs.

— Louise, .. Louise, revenez à vous, interrompit Kernozian, qui, le cœur déchiré, était resté spectateur muet de cette scène; que votre esprit s'ouvre à la lumière, à la vérité. N'appelez pas trahison la confiance qu'une fidèle amie m'a témoignée.

— Pauvre amiral !... Ah! Julie, Julie ! qu'allons-nous devenir, dit Louise en éclatant en sanglots.

La comtesse saisit ce moment d'accalmie pour s'écrier avec toute l'énergie que donne une bonne cause : Ne me repousse pas; ne me condamne pas ; ton secret repose dans un cœur dévoué. Si tu savais les violences qu'il m'a faites ! Il était désespéré, fou de douleur... Ah ! le cher Henry ! Ta conduite lui semblait si étrange, son jugement sur

toi était si sévère! Il te maudissait en t'adorant...
Ma pauvre tête n'a pu résister à cette épreuve.
Pardonne-moi !

A bout de forces, Louise tombe épuisée sur le
banc, la tête entre ses mains. La comtesse, à genoux, mêle ses larmes à celles de son amie, en es-
sayant de l'embrasser. Kernozian, debout, les
mains appuyées sur le dos du banc, contemple les
deux infortunées d'un œil navré. Soudain des murmures de voix, des pas de chevaux retentissent au
bout de l'allée. Louise prête l'oreille, sa figure revêt
une expression de terreur. « L'amiral!... l'amiral! »
répète-t-elle. Par un effort suprême, la jeune
femme essuie ses larmes, le calme renaît sur ses
traits; elle se lève et, d'un pas presque assuré, se
porte à la rencontre des deux cavaliers. Ce n'est
pas sans hésitation que Kernozian et la comtesse
se décident, eux aussi, à marcher au devant de la
cavalcade.

Robert a salué Louise de ces mots joyeux :

— Oh ! maman, la belle promenade !... Que
nous nous sommes amusés!.. Je trotte à l'anglaise!

— Il monte à cheval comme un homme, dit
l'amiral, il n'a peur de rien. Nous l'engagerons un
jour dans les hussards.

— Vous n'avez pas eu froid, reprit Louise. Le
temps a bien changé depuis ce matin, et j'ai craint
que vous ne soyez assez chaudement vêtus ni l'un
ni l'autre. Rentrez vite, il doit y avoir bon feu au
salon. Vous voyez les hôtes qui nous sont arrivés
en votre absence, poursuivit-elle en désignant
du geste Kernozian et la comtesse, qui rejoignaient
le groupe d'un pas lent.

— Une aimable surprise... Nos amis nous restent
à dîner? fit l'amiral en ôtant galamment son chapeau.

— Assurément, et ceci me rappelle que notre
dîner est bien court; mais il est encore temps
d'ajouter quelque chose au menu.

Et Louise prit en courant la route de la maison.

La comtesse et Kernozian s'entre-regardèrent
d'un œil effaré. Une douloureuse stupéfaction se
lisait sur leurs visages. Cette scène a passé comme
un éclair; mais le suprême et victorieux effort de
Louise illumine d'une vive lueur les ténèbres de
la situation. Les douleurs intimes de cet intérieur,
le martyre de madame Darroles n'ont plus pour
eux ni secret ni mystère.

L'amiral venait de mettre pied à terre devant
le perron. Il s'approcha de son petit compagnon

que d'un bras vigoureux il enleva de sa selle.

— *Bob*, dit-il d'une voix sévère en regardant fixement dans le blanc des yeux l'enfant interloqué : quand tu seras grand, veux-tu être maître de piano ou trompette ?

— Trompette, trompette ! répéta le jeune Gaulois avec une vivacité qui trahissait l'ardeur de sa véritable vocation musicale.

IX

UNE AUTOBIOGRAPHIE.

Le mal est fait, Henry : la faiblesse d'une amie
vous a révélé le secret de la tombe, ce secret que
j'aurais voulu vous céler au prix de ma vie, même
au prix de votre estime. Le mal est fait, et, loin de
m'en plaindre, je suis presque à m'en réjouir ;
car il me donne un cœur digne de m'écouter, de
me comprendre. Après tant d'années de morne
silence, je puis parler, déverser le trop-plein de
mes douleurs, ôter un moment pour vous, pour
vous seul, le masque qui brûle mes joues !...
Hélas ! ami, la femme est toujours femme, et son
âme a autant besoin d'un miroir que son visage
Ce n'est pas sans stupeur que je commence le récit
d'événements dont, il y a quelques heures à peine,
j'aurais voulu effacer toute trace même dans ma

pensée..... Étranges vicissitudes du sort ! . . .

. . . Huit ans, j'ai travaillé à dissimuler aux
autres, à oublier moi-même un drame terrible, et
depuis hier je me surprends à fouiller avec ardeur
les douleurs du passé ; d'une main fiévreuse, je
soulève la lourde chaîne du temps pour en égrener
les anneaux. Efforts suprêmes et fascinants !...
voluptés amères, telles qu'en doit éprouver le pauvre
blessé qui, dans les transports de la fièvre, enlève
de ses plaies le baume réparateur !

Je n'ai pas connu mes parents, et, si loin que
remontent mes souvenirs d'enfance , ils ne me
montrent que deux êtres sur lesquels se sont concentrées les affections de ma vie tout entière : ma
sœur Thérèse et l'amiral. Ma mère mourut, que
j'étais encore en nourrice ; mon père, officier de
marine, la suivit de près dans la tombe, et sur son
lit de mort nous confia à son parent et compagnon
d'armes, M. de Banneheu, alors capitaine de vaisseau. J'avais quatre ans, Thérèse entrait dans sa
douzième année. Élevées par notre tuteur avec une
sollicitude sans égale, nous reportâmes bientôt,
par instinct et pour ainsi dire à notre insu, toutes
les affections dont nos jeunes cœurs étaient suscep-
tibles sur l'homme qui, à nos yeux, personnifiait

la famille : la grave autorité du père, la tendresse
de la mère..... Ici, dans un récit sincère de ma vie,
je dois raconter en détail un épisode de mon
enfance dont le temps n'a pas terni le brillant souvenir, et qui ne contribua pas peu à élever, dans
mon jeune esprit, mon tuteur sur une sorte de piédestal.

Dans l'hiver qui suivit la guerre du Maroc, M. de
Banneheu obtint de la dame supérieure du Sacré-
Cœur la permission de nous conduire, ma sœur et
moi, à un bal costumé d'enfants. Jamais mère an-
xieuse, à la veille d'une entrevue matrimoniale,
ne prit plus de soins de la parure de ses filles que
notre tuteur n'en prit des nôtres. A trois reprises
la bonne faiseuse du jour vint nous essayer nos
toilettes, deux costumes de bergères Louis XV,
avant que le bon ami se déclarât satisfait. La réus-
site fut complète, et, à l'heure du départ, la dame
supérieure, fort peu indulgente d'ailleurs pour ces
profanes atours, nous embrassa en nous assurant
que nous étions charmantes. En entrant dans de
brillants salons resplendissants d'or et de lumières,
j'éprouvai comme un sentiment de terreur et me
serrai timidement contre M. de Banneheu, qui
marchait en me tenant par la main gauche tandis

qu'il donnait le bras droit à ma sœur, presque
déjà une grande personne. Peu à peu je me rassu-
rai ; il me sembla qu'un coup de féerique baguette
m'avait transportée dans quelque palais enchanté.
Aussi loin que mes yeux pouvaient s'étendre, une
foule de dames magnifiquement vêtues, d'officiers
aux brillants uniformes, de valets en riches livrées.
Les accords d'une musique délicieuse sortaient
d'un vert bosquet formé de plantes inconnues. Au
milieu des salons, des bandes d'enfants habillés de
costumes chatoyants et bizarres dansaient avec
tout l'entrain et la gaieté de leur âge. Un jeune
homme, revêtu du même uniforme que M. de Banneheu, qui étrennait ce soir-là ses épaulettes de
contre-amiral, nous accosta familièrement. Il était
grand et mince, les épaules un peu voûtées ; sa
figure intelligente respirait la franchise et la bonhomie, un grand ruban rouge se montrait sous son
gilet, et une plaque d'acier brillait sur sa poitrine.
Le bel officier causa quelques instants avec notre
gardien, adressa un compliment fort bien tourné à
ma sœur, qui devint rouge comme une cerise ;
quant à moi, sans autre préambule, avec la franchise d'un vrai loup de mer, il m'embrassa sur les
deux joues. Le jeune marin venait de nous quitter ;

un grand mouvement se manifesta dans l'assem-
blée, la musique fit silence, et la foule, s'ouvrant
sur deux rangs, livra passage à un magnifique
cortége. En tête s'avançait une dame âgée. Son
front, ses épaules, le devant de sa robe ruisselaient
de pierreries. Mais les richesses de ce monde
n'éblouirent pas mes jeunes yeux : ce qui me
frappa surtout, ce fut l'air grave et doux de sa
noble figure, ses beaux cheveux blancs, la dignité
suprême de sa démarche. Elle s'arrêta près de moi,
me parla de mes études et de mes plaisirs en posant
sur mon front, en manière de bénédiction, une
main que je baisai instinctivement. « Aimez-le
bien, mes enfants, il a sauvé la vie de mon fils, »
me dit, en regardant d'un œil reconnaissant notre
tuteur, l'auguste dame, reine par le rang, sainte
par ses vertus.

A l'âge de dix-neuf ans, Thérèse épousa M. de
Banneheu. Ce mariage, prévu depuis longtemps,
ajouta une nouvelle et heureuse date au calendrier de nos fêtes de famille et, mieux encore, me
fit échanger le couvent contre la maison des Ternes,
où j'allai demeurer pour de bon et pour toujours,
comme je l'annonçai fièrement à mes compagnes
du Sacré-Cœur. Ce nom de beau-frère, je le pro-

nonçais à chaque instant et avec orgueil ; il semblait me conférer une sorte de dignité précoce :
la belle sœur de l'amiral de Bonneheu ne pouvait
plus être une enfant !

Vous connaissez l'amiral, Henry ; le temps et le
malheur ont pu rider son front, flétrir ses traits,
ils n'ont rien changé au cœur du plus noble des
hommes. A l'époque où je remonte, l'amiral était
dans toute la force de l'âge : des cheveux noirs
aux boucles gracieuses ombrageaient son front ;
ses yeux purs et perçants lançaient des rayons et
des éclairs. Les traits de son visage portaient l'empreinte de son âme, l'empreinte d'une beauté
mâle et fière. L'honneur, la famille étaient ,
comme ils le sont encore aujourd'hui, les deux
grandes idoles de ce cœur d'élite. Tout enfant, il
me prenait sur ses genoux, et sa parole douce et
tendre s'efforçait d'allumer dans mon cœur la
sainte flamme dont il se sentait dévoré. Ces mots
d'honneur et de famille se gravèrent dans ma
jeune tête, comme une formule magique à laquelle la vie de mon beau-frère était attachée.

Peut-être ces impressions de jeunesse ne furent-
elles pas sans influence sur ma destinée, quand
vint le jour des grandes épreuves.

La tempête de Février avait déraciné un trône... Lié par les souvenirs de sa famille à la vieille monarchie, uni par les liens d'une déférente amitié au jeune prince dont il avait apprécié, dans l'intimité du bord, les hautes et précieuses qualités, lors du grand désastre de la révolution, M. de Banneheu ne brisa pas cependant son épée. Le sentiment de ses devoirs envers son pays, envers le corps dont il avait conquis, par ses mâles vertus, l'affection et l'estime, l'emporta sur ses instincts personnels : le bon Français triompha du gentilhomme, et ses services demeurèrent acquis, sans arrière-pensée, à la République, puis à l'Empire. Dénué d'ambition pour lui-même, donnant en toutes les choses du service l'exemple de l'abnégation et de la discipline, mais inhabile à ces hypocrites démonstrations de dévouement de la veille si chères aux puissances à leur aurore ; incapable de blasphémer contre des princes malheureux et jugeant toujours avec indépendance les événements et les hommes, M. de Banneheu ne tarda pas à figurer, bien à tort sans doute, en tête de la liste des fidèles des anciens partis, suivant la nouvelle expression de la langue politique. Aussi, jusqu'à l'époque de la guerre de Crimée, notre ami vécut-il dans une sorte de demi-disgrâce, oublié au milieu des paisibles travaux du Conseil de l'amirauté.

J'atteignais ma dix septième année. Ma vie, jusque-là, n'avait compté que des jours de sereine félicité. J'étais arrivée à cet âge délicieux où, tout en me sentant jeune fille, je me réservais encore à chaque instant le droit de redevenir enfant ; je jouissais à la fois du double privilége de la raison et du caprice. J'étais déjà l'amie de l'amiral, de ma sœur, sans cesser d'être leur fille, la chère petite Louise. Souvenirs d'un heureux passé, avec quelle joie je me reporte vers vous, au moment des épreuves et de la défaillance ! Que de fois vous avez rendu force et courage à mon cœur désolé ! L'expédition de Crimée vint troubler pour la première fois le bonheur de la famille. Elle emportait pour un temps indéfini l'unique et cher objet de nos affections et de nos pensées. Les devoirs de son état avaient déjà imposé à l'amiral des absences auxquelles nous nous étions résignées. La durée limitée dès le départ de ses expéditions, l'absence de tout danger sérieux, ne laissaient pas de place aux grands chagrins, et les douces émotions du retour pouvaient paraître un raffinement de plus ajouté aux charmes de notre vie. Cette fois nous étions en présence d'une séparation indéfinie, aggravée par les dangers de la guerre !... M. de Banneheu salua avec tous les transports d'une âme guerrière la campagne qui se préparait. Il voyait là un noble élan donné aux esprits, au sortir des dissensions politiques. Tout souriait à son cœur dans la grande entreprise. Faibles femmes, nous n'acceptions ni le présent ni l'avenir avec autant de confiance. Ce champ de la gloire, où l'amiral se lançait avec ardeur, c'était pour nous le champ de la guerre avec ses hideuses fureurs, et nous en voulûmes presque à notre ami de l'exaltation de sa joie belliqueuse... Ah ! qu'ils furent tristes et déchirants nos adieux dans la rade de Toulon, à bord de la frégate *la Gloire*, sur laquelle M. de Banneheu avait hissé son guidon de contre-amiral !

La douleur déchirante de la séparation fut suivie de sentiments sinon moins tristes, du moins plus calmes et résignés. Peu à peu nous nous habituâmes à notre nouvelle situation, nous cessâmes de nous désespérer, de frissonner de terreur au moindre souffle du vent des batailles. Le choléra lui-même, qui sévit dans l'armée des alliés, perdit le terrifiant empire qu'il avait exercé sur nos imaginations. Il est de ces angoisses intimes qui, à force de se renouveler, deviennent pour le cœur comme des pulsations aiguës, mais régulières, qu'il ne compte plus et dont il n'a plus même conscience. Les éloges que les rapports officiels et les journaux décernaient à l'envi au dévouement de l'amiral, une promotion qui lui fut accordée dans l'ordre de la Légion d'honneur, à la suite et en récompense d'une brillante expédition dans la mer d'Azof, nous procurèrent des jouissances intimes et indicibles. Nous étions femmes et Françaises, et la gloire dont se couvrait notre ami à la tête de ses chers marins exaltait nos âmes.

Vers la fin de 1854, nous étions déjà toutes deux aguerries au bruit lointain du canon, « très-intrépides devant le feu de la cheminée, » comme disait l'amiral en plaisantant dans ses lettres. Ces lettres de mon beau-frère étaient en vérité admirables. Sa correspondance présentait un journal quotidien de sa vie si noblement remplie. Le cher écrivain nous racontait les scènes qu'il traversait jour par jour, heure par heure. Les tableaux les plus variés de la vie militaire repassaient sous sa plume étincelante de verve et de sentiment. Épi-

sodes gais ou terribles ; repas de camarades, après
une belle affaire, assis autour d'une rude table et
célébrant, dans l'exaltation de la victoire, par des
toasts et les chants du pays, la gloire de la journée ; l'élan de la bataille, l'enivrement de la poudre,
la rage de la lutte à l'arme blanche ; des taches
jaunâtres imprégnées sur le papier marquaient
souvent les pages où l'amiral, le cœur déchiré,
nous décrivait l'aspect du champ de bataille après
la lutte, une visite à l'ambulance ou à un ami blessé... les honneurs funèbres rendus aux morts ! ..
Toute cette épopée de l'homme de guerre se déroulait sur un invariable fond de tendresse et de sollicitude pour Thérèse et pour Louise. Lire, relire
ces lettres, les commenter, leur répondre, devint
bientôt la principale occupation de notre vie. A
notre tour nous voulions peindre, d'un minutieux
pinceau, le tableau de notre existence ; n'étions-
nous pas sûres que nos moindres crayons seraient
dévorés avec un palpitant intérêt ? Le temps, dont
nous avions cru ne savoir que faire au départ de
l'amiral, arrivait presque à nous manquer. Je con-
tinuais le cours de mes études et n'accompagnais
dans le monde que rarement ma sœur, qui, elle-
même, ne s'y montrait presque que lorsqu'elle ne

pouvait s'en dispenser. La plupart de nos soirées, nous les passions au milieu de ces précieux amis dont l'amiral aimait à s'entourer. Cette grande calamité que l'on nomme la guerre ne manque pas de réveiller certaines vertus fortes et précieuses, et l'un de ses bienfaits — la guerre même en apporte à l'humanité — est de nous rapprocher les uns des autres et de nous resserrer dans une pensée commune de soucis et d'angoisses, non pas du lâche souci de la conservation personnelle, mais de ces nobles angoisses pour les nôtres, pour ceux qui, loin du foyer, affrontent bravement la mort. Notre cercle assez restreint de bonnes connaissances ne nous fit pas défaut, et, depuis le départ de l'amiral, tendit plutôt à s'accroître. Des amis, qui n'avaient pas d'affections intimes engagées dans la lutte, se faisaient un devoir de venir régulièrement nous voir, nous consoler. D'autres, éprouvés comme nous, cherchaient à se rassurer à notre contact, partageaient avec nous leurs nouvelles, essuyaient nos larmes ou nous demandaient d'essuyer les leurs. Les rangs de nos fidèles s'étaient sensiblement augmentés, et je savais gré à tous ceux qui, par leurs visites, venaient faire diversion à notre solitude.

12.

Parmi ces derniers, M. Darroles, proche parent
du lieutenant de vaisseau Dessiale, capitaine de
pavillon de M. de Banneheu pendant qu'il commandait la station de la Plata, aux derniers jours
de la monarchie constitutionnelle. Journaliste républicain, fortement compromis dans les luttes
qui précédèrent et suivirent immédiatement le 2
décembre, M. Darroles avait dû quitter Paris après
le coup d'État et chercher un asile en Suisse, où il
avait passé une longue année d'exil. A la demande
de son fidèle aide de camp, M. de Banneheu avait
pris en main la cause du proscrit et obtenu pour
lui la permission de rentrer en France. Dès son retour, l'écrivain exilé n'avait pas manqué de venir
remercier son protecteur de sa généreuse intervention. Les charmes de l'esprit de M. Darroles, son
intruction variée, son indomptable fidélité à ses
principes, firent la plus heureuse impression sur
mon beau-frère, et notre intimité s'ouvrit, au grand
étonnement sans doute de plus d'un de nos fidèles,
devant le républicain de la veille, qui portait fièrement le drapeau de la liberté vaincue. Après le départ de l'amiral, M. Darroles ne fit pas défaut à
ses habitudes et continua à venir presque chaque
soir à la villa des Ternes. Ses visites avaient un

double attrait, car, mêlé aux travaux du journa-
lisme, M. Darroles nous apportait souvent la primeur des nouvelles du théâtre de la guerre. De
plus, son esprit vif et hardi, sa parole éloquente jetaient l'animation, quelquefois le désarroi dans les
rangs de nos paisibles amis. Il préludait à ses succès de tribune par des succès dans notre petit
monde. Au milieu du désastre de sa foi politique,
le républicain convaincu avait reporté sur l'Italie,
ses arts, son avenir, toutes les aspirations, les espérances de son âme. Avec quel enthousiasme ne
parlait-il pas du hardi politique qui avait associé
l'Italie à la grande œuvre de la guerre de Crimée.
Tantôt il discutait et commentait avec une éblouis
sante faconde les grands poëtes de l'Italie, ou expliquait l'œuvre de Raphaël. Quel tableau désolant il
savait tracer de Venise, la reine de l'Adriatique, la
fière cité des doges, humiliée sous les baïonnettes
autrichiennes ! Mais ses plus nobles accents, l'éloquent causeur les gardait pour célébrer la liberté,
le progrès, l'avenir, l'avénement de la république,
mais de la république des honnêtes gens, car nul
plus que M. Darroles ne flétrissait ces ineptes bour-
reaux de la Terreur, qui, en fait de politique nouvelle, n'ont su qu'emprunter au despotisme ses

armes les plus anciennes et les plus usées : le vol
et l'assassinat. « Mais il est tout simplement charmant, bonne petite, ton monstre de 93, » me dit
un soir, dans l'antichambre où je venais de la re-
conduire, madame de Bouvines, qui, sous le
charme de la parole de M. Darroles, avait permis à
la pendule de sonner minuit sans songer à la retraite. M. Darroles était l'âme et la vie de nos petites réunions, et ses conversations ne servaient
pas peu à défrayer les longues lettres que j'écrivais
à l'amiral.

Vers le milieu de l'hiver, un changement, dont je
ne compris pas immédiatement la portée, se manifesta dans mes relations avec ma sœur. Sans me
fuir précisément, je dus comprendre qu'elle recher-
chait la solitude. Elle laissa peu à peu à notre
femme de chambre le soin de m'accompagner aux
cours ou à la promenade. Une agitation nerveuse,
maladive, se manifestait dans ses allures, ses habitudes. A plusieurs reprises, sans qu'elle pût m'en
donner la claire explication, je la surpris les yeux
rouges de larmes. Ce ne fut plus qu'à de rares intervalles qu'elle occupa sa place aux repas du matin
et du soir. Sa santé déclinait à vue d'œil, et si, à
mes instances, elle se décidait à appeler notre mé-

decin, elle se refusait obstinément à suivre ses
moindres prescriptions. Ce qui me frappa aussi,
c'est que Thérèse, qui jusque-là avait employé la
meilleure partie de son temps assise au petit secrétaire de laque, meuble respecté de notre mère et
fidèle dépositaire de nos correspondances, ce qui
me frappa, dis-je, c'est que Thérèse, qui jusque-là
avait employé la meilleure partie de son temps à
écrire à son mari, n'adressait plus au cher absent
que des lettres fort courtes, comme si elle ne trouvait rien à lui dire, tandis que moi, sans effort d'i-
magination, j'arrivais toujours à remplir des volumes. L'arrivée du courrier de Crimée n'était plus
précédée de témoignages d'anxiété, suivie d'élans de
joie. Les lettres de l'amiral, lues d'un œil noncha-
lant, m'étaient livrées sans résistance, à peine dé-
cachetées. Un matin, j'avais trouvé Thérèse plus
souffrante qu'à l'ordinaire ; en rentrant du cours,
j'allai savoir de ses nouvelles, et elle m'affirma
qu'elle était restée la journée entière avec la mi-
graine sur son canapé. Peu de minutes après, une
indiscrétion de domestique m'apprenait que ma
sœur avait passé plusieurs heures dehors et n'était
rentrée que quelques instants avant moi. Pour la
première fois de sa vie, Thérèse, ma sœur, m'avait

menti !... Menti ! et pourquoi ? Hélas ! je n'allais pas tarder à recevoir la terrible explication ?

Le printemps était arrivé. Par une belle soirée de la fin du mois d'avril, je venais de descendre au salon quelques instants avant le dîner. Thérèse m'y avait devancée et était assise dans un fauteuil, le front appuyé sur sa main droite, dans une pose pleine d'abattement et de douleur qui lui était familière. Une lettre était sur ses genoux. J'eus bientôt reconnu l'écriture de l'amiral, et sans permission, d'un geste hardi, je m'emparai de la précieuse correspondance. Je m'approchai de la fenêtre et lus à longs traits l'écriture aimée. L'amiral gourmandait, avec de tendres reproches, Thérèse sur la brièveté de ses lettres, en disant que, sans les volumes de la fillette, il n'aurait plus qu'une vague idée de l'emploi des journées des habitantes de la villa des Ternes. Il ajoutait presque textuellement : « Vous ne me parlez jamais, chère amie, de M. Darroles ; les lettres de votre sœur en sont pleines. Sa jeune plume ne tarit pas sur votre visiteur assidu, l'élévation de son esprit, la distinction de sa personne, si bien que je me demande avec anxiété ce qui peut se passer dans cette folle et poétique cervelle. Que le pilote veille au grain ! » « L'ami-

ral est bien prompt à s'égarer sur l'océan du roman
et de la fantaisie, petite sœur, » fis-je après avoir
lu ce passage à haute voix avec une insouciante
gaité.... Thérèse ne me répondit pas. Je m'approchai d'elle en lui disant : « Tu souffres, pauvre
amie ! » Elle se leva brusquement et, d'un pas précipité, s'élança hors du salon. J'attendis en vain
son retour. Le maître d'hôtel vint m'annoncer que
ma sœur, souffrante, ne descendrait pas et me
priait de ne pas l'attendre pour dîner. Après un
triste repas pris en toute hâte, mon premier soin
fut de monter chez Thérèse, que je trouvai à demi
couchée sur un sopha, les cheveux épars, les traits
bouleversés, la respiration haletante. Je me sentis
froid au cœur à la vue de cette figure décomposée
par la douleur et, dans mon émotion, ne trouvai
pas un mot à dire. Thérèse attacha sur moi un regard étincelant de fièvre, serra convulsivement ma
main dans ses mains brûlantes, se laissa couler à
mes pieds : « Louise, Louise, murmura-t-elle d'une
voix mourante, sauve-moi !.. » Ah ! nuit d'angoisses et de terreur, ton souvenir vient souvent
encore épouvanter mes rêves ! . . . . . .

. . . .

Le lendemain, j'étais vieillie de dix ans, les

rôles étaient changés ; toute la séve de vie qui semblait avoir abandonné Thérèse avait reflué en moi. Mon cœur débordait de résolution et d'énergie ; une idée fixe dominait toutes mes pensées : sauver, sauver à tout prix la réputation de ma sœur, la paix de son ménage. Honneur, famille, noble culte auquel l'amiral m'avait initiée, j'étais prête à vous immoler mon bonheur, ma vie ! Le soir, notre porte fut fermée pour tous, sauf pour M. Darroles. Il n'eut qu'à me voir pour comprendre que je savais tout. « Monsieur, lui dis-je, nous partons, je sauverai ma sœur. Respectez sa faute, son malheur. Si vous êtes un homme d'honneur, n'essayez pas de revoir Thérèse. C'est en son nom, moi, sa sœur, qui vous en conjure, qui vous l'ordonne ! » Ma voix, mon geste, avaient sans doute quelque chose d'inspiré, car M. Darroles pâlit, balbutia, sortit d'un pas mal assuré. Encore aujourd'hui, je ne peux m'expliquer que par une intervention divine qu'une jeune fille, comme je l'étais alors, ait pu imposer ses volontés, en ce moment suprême, à un homme que, la veille, elle n'aurait pas osé regarder en face.

Au milieu de toutes ces angoisses, la Providence avait mis près de moi une amie, un cœur noble et passionné, susceptible des plus héroïques dévouements. J'ai nommé Julie Dubin, que vous connaissez aujourd'hui comme l'élégante comtesse Tomski-Amourzow. Orpheline, fille d'un parente éloignée de ma mère et sortie récemment de la maison de Saint Denis, Julie avait accepté l hospitalité de la villa des Ternes, jusqu'à son retour auprès d'une vieille tante de province, retour qu'elle n'envisageait pas sans effroi. Jolie, spirituelle et bonne, douée de tous les talents qui peuvent rehausser une heureuse nature, le sort n'avait pas complété tous ses dons, et une petite dot de vingt mille francs, sans espérances, composait toute la fortune de Julie. Le sombre avenir qui s'ouvrait devant elle ne semblait lui réserver que les anxiétés d'un petit ménage bourgeois, la demi domesticité de gouvernante ou de demoiselle de compagnie dans quelque grande maison. Mais l'intrépide jeune fille n'acceptait pas l'arrêt du sort comme un arrêt irrévocable ; elle avait foi en son étoile. Monter, monter au premier rang par la seule force de son esprit et de ses talents était le rêve de la bonne et charmante amie. Souvent, avec une grâce fougueuse et juvénile, elle nous expliquait ses plans, les moyens qui devaient l'aider à conquérir la fameuse Toison d'or, comme elle le disait gaiement. Tantôt la blonde Argonaute s'embarquait sur le vaisseau du théâtre et songeait à utiliser fructueusement une belle voix et un talent de chant consommé. Être Rosine, Desdemona, Mathilde ou Valentine, faire palpiter une foule enivrée, arriver à la fortune par la gloire ! Pour une jeune fille pauvre comme elle, était-ce déroger que d'aborder la carrière où se sont illustrées les Sontag et les Malibran ? A notre époque sans préjugés, n'avait-on pas vu d'illustres artistes marcher de pair avec les plus grandes dames ! Au passage à Paris d'un jeune Anglais qui nous était recommandé par un vieil ami de l'amiral, et qui, lui aussi, s'en allait conquérir la Toison d'or, et dans toute l'acception du mot, au milieu des steppes de l'Australie, Julie ne rêva plus qu'expatriation lointaine, grands espaces et forêts vierges, troupeaux et bergeries, vie patriarcale, tribu d'enfants et de petits-enfants ... Et toutefois, au milieu de ces mirages de l'avenir, l'aimable ambitieuse n'entrevoyait même pas la brillante position qui lui est échue en partage, et qu'elle remplit si noblement. Je ne fis pas en vain appel au cœur de Julie, et une fois que je lui eus

révélé le fatal secret, du plus profond de son âme
elle s'associa à ma pieuse entreprise. L'amiral
possédait dans les Pyrénées, près d'Argelès, du fait
de l'héritage d'un parent éloigné, une petite propriété qu'il n'avait jamais visitée, et où il avait
installé un de ses patrons de bord avec sa femme.
C'est dans cet asile solitaire que je résolus d'aller
chercher le mystère et l'oubli. L'altération apparente de la santé de Thérèse motivait un changement d'air. Sur mes instances, notre médecin
n'hésita plus à le recommander impérieusement.
La fin des hostilités, dont on commençait à prévoir le terme, pouvait incessamment autoriser le
retour de l'amiral dans ses foyers, et nous rappeler nous-mêmes à Paris. C'était là un excellent
motif que nous ne manquâmes pas d'invoquer
pour laisser tous les domestiques à Paris. Par le
plus heureux hasard, la femme de chambre de
Thérèse avait dû s'éloigner pour aller soigner sa
mère gravement malade. La vieille tante de Julie
consentit sans résistance à lui permettre de faire
un beau voyage en compagnie de deux amies d'enfance. Quinze jours ne s'étaient pas écoulés depuis
que l'affreuse vérité m'était connue, que nous
pûmes prendre toutes les trois, sans que notre

voyage donnât lieu aux moindres soupçons, la route des Pyrénées.

Le chalet de l'amiral était on ne peut mieux disposé pour servir de dépositaire à un secret de vie ou de mort. Il s'élevait à mi-côte de la montagne, à une forte lieue du bourg d'Argelès. Dans une loge assez éloignée de la maison vivait le vieux ménage à la garde duquel la propriété était confiée. Les fenêtres de la rustique demeure s'ouvraient sur une magnifique terrasse qui dominait à pic un rapide torrent dont le flot limpide et tumultueux descendait de la montagne, de cascade en cascade, pour aller se jeter dans la vallée. Le logement, assez restreint, mais suffisant pour nous trois, était entièrement prêt à recevoir ses maîtres. M. de Banneheu, depuis sa prise de possession, n'avait pas permis qu'il fût rien changé au mobilier ou aux jardins, et le gardien avait reçu l'ordre d'entretenir les parterres comme au temps du dernier propriétaire. Le vieux marin s'acquittait de cette mission avec zèle et intelligence; aussi la maison, couverte de chèvrefeuille et de plantes grimpantes, entourée de beaux massifs de fleurs, était-elle d'un aspect plein de coquetterie.

Une fois installées, le dévouement de Julie brilla dans tout son éclat. Pour un instant, elle ne voulut pas admettre que nous pussions avoir besoin d'autres services que des siens, et à peine permit-elle l'entrée de la maison à la femme du vieux marin, pour y faire les gros ouvrages. Julie Dubin, bonne à tout faire, disait-elle gaiement, et jamais habile ménagère ne porta avec plus de grâce les attributs du marché. Aussi bientôt les coqs du village ne manquèrent-ils pas de venir chanter autour de la charmante Julie. Souvent, au retour de la petite ville, elle nous racontait, avec cette gaieté communicative qui parvenait à ramener le sourire sur les lèvres décolorées de la pauvre Thérèse, les entreprises amoureuses auxquelles elle avait été en butte. Le gros épicier de l'endroit avait mis à ses pieds son fonds et sa main ; le maître d'école avait glissé dans son panier une déclaration sur vélin, véritable chef-d'œuvre de calligraphie ; le fils de monsieur le maire était descendu de cheval, sur la route, pour lui offrir un mobilier en noyer,... ce qui lui avait valu un beau soufflet ! La cuisine devint la passion dominante de Julie, et la *Cuisinière bourgeoise*, sa lecture favorite. Ah ! vous me rendez bien heureuse, disait-elle, lorsque nous

la félicitions sur l'excellence d'une fricassée ou
d'un rôti, je crois que j'ai décidément trouvé ma
vocation. Et aussitôt elle se voyait à la tête d'un
grand établissement culinaire, assise sur un trône
d'acajou, dominant de la voix et du geste une
armée de maîtres d'hôtel et de garçons, ou recevant
d'un riche anglais la commande d'un dîner de
vingt cinq couverts à cent francs par tête.

La Providence semblait s'intéresser à ma pieuse
entreprise. La guerre se prolongeait..... Le malheur rend égoïste ; ces chaudes et sanglantes
affaires de la fin du siége de Sébastopol, qui jetaient
le deuil dans tant de familles, j'en lisais avec une
joie perverse les désolants récits ; car ils éloignaient
l'épouvantable éventualité du retour de l'amiral.
Revers du drapeau de mon pays, torrents de noble
sang inutilement versé, qu'étiez-vous pour mon
cœur en présence des intérêts sacrés de la mission
qu'il s'était imposée ? D'autres et tristes préoccupations ne me faisaient pas défaut. La santé de
Thérèse était loin d'être aussi bonne que j'aurais
pu le désirer. Une fois soustraite à l'influence de
M. Darroles, l'immensité de sa faute s'était révélée
tout entière à ma malheureuse sœur. Ses yeux
creusés par les larmes, la pâleur de son visage, me

disaient assez ses soucis, ses remords. Un véritable affaissement moral s'était emparé d'elle ; il me fallait incessamment remonter ses forces, lui montrer un salut prochain, l'expiation dans une vie entièrement consacrée à l'époux outragé. Le Seigneur n'avait pas jeté la pierre à la femme coupable, et la miséricorde de Dieu est immense ! Hélas ! je voyais avec douleur que mes paroles, mes consolations restaient sans résultat. Les anxiétés morales de Thérèse avaient une grande influence sur sa santé. Dès notre arrivée, sa faiblesse l'obligea à garder la chambre, et depuis lors elle ne sortit qu'à de rares intervalles, toujours dans le jardin. Un vieux médecin, dont le pays célébrait le savoir et la bonté, reçut ma confidence, et donna à l'infortunée les soins les plus assidus.

Un soir de la fin d'août, la température avait été accablante. J'avais passé toute la journée auprès de Thérèse, plus morne et désespérée qu'à son ordinaire. Cette profonde tristesse avait réagi sur moi, et, après dîner, pour m'arracher à d'odieuses pensées, je pris dans le salon le premier livre venu, et allai m'asseoir sur la terrasse. Un merveilleux panorama se déroulait sous mes regards ; le soleil disparaissait dans la vallée, entouré d'un horizon d'or, tandis que sur les montagnes s'amoncelaient de noirs nuages, que des éclairs phosphorescents illuminaient d'une lueur sinistre. D'un œil inquiet, je suivais cette grande scène de la nature, comme si je devais y lire le présage de ma destinée. Un Dieu clément protégerait-il jusqu'au bout ma grande entreprise? Quelques jours, peut-être quelques heures encore, et le succès m'était assuré..... Mais en cas de revers, quel avenir de misères, de dévorantes douleurs pour les deux êtres, mon seul intérêt en ce monde! Abîmée dans une cruelle méditation, je fixai machinalement les yeux sur le livre qui se trouvait sur mes genoux. C'était la *Bible illustrée*, lecture favorite du vieux parent de l'amiral. Par un singulier hasard, l'in-quarto était ouvert à la gravure représentant le sacrifice de Jephté. « Et Galaadite répondit à son père : Fais-moi selon ce qui est sorti de ta bouche puisque l'Éternel t'a vengé de tes ennemis, les Hammonites. » Sous l'empire d'une vertigineuse surexcitation, il me sembla reconnaître mes traits dans les traits de la noble fi le d'Israël. Je descen-dis au plus profond de mon cœur, interrogeai toutes ses fibres : pas une qui ne me répondît que mon courage ne faillirait pas, que moi aussi,

j'étais prête à sacrifier la vie, et plus que la vie,
au succès de la sainte mission que Dieu m'avait
donnée. Julie, haletante, s'approcha de moi en
disant : Je cours chercher le médecin. Ces mots
avaient mis fin à ma rêverie, et je volai près de
Thérèse. Le moment fatal approchait... Robert vit
le jour, et à la nuit Julie l'emporta mystérieusement
chez une nourrice dont nous nous étions d'avance
assuré le concours. Mais d'impitoyables remords
dévorés en silence pendant des mois avaient épuisé
les forces de Thérèse. Une péritonite aiguë se
déclara, et le médecin dut m'annoncer, les larmes
aux yeux, que l'amie de mon enfance n'avait plus
que quelques heures à vivre. Dans son délire, elle
appelait de ses vœux l'instant suprême, la fin du
supplice : ne préférait-elle pas le jugement du souverain Juge à celui de l'époux outragé? Bienfait
de la mort, tu la délivrais d'une vie d'opprobre et
de mensonge ! « Protége ma mémoire, protége mon
enfant, » me dit-elle! Le voile de l'agonie obscurcis-
sait déjà ses yeux, et elle s'éteignit bientôt.

La nouvelle de la mort de madame de Banneheu
ne tarda pas à circuler. Les habitants de la petite
ville voisine bientôt informés, l'attribuèrent à
une maladie de poitrine, explication que justifiait

l'état de langueur, et la retraite où ma sœur avait
vécu depuis son arrivée. La maladie de poitrine
fut aussi invoquée par Julie qui, avec une grande
présence d'esprit, donna immédiatement avis aux
domestiques de la villa des Ternes, de la fin pré-
maturée de leur jeune maîtresse. M. Darroles, instruit de la catastrophe, arriva à Argelès le lendemain des funérailles. A deux reprises, il me
demanda une entrevue dans les termes de la plus
profonde douleur, mais je ne répondis point à ses
lettres, ne me sentant pas le courage de soutenir
la vue de l'homme que je considérais, à juste titre,
comme le meurtrier de ma chère et malheureuse
sœur. M. Darroles repartit pour Paris sans m'avoir
vue, et n'emporta avec lui que les détails les plus
vagues sur les circonstances qui avaient précédé
la mort de Thérèse. Fatale irrésolution, faiblesse
de mon cœur que je me suis reprochée bien des
fois..... Eussé-je pu voir M. Darroles, lui montrer,
lui confier son enfant, que de mortels tourments
n'aurais-je pas épargnés à ma vie!.... Mais Dieu
choisit ses martyrs parmi les plus indignes...
non,... non, je ne vous maudis pas!

L'automne était arrivé, Sébastopol venait de
tomber au pouvoir des alliés L'amiral, chez qui le

soldat avait dominé l'époux en deuil, put, après
l'armistice qui suivit la prise du fort Malakof, quitter honorablement son poste pour venir me rejoindre. Je n'oublierai jamais notre première
entrevue. Les cruels et profonds changements !
Quelle empreinte navrante la douleur n'avait-elle
pas creusée sur ses nobles traits. L'homme qui
nous avait quittées dans toute la force de l'âge,
revenait courbé, abattu, les cheveux blanchis. La
foudre avait frappé le noble chêne, et l'orgueil des
forêts, découronné de ses rameaux, n'était plus
que l'ombre de lui-même. Mais les rudes travaux
de la guerre étaient étrangers à cette douloureuse
métamorphose, les angoisses d'un cœur mortellement atteint avaient tout fait. Un changement, non
moins triste et complet, se manifestait dans le
caractère, les habitudes de l'amiral. Lui, autrefois
si calme et digne, l'homme de guerre qui portait
dans toutes ses allures la gravité du commandement militaire, était devenu inquiet, nerveux,
soupçonneux, violent. Il s'occupait de tous les
détails du ménage, et, sans s'en rendre compte,
exerçait une sorte d'inquisition sur la vie de Julie
et la mienne. Il fallait le renseigner sur mes
moindres démarches, pour des journées entières

ne pas m'éloigner de ses yeux, si bien que ce n'était qu'à de rares intervalles et à la dérobée que je pouvais aller visiter le cher petit orphelin. Heureusement, Julie, plus libre, car elle avait, dès la mort de Thérèse, cédé la direction du ménage à deux de nos femmes de Paris, trouvait ingénieusement, plusieurs fois la semaine, le moyen d'aller elle-même me chercher des nouvelles de Robert. L'amiral mandait près de lui, presque chaque jour, le médecin de la petite ville, et le forçait incessamment à lui répéter de longs et minutieux détails sur la maladie de Thérèse, sa mort foudroyante. A plusieurs reprises, mon beau-frère me reprocha de ne pas lui avoir fait pressentir la catastrophe. Tout, en lui, annonçait des inquiétudes, presque de vagues soupçons, dont la seule pensée me glaçait jusqu'au plus profond de l'âme. M. de Banneheu ne parlait pas de rentrer à Paris, et quelques ouvertures faites par moi à ce sujet avaient été assez mal reçues pour que de longtemps je n'osasse revenir à la charge. Je ne vivais plus..... Les angoisses qui avaient précédé la mort de Thérèse étaient dépassées ! L'abîme était là, béant, ouvert sous mes pieds; un instant d'oubli, d'erreur, un accident fortuit pouvait m'y précipiter. Et j'allais

perdre les services de la précieuse amie qui,
autant que moi, plus que moi, s'était dévouée à
mon œuvre. Madame de Bouvines, séduite par les
bonnes qualités de Julie, s'était vivement intéres-
sée à elle, et lui avait obtenu une position de
demoiselle d'honneur chez une princesse allemande
résidant à Saint-Pétersbourg, et alliée à la famille
impériale, position qui souriait aux instincts aventureux de ma chère compagne : je comprenais
enfin qu'il fallait pourvoir à l'avenir de Robert.
Pressée de tous côtés, je me décidai, en dernier
ressort, à avoir recours à M. Darroles, et lui écrivis
pour lui donner rendez-vous chez la nourrice. En
honnête homme avide d'expier une faute de sa vie,
M. Darroles arriva à l'heure indiquée ; moi-même,
en compagnie de Julie, je parvins à me dérober à
la surveillance de.mon beau-frère. Quelques mots
me suffirent pour faire connaître toute la vérité à
M. Darroles. Il pressait le cher petit être sur son
cœur, et me promettait, les larmes aux yeux, d'être
pour lui un protecteur,... un ami,... le plus tendre
des pères..... Pour la première fois depuis de
longues semaines, mon cœur s'ouvrait à l'espoir...
Coup de foudre, impitoyable arrêt du sort !.... La
porte de la chaumière s'ouvrit brusquement, et

M. de Banneheu parut sur le seuil. Il jeta sur
M. Darroles, sur l'enfant, sur moi-même, des
yeux stupéfaits. Mon cœur se tordit sous l'étreinte
du désespoir et de la terreur; tout le sang de mes
veines reflua vers mon front, et je tombai évanouie
dans les bras de Julie.

Lorsque je revins à moi, j'étais dans ma chambre
étendue sur un sopha; à mes côtés, la bonne Julie
le visage inondé de larmes. Ses yeux rougis
épiaient les miens, et lorsqu'elle surprit mon réveil, elle porta mystérieusement le doigt sur sa
bouche. A cet avertissement, je regardai autour de
moi, l'amiral était debout devant la cheminée, le
front appuyé sur sa main droite. Un silence de
mort régnait dans la chambre. Julie le rompit en
allant prendre sur une table un verre d'eau sucrée
qu'elle m'offrit. A ce bruit, l'amiral se retourna,
et son regard s'attacha sur moi; mais de ses yeux
ne jaillirent pas les éclairs de rage et de désespoir
qui devaient traverser mon cœur : une divine auréole de bonté et de miséricorde rayonnait autour
de son front. D'un pas solennel, il traversa la
chambre, s'arrêta près de moi, me prit la main :

— Ma malheureuse enfant, dit-il d'une voix où
vibrait les plus nobles cordes de son âme ! Sœur

bien-aimée de ma chère Thérèse, je n'aurai pour toi que des paroles d'indulgence et de pardon. Mais l'indigne séducteur trouvera en moi un juge implacable et terrible. Il doit t'épouser, il t'épousera, ou j'attacherai si haut son nom au poteau de l'infamie, qu'il maudira le jour où il est né.

Et l'amiral sortit après m'avoir baisée au front. Ses pas ne retentissaient plus dans le corridor; incapable de m'expliquer les mystérieuses paroles que je venais d'entendre, j'interrogeai Julie du regard et de la voix. Julie ne me répondit pas... Immobile, glacée, elle demeurait sans mouvement sur sa chaise, comme frappée de stupeur. Je me levai... m'approchai d'elle; d'un mouvement désespéré elle se précipita à mes pieds, en s'écriant :

— Malheureuse, infâme que je suis !... Devant les emportements de l'amiral, j'ai perdu la tête ; je n'ai pas eu le courage de m'accuser moi-même... Je t'ai trahie... déshonorée... Il te croit... il te croit la mère de Robert !

Un radieux éclair d'espérance venait de traverser mon cœur, et dans d'ineffables transports, enlaçant Julie de mes bras, je la serrai contre ma poitrine. Que m'importiez-vous, chères idoles de

mon âme, innocence, vertu, pudeur, impitoyables
préjugés du monde, saintes lois de la chasteté
Un nouveau rang s'ajoutait à ma couronne d'é-
pines, mon nom était flétri aux yeux de l'homme
que j'aimais et respectais le plus... Mais l œuvre à
laquelle je m'étais vouée ne périssait pas entre
mes mains ! Le reste de la journée et toute la nuit,
je les passai dans une méditation fiévreuse,
louant, bénissant Dieu de la protection manifeste
dont il couvrait ma chère entreprise... Et la bonne
Julie, quelle reconnaissance mon cœur ne lui por-
tait-il pas ! Son désespoir, ses larmes me disaient
assez que l'émotion, la surprise l'avaient seules
empêchée, elle aussi, d'immoler impitoyablement
son honneur à la mémoire de Thérèse !... J'accep-
tais avec joie un mensonge qui m'assurait les
droits d'une mère sur Robert... Le nom de ma
sœur restait pur, la paix de l'amiral était assurée,
les voiles d'un impénétrable mystère allaient
protéger désormais le fatal secret. Que de motifs
pour accepter, sans réserve et sans crainte, la part
douloureuse qui m'était faite !.. Ces brûlantes espérances seraient-elles réalisées ? Que répondrait
M. Darroles aux propositions de mon tuteur ? Les
paroles de M. de Banneheu ne pouvaient me lais-

ser aucun doute sur ses résolutions. En ce moment peut-être déjà il était auprès de M. Darroles,
lui imposait une réparation suprême... Ah! pourquoi ce dernier ne pouvait-il m'entendre, exaucer
mon ardente prière!...

Vers midi, l'amiral me fit demander si je pouvais le recevoir. Une anxiété mortelle traversa
mon cœur, et, d'une voix éteinte, je répondis à
Julie, aussi émue que je l'étais moi-même, que
j'étais prête... Le coupable qui marche à l'échafaud n'éprouve pas des angoisses comparables à
celles dont mon âme fut saisie en ce moment terrible. Lorsque l'amiral fut près de moi, j'étais ras-
surée : sous la sévère tristesse de ses traits brillait
une radieuse lueur d'indulgence et de pardon.

— Louise, me dit-il d'une voix grave et douce,
j'ai vu ce matin M. Darroles. Cet homme n'est pas
un pervers, il a accepté les conditions que je lui ai
imposées.

Encore aujourd'hui, cet entretien, où se peint
en traits si éclatants toute la beauté de l'âme de
mon beau-frère, est mot pour mot présent à ma
pensée. Le scalpel aigu de sa parole avait fouillé
au plus profond les plaies de blessures imagi-
naires. En premier lieu il avait rappelé les dis-

tances sociales qui séparaient mademoiselle d'Hérizey, jeune fille riche, alliée au meilleur sang de
France, d'un écrivain de talent, mais d'une famille obscure, sans fortune, et dont l'avenir dépendait exclusivement des chances incertaines de
la politique.

— Fussiez-vous venu, il y a un an, monsieur,
avait poursuivi l'amiral, me déclarer votre amour
pour ma pupille et me demander sa main ; eussé-je
été averti d'avance de son adhésion, je vous aurais
répondu non par un refus, mais par un atermoie-
ment, et tenez pour certain que les préjugés du
monde n'auraient pas dicté ma réponse ; mais
votre position incertaine ne m'eût pas donné les
gages que mes devoirs de tuteur m'imposent de
demander au mari de mademoiselle d'Hérizey.
Travaillez, prenez place parmi ces écrivains qui
marchent de pair avec les plus illustres, et soyez
sûr alors que je ratifierai avec empressement le
choix de ma fille d'adoption. Aujourd'hui qu'un
fatal moment d'égarement a rendu un mariage
nécessaire pour la mère, pour l'enfant, pour vous
aussi, monsieur, de père que j'étais je deviens
juge, et voici mon arrêt: Votre mariage avec
Louise sera conclu sous le plus bref délai ; mais

c'est à votre conduite future à me prouver que vous méritez sa main, que d'affreux calculs d'ambition personnelle, de hideux appétits d'argent ne vous ont pas poussé à flétrir ce qu'il y a de plus sacré au monde... Du jour de votre mariage, vous vivrez loin de votre femme, vous serez banni du toit conjugal, et moi, votre juge, je me réserve le droit souverain de fixer le temps de l'épreuve et du repentir. Je ne méconnais pas, je ne méconnaîtrai jamais vos droits de père sur votre enfant, et en aucune circonstance ma voix ne s'élèvera contre votre autorité, mais vous tracerez seul votre sillon. Si une pension vous est nécessaire, la libéralité de Louise et la mienne ne vous feront pas défaut.

— Ah ! monsieur, quels que soient mes torts, je n'ai pas mérité cette offre, que je mourrais de faim avant d'accepter, interrompit M. Darroles, la rougeur au front.

L'amiral poursuivit :

— Je prends acte de ce refus, que j'attendais. Comme je viens de vous le promettre, je vous jugerai à votre œuvre, et lorsque vos travaux, l'estime du monde vous auront rendu la mienne, lorsque je vous croirai digne d'être l'époux de Louise, alors, et seulement alors, les portes du foyer domestique vous seront rouvertes. Ces conditions, M. Darroles les a acceptées, je les ai acceptées en ton nom, Louise; ma chérie, ta faute est immense, et, quelle que soit mon indulgence, toi aussi tu dois prendre ta part de l'expiation !

Mes larmes, qui inondèrent les mains de M. de Banneheu, lui apprirent que mon assentiment ne faisait pas défaut à ses résolutions.

Le soir, l'amiral, qui portait en toutes choses la prévoyance et la décision de l'homme de guerre, m'expliqua longuement ses projets. Le secret et la rapidité dans l'accomplissement des actes civils et religieux étaient nécessaires pour voiler aux yeux du monde le mystère de mon mariage, pour que mon front ne fût pas souillé d'un sceau d'opprobre ineffaçable. Le temps devait passer sur toutes ces tristesses, avant que nous pussions songer à revoir Paris, où rien ne nous rappelait d'ailleurs. Un voyage en Italie pouvait tout concilier ; les services et la discrétion du consul de France à Livourne, ancien compagnon de l'amiral dans la Plata, et un de ses fidèles amis, lui étaient acquis sans réserve. L'intervention zélée de l'agent français parviendrait facilement à aplanir les difficultés relatives au mariage ou à Robert. Tous ces plans de mon beau-frère, je les écoutai avec ravissement, avec transport ; la fièvre du dévouement brûlaitdans mes veines, et j'appelais de mes vœux le moment où je devais enchaîner mon sort à tout jamais.

Quinze jours après, devant Dieu et devant les hommes, j'étais ma lame Darroles ! Ma vie entière était liée à un homme et les noms seuls d'épouse et de mère devaient m'échoir en partage. Illusions de la jeunesse, rêves de vie intime, de bonheur à deux, qu'étiez-vous devenus ?... Et cependant d'amères pensées effleuraient à peine mon âme, tout entière au succès de sa chère entreprise... Enfin..., le vieux médecin, dépositaire de mon secret, était un homme d'honneur, et d'ailleurs il ne devait plus revoir l'amiral, qui parlait de vendre le chalet des Pyrénées. La translation des restes de ma malheureuse sœur avait eu lieu avant notre départ pour l'Italie. Julie, l'excellente Julie, venait de quitter la France et allait habiter la lointaine Russie pour des années. En un mot, l'œuvre avait éussil au delà de mes espérances et de mes vœux. Un sience éternel protégeait à tout jamais la faute de ma sœur, le repos de l'amiral. Hélas! hélas je ne faisais pas la part de mon cœur, je ne songeais pas qu'un jour il pourrait détester les liens indissolubles qu'il avait contractés ! Ah! pauvre cœur désolé, tu ne te connaissais pas alors, tu ne savais pas ce qu'il en coûte pour éteindre, sous la main du devoir, la flamme brûlante d'un tendre amour.

Après l'église, M. Darroles, fidèle à sa parole, avait quité Livourne. Sa conduite avait été noble et digne. Je ne l'avais vu que pour la double cérémonie, mais il avait passé de longues heures avec Robert. La nourrice ne tarissait pas sur les preuves de folle tendresse qu'il avait données à son fils. Une fois séparés, nous n'entendîmes plus parler de lui que par des lettres respectueuses qu'il adressait à l'amiral pour lui demander des nouvelles de Robert, lettres auxquelles mon beau-frère répondait toujours tout de suite, et en termes fort courtois. Une fois, le hasard du voyage nous conduisit dans la même ville. Je visitais le musée de Bologne en compagnie de l'amiral. Tous deux nous contemplions avec une admiration respectueuse le beau tableau de *la Femme adultère*. Un voyageur passa près de nous : j'eus bientôt reconnu M. Darroles. Il s'avança vers mon beau-frère, s'excusa de la circonstance fortuite qui nous avait

rapprochés, demanda la permission d'aller embrasser son fils. Le soir, il avait continué sa route.
Tant de soumission, de respectueuse déférence, ne
trouvèrent pas M. de Banneheu insensible. Esprit
libéral avant tout, supérieur au vulgaire préjugé de
la naissance, l'amiral aimait et respectait le mérite partout où il le rencontrait. Il s'émouvait au
spectacle d'un homme de cœur et de talent sacri-
fiant son avenir, sa fortune, à ses convictions politiques. Le pouvoir, avec une habileté remarquable, ne s'était-il pas acquis l'adhésion d'hommes
dont le mérite n'égalait pas celui de M. Darroles ?
Ce fier républicain, qui continuait à vivre de sa
plume, à préférer aux richesses, aux honneurs, le
droit de porter la tête haute, un pain difficilement,
mais honorablement gagné, ne laissait pas que de
faire une profonde impression sur mon tuteur.
Vers cette époque, M. Darroles publia dans une
revue en vogue une série d'études sur la première
révolution, où, rompant avec les traditions de
l'aveugle fétichisme républicain, il appréciait les
hommes et les choses de la première révolution
avec une impartialité digne de l'histoire, et flétrissait, au nom de la liberté et de l'humanité,
également outragées, l'imbécillité, les lâchetés et

les crimes des sanguinaires idoles de la Terreur. L'amiral suivit cette publication avec le plus vif intérêt. « M. Darroles, me disait-il quelquefois au sortir de ces lectures, est un homme d'un vrai talent, d'un remarquable caractère. Peut-être un jour sera-t il célèbre !... » Je ne répondais pas à ces ouvertures. J'avais pu immoler mon honneur et ma vie à une œuvre d'expiation, accepter le nom de M. Darroles, mais la délicatesse de ses procédés ne pouvait toucher mon cœur... L'ombre désolée de ma sœur ne s'élevait-elle pas entre lui et moi ? A la seule pensée de l'oubli sacrilége que M. de Banneheu semblait appeler timidement de ses vœux, de tumultueux battements soulevaient ma poitrine.. L'amiral comprit ces répulsions intimes, qu'il attribua sans doute à un sentiment de pudeur offensée, de remords, et le nom de M. Darroles, par un accord mutuel et tacite, finit par être à peu près banni de nos entretiens.

L'activité factice de la vie de voyage a sur les cœurs endoloris une influence calmante qu'il est impossible de méconnaître. Ces paysages, ces hommes, ces gîtes, qui se renouvellent chaque jour pour le voyageur, émoussent sous la variété du présent les tristesses du passé. L'Italie, plus

que toute autre contrée, semble faite pour offrir
un refuge aux pèlerins du malheur. Sous son beau
ciel, l'âme s'élève au-dessus des douleurs terrestres
et aspire vers les célestes régions de l'oubli et de
l'éternel bonheur. Outre le puissant attrait de sa
belle nature, des merveilles de l'art, l'Italie présentait en ce moment l'intérêt d'une situation politique très-tendue. L'on y sentait comme le
souffle précurseur des événements qui devaient
bientôt agiter l'Europe. Toujours bon Français, et
quoique augurant assez mal du courant révolutionnaire où son pays allait être fatalement entraîné, M. de Banneheu avait pris à cœur les événements, et s'était imposé comme un devoir une
correspondance suivie avec le ministre de la marine, son ancien et fidèle compagnon d'armes.
Pour bien se renseigner, il est indispensable de
se mêler au mouvement du monde, de voir de
près les hommes et les choses. Aussi, pendant
l'hiver de 1859, que nous passâmes à Naples, l'a-
miral se montra-t-il fréquemment dans la société
cosmopolite de cette grande ville, où il avait
d'ailleurs retrouvé de vieilles amitiés. Ces distractions mondaines, une correspondance politique
que j'encourageais de tous mes efforts, l'intérête

14

des événements dont il avait pris à tâche de se
faire l'historien impartial, exercèrent la plus heureuse influence sur l'esprit de mon beau-frère. Les
blessures du cœur se cicatrisèrent à vue d'œil ; il
parlait avec une satisfaction apparente du jour où,
en attendant mieux, il reprendrait sa place au
Conseil de l'amirauté. Vers la fin de mars, lorsque
nous pîmes la résolution soudaine de rentrer en
France, les noirs nuages d'une guerre prochaine
montaient rapidement à l'horizon. Quoique peu
enthousiaste pour la cause de l'unité italienne, en
présence d'une campagne imminente, l'honneur
militaire appelait l'amiral à prendre une part active aux travaux de la flotte. En arrivant à Mar-
seille aux premiers jours d'avril, Robert fut saisi
d'un petit accès de fièvre, et, pour lui éviter les
fatigues d'un voyage rapide, M. de Banneheu,
pressé de se rapprocher de son ministre, partit
seul pour Paris, en nous y donnant rendez-vous
à quelques jours de distance. M. Darroles était déjà
de retour en France depuis plus d'un an.

Le surlendemain du départ de l'amiral, un télégramme de son valet de chambre Joachim me
mandait d'arriver immédiatement à Paris. Quelques heures de repos avaient suffi pour rendre sa

belle santé à Robert, et je pus me mettre en
route le soir même. Ce qui s'était passé, hélas !
j'aurais dû le prévoir... Mon beau-frère avait trop
présumé de ses forces en rentrant seul dans la
maison des Ternes. Malgré les supplications de
son vieux serviteur, M. de Banneheu avait ordonné
de faire son lit dans la chambre nuptiale. Au
matin, en entrant chez son maître à l'heure accoutumée, Joachim l'avait trouvé assis devant le
petit secrétaire de laque, la tête entre ses deux
mains. L'amiral ne s'était évidemment pas cou-
ché, et la lampe brûlait encore près de lui. Joachim n'osa pas interrompre cette pieuse et cruelle
douleur. En revenant vers midi pour annoncer
le déjeuner, Joachim avait revu M. de Banneheu
dans la même attitude, et s'était enhardi à rappeler l'heure avancée de la matinée. Il n'avait obtenu pour toute réponse qu'un regard terrible. A
plusieurs reprises dans la journée, le fidèle serviteur, entre-bâillant la porte, avait aperçu son maître à la même place, immobile comme une statue de marbre. Enfin, vers cinq heures, Joachim,
n'y tenant plus, avait supplié M. de Bannehue,
en quelques paroles touchantes, de mettre fin
à une douloureuse méditation qui pouvait lui

devenir funeste. « Ah ! mon pauvre ami, plains-
moi, » s'était écrié l'amiral, qui, fondant en larmes, se précipita dans les bras de son vieux domestique. Éperdu, consterné de cette folle douleur, Joachim, en sortant de la chambre, s'était
décidé à m'appeler immédiatement par télégramme. Tel, ou à peu près, fut le récit du bon
vieillard. Il ajouta que pendant trois jours et
trois nuits, mon beau-frère s'était promené
comme un fou, de chambre en chambre, dans la
maison, et qu'il avait dû employer les plus tendres prières pour que l'époux désolé consentît à
prendre quelque nourriture. Au matin qui avait
précédé mon arrivée, les forces épuisées de l'a-
miral avaient cédé à la fatigue ; il s'était endormi
et dormait encore... Lorsque je revis mon beau-
frère, malgré ses efforts pour attribuer l'altération
de sa santé et de ses traits aux fatigues du voyage
aux changements d'air et de climat, je ne pus me
dissimuler que les blessures à peine cicatrisées
s'étaient rouvertes, que le sang sortait par toutes
les fibres de son cœur. Le doute n'était pas possible : ce visage pâle, défiguré par la douleur, plus
triste encore qu'il ne m'était apparu pour la première fois au retour de la guerre de Crimée, attes-

tait d'incurables plaies de l'âme. En pouvait-il être autrement en présence de ces lieux témoins de tant de bonheur, où chaque pièce, chaque meuble rappelaient à mon malheureux ami les plus déchirants souvenirs? Sur la pelouse du jardin il avait vu Thérèse jouer tout enfant; sous l'allée ombreuse il avait promené, le bras sur son cœur, l'épouse adorée qui n'était plus !

Les forces revinrent ; mais l'épreuve de la nuit du retour avait porté un coup mortel. Le visage de M. de Banneheu revêtit cette morne expression de froid désespoir que sa volonté ne peut dominer, et qui vous a souvent frappé. La vie, l'avenir de l'amiral étaient brisés à tout jamais. La résistance de son ministre ne put prévaloir, et il se fit porter sur le cadre de réserve. Quoique vivant sous le même toit pour plusieurs mois, nous ne nous vîmes guère qu'aux heures des repas. Dès le matin il s'enfermait dans son cabinet, et s'enfonçait avec ardeur dans les études abstraites, astronomie, hautes mathématiques, méditations religieuses, comme si, pour absorber sa douleur, il n'eût fallu rien moins que les plus hauts sujets que peut aborder la raison humaine. Le soir, le dîner terminé, il allait chercher au club sa partie d'échecs.

D'ailleurs toujours tendre et affectueux envers moi ; plus tendre, plus affectueux, si possible, qu'il ne l'avait jamais été même pendant notre séjour en Italie, il mettait une affectation, qui ne pouvait tromper mon œil exercé, à me rassurer sur l'état de ses esprits et de sa santé. Rien, en apparence, ne semblait changé aux habitudes de notre paisible intérieur, sauf toutefois les sentiments de mon beau-frère à l'égard de M. Darroles.

Je vous ai dit les paroles bienveillantes avec lesquelles l'amiral avait, à plusieurs reprises, pendant notre voyage, apprécié les travaux et la conduite de M. Darroles. Dès le retour à Paris, ces dispositions changèrent du tout au tout. Au seul nom de M. Darroles prononcé devant lui , un nuage sinistre passait sur les traits de l'amiral. Il mettait à l'éviter, lorsque M. Darroles venait voir son fils, une persistance qui allait presque jusqu'à l'impolitesse. Ces procédés, si étrangers aux habitudes de bienveillance pour tous de mon beau-frère, me frappèrent vivement. J'eus un instant l'idée que, par quelque démarche indiscrète dont je ne n'avais pas eu connaissance, M. Darroles s'était aliéné à jamais M. de Banneheu. Une circonstance fortuite vint me révéler le secret de ces répulsions intimes. Dès son retour en France, M. Darroles avait mis à profit les relations d'amitié qu'il avait contractées, pendant son voyage, avec les hommes d'État italiens, pour obtenir les bonnes grâces du pouvoir impérial. Ces ouvertures avaient été accueillies avec un empressement que justifiait et expliquait le talent du solliciteur, et il avait été appelé aux importantes fonctions de directeur de l'esprit public. Madame de Bouvines m'ayant priée de faire recommander à l'indulgence de M. Darroles un journal légitimiste qui, pour quelques écarts de polémique, avait encouru un sévère châtiment, je saisis avec empressement cette occasion d'amener naturellement dans une conversation avec l'amiral le sujet de M. Darroles ; mais il se refusa nettement à toute intervention, en ajoutant : « Lui, le républicain de la veille et du lendemain, l'apôtre de la liberté, accepter ces fonctions d'exécuteur des hautes œuvre de la pensée ? C'est là une apostasie dont je ne l'aurais jamais cru capable !.. » La réponse de mon beau-frère m'expliquait, à ne m'y point méprendre, les causes de la transformation que j'avais remarquée dans ses sentiments et ses procédés, transformation qui m'avait vivement intriguée.

je pourrais presque dire inquiétée. L'homme droit
et généreux, disposé à l'oubli et à l'indulgence
envers l'écrivain fidèle à sa foi vaincue, était devenu impitoyable pour l'ambitieux, le transfuge,
qui brisait d'une main profane ses vieilles idoles.
Les procédés superbes de l'amiral ne témoignaient
rien autre chose que du mépris d'un cœur loyal
pour ceux qui sacrifient leurs consciences et leurs
principes à de vils intérêts . . . .

. . . .

Vous rappelez-vous, Henry? avez-vous jamais
connu les circonstances de notre première rencontre en ce monde? Des années avaient passé sur
les tristesses de notre retour à Paris. Le temps,
sans cicatriser les plaies du cœur de l'amiral, avait
calmé l'emportement de sa douleur; ses goûts d'é-
tude et de vie solitaire étaient devenus moins exigeants. M. Darroles continuait à témoigner à Robert
la p'us tendre affection; mais ses visites à la maison des Ternes n'étaient pas fréjuentes. Après
avoir occupé un peu plus d'un an les fonctions de
directeur de l'esprit public, M. Darroles avait été
appelé au conseil d'État. Les talents oratoires dont
il fit preuve dans les discussions de la Chambre lui
conquirent immédiatement une position en vue, et

il semblait destiné à la plus haute fortune politique. Par son assiduité, ses labeurs, M. Darroles
prenait à tâche de justifier les faveurs de la fortune, et tout entier à d'incessants travaux, il ne
pouvait guère nous rendre plus d'une visite par
semaine. Rien n'était venu modifier la froideur
des relations entre l'amiral et M. Darroles, mais
la rareté des apparitions de ce dernier n'était pas
chose dont je pusse m'affliger ou me plaindre. Un
petit cercle d'intimes s'était reformé autour de nous.
En première ligne parmi eux, la bonne madame de
Bouvines, cette discrète et fidèle amie qui, du premier jour de mon retour à Paris, sembla prendre
à tâche de m'avoir toujours à ses côtés, comme si
elle eût voulu couvrir de l'égide de son nom et de
ses vertus les difficultés de mon ménage, difficultés dont, d'ailleurs, avec son tact exquis, elle
ne m'avait jamais touché le premier mot. Les attentions et les prévenances de l'amiral pour moi
continuaient à être sans bornes. Avec une libéralité de grand seigneur, il avait payé de ses deniers
tous les frais de cette crèche et de cette école qui
font bénir son nom par les pauvres des environs.
Les efforts de mon beau-frère n'avaient pas seulement pour but de me procurer de charitables dis-

tractions : connaissant mon goût pour la musique,
il avait accepté les offres de madame de Bouvines
et pris, de concert avec elle, une loge hebdomadaire à l'Opéra. Le 27 mai, il y a eu un an, une
magnifique représentation des *Huguenots* venait
de finir. Debout sur une des premières marches
de l'escalier de droite du théâtre, adossée à la muraille, j'attendais, en compagnie de madame de
Bouvines, le retour de l'amiral, parti à la recherche de notre valet de pied. Autour de moi, cette
scène charmante de la sortie de l'Opéra. Les dames
élégantes, frileusement encapuchonnées sous la
soie ou le cachemire, le mouvement de la foule,
l'éclat des lumières, le vague parfum des fleurs. Les
artistes de l'Opéra s'étaient surpassés : jamais le
chef-d'œuvre de Meyerbeer n'avait trouvé de plus
dignes interprètes. Les chants passionnés de Raoul
et de Valentine, les nobles accents de Nevers bruis-
saient encore à mon oreille charmée. En ce moment, un cavalier de haute taille passa devant
nous et adressa à ma voisine un respectueux salut
d'homme comme il faut, dont la grâce me frappa
vivement. D'un œil curieux et interrogateur, j'in-
diquai l'étranger à mon amie : « Un héros de roman... Nevers, mon cœur! » me dit à voix basse

l'excellente femme qui, sous la neige des ans, conserve l'enthousiasme de la jeunesse pour tout ce qui est noble et généreux. Timidité, mystérieuse intuition, je n'osai pas en demander davantage à ma compagne; mais toute la nuit un visage. inconnu jusque-là, et sur lequel je retrouvais des traits amis, fut présent devant mes yeux.

Le lendemain au matin, l'amiral arriva, à déjeuner, une lettre à la main. Un air de bonne humeur inaccoutumé brillait sur son visage, et il débuta en me priant d'être sous les armes, en grande tenue, à deux heures. Assez intriguée de ce mystérieux ordre du jour, je demandai quelques explications auxquelles mon beau-frère s'empressa de répondre en me lisant la lettre dont il était porteur. Madame de Saleyns, parente éloignée de M. de Banneheu, recommandait à son bon accueil un neveu préféré, et ce dernier, en envoyant la lettre de la bonne dame à son adresse, avait prié son correspondant de fixer l'heure le jour de sa visite. L'amiral avait pris rendez-vous immédiatement pour le jour même, à deux heures. Mon beau-frère, depuis quelque temps déjà, s'était mis en rapport au club avec le recommandé de madame de Saleyns : un homme encore jeune, de

manières distinguées, d'un caractère aventureux
et chevaleresque fort peu commun parmi les
jeunes gens du jour. Secret pressentiment, instinct
du cœur, je mis à ma toilette une rare coquetterie.
Après de longs pourparlers avec ma femme de
chambre, je me décidai en faveur d'une robe de
soie gris perle, cadeau d'étrennes de l'amiral, et
sortie des mains de l'artiste à la mode. A deux
heures moins cinq minutes, je descendais au salon.
L'amiral m'y avait précédée et causait en intimité
avec le parent de madame de Saleyns. C'était un
cavalier dans toute la fleur de l'âge. Une redingote
noire boutonnée faisait valoir l'élégance de sa
taille ; un bouquet de violettes s'épanouissait à sa
boutonnière. En reconnaissant mon héros de la
veille, je crus à une illusion, à une erreur de mes
yeux. Le doute n'était pas possible, car après la
cérémonie de la présentation, continuant la conversation interrompue, notre nouvel ami s'étendit
longuement en éloges mérités sur la merveilleuse
voix de mademoiselle Sass et la noblesse du talent
de Faure. Votre visite fut courte, et lorsque vous
fûtes parti, une sorte d'engourdissement moral pesait sur moi. Je n'écoutai que d'apparence l'amiral,
qui rendit un juste hommage à la séduction de

vos manières en se félicitant du heureux hasard qui avait amené à son petit cercle intime une recrue aussi distinguée.

Un sentiment inconnu jusque-là s'était emparé de mon âme, et aujourd'hui je cherche encore à m'expliquer la vague quiétude dans laquelle je fus plongé pour plusieurs mois. Aspirer à l'heure de vos visites, me rappeler vos traits, vos moindres paroles, était devenu l'unique soin de ma vie. Jours de félicité, heures délicieuses où mes esprits oublieux d'une amère destinée s'envolaient involontairement vers ce ciel de l'amour dont les portes lui étaient fermées à jamais. En proie à une mystique extase, mon cœur avait bâti pierre à pierre le temple où il espérait murer sa fascinante idole, et brûlait devant son piédestal ses plus purs parfums. Le réveil fut terrible. A l'automne, le 3 novembre, comment oublierais-je la triste date ? pendant le déjeuner au matin, l'amiral lut à haute voix une lettre de madame de Saleyns. Votre bonne tante confiait à l'amiral les craintes que lui inspirait l'oisiveté de votre vie, et le priait d'user de son influence pour vous déterminer à contracter une union qu'elle avait préparée de longue main, ou toute autre qui pourrait vous convenir. Mon

15

beau-frère, après avoir lu la lettre avec un intérêt
marqué, s'étendit en longs termes sur la saine raison qui inspirait sa correspondante, et me demanda
mon concours à l'œuvre de votre mariage. Ces
paroles pénétrèrent au plus profond de ma poitrine
comme une lame acérée. Lui, l'amiral, si réservé
dans ses conseils, si défiant de sa sagesse, s'ériger
en arbitre de votre destinée !... Je me rappelai que
quelques jours auparavant, un soir d'Opéra, ayant
demandé à mon beau-frère de vous offrir une place
dans notre loge, il m'avait répondu que madame
de Bouvines pouvait avoir disposé de la place va-
cante, quoiqu'il sût fort bien que notre amie n'usât
presque jamais de ce privilége. Le souvenir de
cette simple réponse prit dans mon esprit frappé
des proportions énormes. Les yeux clairvoyants
de l'amiral avaient percé le mystère de mon cœur ;
en prêtant un concours actif aux projets de madame
de Saleyns, sa tendresse ingénieuse espérait me
détourner de l'abîme vers lequel je me précipitais
aveuglément ! Les agitations de cette journée ne
devaient pas s'arrêter là !... Le hasard amena,
dans l'après-midi, Julie à la villa, et vous-même,
à votre heure accoutumée, vîntes bientôt nous rejoindre. Après des années de silence et de sépa-

ration, revoir Julie, la compagne de mon enfance, l'amie dévouée dont la main bienfaisante m'avait soutenue au moment du danger, me pénétrait de joie et de bonheur. Ce bonheur, toutefois, n'était pas sans mélange. Julie était maîtresse de mon secret. Douter de sa fidélité, de son absolue discrétion. . oh ! j'aurais plutôt douté de la miséricorde de la Providence!... Mais sa visite inattendue me ramenait involontairement à la poignante réalité. Pour la première fois, depuis des mois, Louise disparaissait devant madame Darroles. Et cependant les choses du passé n'absorbaient pas seules les préoccupations de mon cœur. La présence de Julie avait fait luire devant mes yeux d'autres et terribles clartés !... En me quittant, l'amie dévouée m'avait lancé un avertissement dont, dans sa bouche, je ne pouvais méconnaître la portée. « Prends garde! m'avait-elle dit, prends garde!... » Avait-elle pu lire à première vue sur mon visage, dans mes yeux, dans ma voix, au plus profond de mon âme? Chose plus triste encore, Julie était votre amie, elle vous avait rendu un de ces services qui autorisent et justifient les intimes confidences.. Douce et détestable pensée ! mon aveuglement avait-il encouragé des sentiments auxquels je ne

pouvais répondre ? Hélas ! hélas! étiez-vous aussi
voué aux tortures d'un amour sans espoir !...
Julie partie, je rentrai dans ma chambre en fondant
en larmes, et la nuit qui suivit compte parmi les
plus tristes de ma vie.

Plus d'illusion, de faiblesse : moi aussi, j'étais
penchée sur l'abîme où s'étaient engloutis l'honneur et la vie de ma malheureuse sœur. Et mes
devoirs envers Robert, envers l'amiral ! Lâche
cœur qui avait délaissé l'œuvre réparatrice, qui
avait parjuré les promesses solennelles faites à
la sœur bien-aimée à l'heure de l'agonie... J'avais
follement scellé de mes mains les barreaux de la
prison où gémissait mon cœur, et étais-je seule à
souffrir ? Ah ! les dévorants remords qui déchi-
rèrent mon âme dans ces heures d'angoisses ! Par
un effort suprême de mémoire, j'évoquai, jour par
jour, le souvenir de vos visites, de vos conversations, des expressions si diverses de votre visage...
Grâce à Dieu, le malheur était pour moi seule !
Jamais, dans vos paroles, vos attentions, vous n'a-
viez dépassé les limites les plus strictes de ces
respectueux hommages que les hommes bien
élevés rendent à toutes les femmes que les hasards de la vie placent sur leur chemin de chaque

jour. Étrange fatuité !... Illusions de ce pauvre
esprit !... Moi, moi, la mère de famille déjà mûre,
absorbée tout entière dans les soins du ménage
ou de pieuses fondations, faire impression sur un
gentilhomme accompli, un héros de roman !... Ce
qui vous appelait à la villa des Ternes, c'était l'a-
miral, l'attrait de ses nobles qualités, sa conversation si variée, si intelligente, la conformité de
vos opinions politiques, vos communes relations
de monde et de parenté. Qu'était l'incident de la
loge de l'Opéra ? Une preuve sans conséquence
de l'extrême discrétion de mon beau-frère dans
tous les rapports de la vie sociale. Y voir autre
chose, c'était nier l'évidence, se forger d'absurdes
chimères... Notre entretien du déjeuner à votre
sujet, encore brûlant dans mes oreilles, n'attes-
tait-il pas tout l'intérêt que portait M. de Banneheu à votre destinée ? Vous témoigner de la froideur, vous éloigner systématiquement, c'était at-
teindre mon beau-frère dans une de ses plus
chères affections. Et quelle impérieuse nécessité
d'en arriver à un parti héroïque?... Où était le danger suprême pour moi, pour vous ? Ne pouvais-je
continuer, comme par le passé, à abriter dans le
mystère de mon cœur les joies et les tourments

d'un tendre amour ? J'avais accepté le nom de
M. Darroles : son honneur respecté, les termes de
notre contrat accomplis, lui, le monde ne pouvaient me demander autre chose... Indignes tempéraments, honteuse capitulation ! Je continuai
lâchement à boire à longs traits à la source délicieuse et empoisonnée.

La lutte, cependant, avait été longue et terrible. Un instinct mystérieux livrait sans doute à
l'amiral, sans qu'il se les expliquât, les angoisses
mortelles de mon âme. Il redoubla envers moi de
tendresse et d'attentions, et n'aborda pas, même
pour une seconde fois, le sujet du mariage cher à
madame de Saleyns. Le mois dernier, lors de notre
départ pour Dieppe, il insista vivement, comme
vous vous le rappelez, pour que vous fussiez de
l'excursion. Fatal !... fatal voyage !... J'avais voulu
repousser jusqu'à l'idée que d'autres sentiments
qu'une amitié sincère pour mon beau-frère pus-
sent vous attirer près de nous ; avec un féroce
égoïsme, j'avais opiniâtrément détourné les yeux
du livre ouvert de votre âme. Ah ! douleurs et joies !
Devant vos rudes paroles, il y a trois jours, vaincue, épuisée par la lutte, mon cœur s'est laissé
surprendre... Affreux lendemain !

Avant-hier, dans la matinée, M. Darroles est arrivé à la villa. Son visage était sombre, irrité, sa parole altière ; sur son front, un air d'autorité que je ne lui avais jamais vu. Avec une insistance particulière presque brutale, il s'est enquis de ma vie, de celle de Robert. En termes amers, il a développé les obstacles que les difficultés de notre ménage créaient à ses légitimes ambitions, a signalé les propos malveillants que la prolongation de notre situation équivoque déchaînait contre ma réputation. Enfin, en terminant un long entretien, il s'est étendu sur l'insuffisance de l'éducation de Robert, et a annoncé qu'à notre retour à Paris il en prendrait la direction exclusive. Il était père et devait remplir tous les devoirs de la paternité !

. . . .

Henry, cet homme est maître de mon sort, du sort de Robert, de l'honneur de ma sœur, de la vie de l'amiral ! Je n'hésitai plus à dire un éternel adieu aux seules joies que j'aie connues en ce monde.

Je viens de relire ces pages où je vous ai livré les plus secrets replis de mon âme ; qu'ajouterai-je ? Henry, je vous aime ! Mais non, non, je ne profanerai pas la sainte mission à laquelle j'ai dévoué ma vie. Je respecterai le nom de M. Darroles.

Honneur, famille, mon noble drapeau, je saurai
mourir sous tes plis !... Oh ! mes regrets, mon désespoir sont sans bornes, car je ne suis pas seule à
souffrir, et j'ai encouragé votre chère et fatale
tendresse ! Liée par un vœu redoutable, j'ai semé
à pleines mains, avec une indigne légèreté, le poi-
son dans votre âme. Je me déteste... je me hais.
Dans mon affreuse douleur, je me prosterne à vos
pieds Que m'aviez-vous fait pour que ma main
cruelle attachât sur votre poitrine cette brûlante
tunique ? Lorsque je pense à ma barbare impré-
voyance, à tous mes torts envers vous, je pleure,
je pleure toutes les larmes de mes yeux !... Cette
lettre d'adieux suprêmes, écrite, partie, j'aurais
voulu, au prix de mon sang, rappeler le messager
de malheur... Nuit terrible !... Matinée plus terrible encore !... Je n'étais plus maîtresse de ma
raison, et lorsque vous arrivâtes, je maudis la faiblesse, l'indiscrétion de la bonne Julie : faiblesse,
indiscrétion que je bénis aujourd'hui... Cher ange
gardien, tu me sauves, une seconde fois, plus que
la vie ! Sans elle, vous m'auriez méprisée, flétrie,
et votre estime, votre affection, je veux les conserver ; j'y ai droit. Je ne suis pas de ces froides
prudes embaumées dans leurs vertus comme la

momie sous ses bandelettes. Non, non, je ne sou-
ris pas aux tortures d'un cœur saignant de ce sourire
dont l'enfant salue les derniers battements d'ailes
du papillon dont il a transpercé le corps. Malgré
mon coupable aveuglement, Henry, je n'ai pas dé-
mérité de vous. Faible femme, vouée à un affreux
mystère, si mon cœur a parlé une première fois,
une seule fois, est-ce ma faute, à moi ? Est-ce ma
faute, si je n'ai pas su résister aux séductions de
votre esprit et de votre personne ? Est-ce ma faute,
si j'ai trop présumé de mes forces, si, vaincue dans
la lutte de la passion et du devoir, je vous ai livré
le secret que j'aurais dû enfouir au plus profond
de mes entrailles... Henry, Henry, ce crime est-il
de ceux que le repentir n'expie pas ?... Ah ! mon
cœur me dit que vous entendrez ma prière ; votre
lettre, votre visite me sont un sûr garant que ces
pages ne vous trouveront pas insensible... Votre
pitié m'est acquise. Je demande plus encore, ac-
cordez-moi une fraternelle amitié ! Soyons unis
tous deux par un de ces purs liens qui trouvent
grâce devant l'honneur des hommes, devant la
justice de Dieu, et que nos âmes sœurs planent à
jamais, sans arrière-pensée, dans les saintes régions des amours sans tache et sans remords. Ou-

blions un fatal égarement, continuez à venir me
voir, et, sûr de la plus tendre affection de Louise,
aidez-la de votre main secourable à porter la lourde
croix qui meurtrit ses épaules Henry, pour la dernière fois, je vous le dis : je vous aime. Mais, je vous
l'affirme sur mon honneur, sur mon Dieu, tout
retour, toute allusion au passé, serait entre nous une
rupture, une séparation éternelle. J'ai cependant
bien besoin d'un ami, d'un conseil. Chaque jour
peut amener d'horribles complications dans la dé-
sastreuse situation où je me débats depuis tantôt
huit ans, et il s'agit des intérêts d'un enfant que
vous aimez, de l'honneur, de la vie d'un homme
digne de toutes les affections, de tous les respects,
de l'honneur, de la vie de votre meilleur ami ! A la
seule pensée que, dans un moment de fureur,
M. Darroles pourrait révéler à mon beau-frère le
terrible secret, le froid de la mort glace le sang
de mes veines. L'amiral instruit de son déshonneur, de tous les mensonges dont j'ai entouré sa
vie... Ah ! il en mourrait en me maudissant !...
Misères ! misères ! J'ai lu sur le front, dans les
yeux de mon complice, une de ces résolutions qui
ne reculent pas !... Ne m'abandonnez pas dans ma
détresse, soyez mon ami. mon frère... Faites, faites,

Dieu puissant, que son âme s'élève au-dessus des passions de ce monde !... Je ne doute plus, j'ai relu sa lettre !... Henry, l'ami des vaincus, tu partageras la couronne de mon martyre !

X

Paris, 21. Mois de Chaaban, année de l'Hégire 128...
(17 décembre 186...)

A la perle de l'âge, la joie du cœur, le parfum
de l'âme, la reine des houris, chaste et belle comtesse Julie Tomski-Amourzow.

Le moyen de ne pas commencer par ce qui est
le commencement et la fin de toutes nos pensées,
le regret mortel que la main du destin, frappant la
timbale du départ, ait enlevé depuis près de cinq
lunes la radieuse sultane à ce paradis parisien où
elle brillait de l'éclat du diamant enchâssé dans
un cercle d'or : glorieux soleil versant des torrents

de lumière au milieu des étoiles qui ne sont que sa poussière. Le cœur se fend à la seule pensée qu'à l'heure présente où je trace ces lignes sur le papier de l'amitié avec la plume du souvenir, ces pieds mignons foulent les plaines aux linceuls de neige, et ces yeux divins, qui ne semblent créés que pour reposer sur le lis et la rose, sont aveuglés par le noir grimoire des hommes d'affaires et des cadis. *Allah ! Allah !* tes décrets sont insondables, ô Prophète, et le vrai croyant doit adorer la main qui châtie ! Mais, hélas ! tes arrêts furent-ils jamais plus sévères envers tes fidèles que le jour où tu exilas, au pays des tristes arbres noirs et des glaces éternelles, la reine charmante de cet hôtel du boulevard des Batailles, temple céleste, aujourd'hui vide de sa divinité ?

Le dernier clou est mis à la féerique demeure. Il y a huit jours Poncifer nous a montré, dans tous ses détails, ce palais digne des califes de Bagdad. Cent lampes merveilleuses illuminaient cet escalier en onyx, à balustres d'argent, la merveille de l'âge, et ce salon Louis XV, avec ses meubles exquis, ses tapisseries chef-d'œuvre, ses trésors de bibelots, sa cheminée de malachite incrustée de pierres précieuses. La salle à manger, sévère et confortable, où l'ébène sculpté se marie à la pourpre impériale. Les écuries de granit rose où les deux poneys-mouches attendent avec impatience la main qui les nourrit. Honneur à la pensée qui crée, à l'inspiration que le génie des élégances a seul pu donner ; mais honneur aussi à l'humble instrument qui a su comprendre vos inimitables recherches. Poncifer est à juste titre fier de son œuvre, et, grâce à ses relations intimes avec le mouchir du pachalick de Paris, vous a ménagé une surprise dont vous ne connaissez peut-être pas tous les détails.

En face de votre hôtel s'élèvera, avant six mois, une fontaine destinée à perpétuer le souvenir des hauts faits militaires de la dernière expédition transocéanique. Le modèle en plâtre, un chef-d'œuvre exposé au palais de l'Industrie, a obtenu un vrai succès lors de la visite solennelle de S. A. S. le grand-duc de Thuringe et Wartburg. L'auguste visiteur, sur les lieux mêmes, a octroyé de sa main à l'heureux entrepreneur la croix de commandeur du nombre extraordinaire ou avec plaque, de l'ordre très-illustre du Lion de Thuringe. Cette glorieuse distinction m'a permis de recommander chaudement l'éminent bâtisseur à la bienveillance de Sa Hautesse. Jeter le *kylat* de l'honneur sur les épaules du mérite est la joie et la gloire du prince. *Inshalla* ! Les suppliques de l'affection ont été lues avec l'œil de la bonté, et j'attends à chaque instant, pour notre ami, un brevet de Nichan Iftihar, 7e classe (grand-cordon avec plaque), et la clef de *Kutchuk-Kislar-Aga* (chambellan du harem). Dès demain, peut-être, Poncifer pourra prendre rang parmi les hommes bien plaqués, si j'ose me livrer à cet affreux jeu de mots.

Après avoir parlé du grand Poncifer, je manquerais à tous mes devoirs si je ne vous donnais pas minutieusement des nouvelles de nos autres amis communs. Bienséant porte toujours le sceptre du *high life ;* mais s'il faut en croire Monjicot, son pouvoir décline, l'astre radieux penche vers l'horizon ! On est réduit à patronner des étrangers de troisième catégorie : fortunes de coton, de pétrole ; crédits limités, souvent contestés ! Pour le moment, le noble comte a étendu le tapis de l'affection devant la famille exotique du licencié Blas de Magellanos. On le voit partout en compagnie du licencié et de ses quatre filles, fort beaux spécimens du sang patagonien, avec des cheveux abricots, des biceps de boxeurs et des tailles de carabiniers :

Chimène, le bébé du bouquet, gante 9 3/4 ! Monjicot travaille, assure-t-il à faire engager au théâtre du Châtelet ces jeunes ogresses, fraîches écloses des contes de Perrault, pour la nouvelle féerie du *Petit-Poucet*. Kernozian, le bon, l'honnête, le noble Kernozian est triste. Monjicot, toujours mon auteur, affirme qu'il est amoureux et malheureux. Impossible d'ailleurs de tirer un mot de plus du jeune diplomate, car ce terrible railleur, qui plaisante de tout et de tous, ne plaisante jamais lorsqu'il s'agit de son ami Kernozian. Le fait est que cette fleur de chevalier, ce Malék-Adel oublié sur les boulevards, est miné par quelque sombre chagrin. Il vieillit à vue d'œil. On le rencontre aux extrémités de Paris, marchant d'un pas accéléré, comme s'il voulait combattre l'activité du cerveau par l'activité du corps. Mais comment les hommes sauraient-ils ce qu'il y a sous les vêtements? L'écrivain seul sait ce que renferme la lettre.

Vous avez appris par vos journaux les grands succès oratoires de M. Darroles. Son discours sur l'emprunt patagonien est considéré comme un morceau hors ligne, un speech *del primo cartello*. Le conseiller d'État est désormais un des hommes de la situation pa-sé premier sujet de la troupe

politique. Autre victoire à enregistrer pour M. Darroles : il a été reçu, le mois dernier, avec vingt-
sept boules noires, vingt-sept boules noires seulement ! au club de la Fleur-des-Pois ; le plus beau
succès de réception dont les patriarches-du club
aient gardé la mémoire.

Votre compatriote, le prince Dourakine, qui doit
quitter Paris prochainement pour aller à Varsovie
organiser la Pologne, le prince, dis je, nous a de
son côté amené deux de ses compatriotes, nouvelles
recrues, qui n'ont passé qu'à une bien faible ma-
jorité. Si j'avais voulu m'en donner la peine, les
candidats auraient eu, j'en suis sûr, les honneurs
d'un complet *black bollage*, car les théories auto-
rito - socialistes du prince ont peu de succès
dans ce club conservateur par essence ; mais le
vrai croyant emploie la bonté même envers les
hommes malveillants, et ferme la gueule du chien
avec une bouchée. Disons de suite que la fortune m'a donné sur mon ennemi intime une trop
complète revanche pour que je sois disposé à
abuser de la victoire. Entre nous, le prince me doit,
depuis un mois, cent mille écus, créance dont
je me garde de souffler mot à personne, et que
je suis disposé à passer à profits et pertes, si...

Mahomet, que ta volonté soit faite! *Bismillah* !

Souvent le corps s'agite, bien que l'âme soit absente, a dit le prophète. Il y a du mouvement dans ce Paris privé de son âme, la populaire veuve de l'Hetman ; chasses, bals, théâtres et dîners se partagent les loisirs des heureux du jour. En première ligne, je dois citer la fête sportive donnée par Poncifer dans sa belle terre de la Connétablie. Ce splendide château historique, la gloire du département de l'Orge, construit par le grand connétable de Rocroy, et qui était resté dans la famille depuis le seizième siècle, a passé entre les mains du nouveau millionnaire. L'acte de vente a été signé, je crois, quelques jours après votre départ. Pour célébrer son entrée en possession, l'opulent châtelain avait réuni, aux premiers jours du mois, tous les grands fusils du monde élégant : S. G. le grand échanson, Bienséant, Monjicot, Bosabre, etc. dans une chasse à tir qui fera époque dans les annales du sport français. Je ne parlerai pas de l'abondance vraiment extraordinaire du gibier vulgaire, faisans, lièvres et lapins, mais chaque enceinte était largement pourvue d'oiseaux et animaux rares et curieux, achetés au poids de l'or au Jardin d'acclimation. Pendant plus de

huit jours, la presse élégante a consacré ses colonnes à l'histoire de cette grande journée cyné-
gétique. Le petit monde a aussi ses petites fêtes,
et fort brillantes, ma foi ! La tombola tirée la se
maine dernière, chez mademoiselle Turquoise
des Variétés, au profit des affamés de l'Algérie, a
produit cent louis de plus que le bal costumé
donné au printemps dernier, pour le même objet,
par le ministère des cultes.

J'en étais là de cette lettre, il y deux jours,
lorsque la paresse, le désir de vous servir, en terminant, quelque nouvelle de choix, peut-être aussi
l'attrait irrésistible du carton peint, m'ont conduit
au club où j'ai assisté à une scène qui a tenu Paris
en émoi pendant vingt-quatre heures, et fait encore en ce moment le sujet de toutes les conversations. Vers quatre heures et demie, par extraordinaire, la salle de jeu était vide ; Dourakine,
debout près de la cheminée, développait à haute
voix, devant un cercle attentif, les théories nihilistes si chères à la jeune Russie. Les sourds et les
muets dont la langue est coupée, et qui se tiennent
dans un coin, valent mieux que l'homme dont la
parole n'a pas de frein. Par une transition insensible, le noble Moscovite arriva promptement à

appeler de tous ses vœux les succès de la politique
garibaldienne et à discuter avec une verve digne
de Voltaire, les mystères du catholicisme. L'amiral
de Banneheu, assis à l'écart à une table où il feuil-
letait un journal illustré, prêta patiemment l'o-
reille à ce débordement d'éloquence fantaisiste. A
la fin du discours, le marin s'est levé, a marché
droit à la cheminée d'un pas... mais d'un pas...:
fixant sur Dourakine des yeux... mais des yeux...;
on eût dit la statue du Commandeur allant prendre
place au festin de don Juan :

— Monsieur, a-t-il dit, il m'en coûte, mais je
remplis un devoir envers ce club dont j'ai l'honneur d'être vice-président, en vous rappelant que
les discussions politiques sont interdites dans ces
salons par les règlements. J'ajouterai qu'en l'absence même de règlement, un homme bien élevé, un
étranger surtout, devrait s'abstenir de paroles qui
peuvent blesser ses collègues dans leurs convictions intimes, dans leurs sentiments les plus
chers.

L'amiral est sorti, laissant Dourakine pâle, interloqué, comme un petit garçon qui a reçu les
étrivières. Ce ne fut qu'au bout de cinq minutes
qu'il retrouva la parole pour dire à haute voix :

— Étrange langage pour un marin ! la place de
ce bonhomme est dans un séminaire, et non pas à
la tête d'une escadre.

Malheureusement ces remarques malséantes ne
furent pas perdues pour M. Darioles, qui était entré dans le salon au début de la scène. Incapable
de se contenir, il s'élance vers le prince comme un
lion furieux, en s'écriant :

— Monsieur, vous ne savez ni de qui vous parlez, ni devant qui vous parlez. Vous me rendrez
raison des paroles offensantes que vous venez d'a-
dresser à mon beau-frère absent.

Effroi général. L'on s'interpose entre les deux
adversaires, mais la provocation avait été trop directe pour que l'on pût espérer un dénoûment pacifique.

Le lendemain, hier, l'affaire se vidait au bois de
Vincennes, à neuf heures du matin. Bienséant et
Prudhomme de l'Orge servaient de témoins à Darroles ; deux de ses compatriotes secondaient Dourakine. Les adversaires, placés à quinze pas, ont
tiré au signal. La balle du prince a frisé l'oreille
gauche de Darroles ; la main de ce dernier était
plus ferme, et sa balle s'est logée dans la cuisse
droite de Dourakine, un peu au-dessus du genou.

On parle d'une blessure assez sérieuse, et l'organisation de la Pologne par les soins du prince est
peut-être indéfiniment remise, pour cause de force
majeure. Entre nous, les Polonais de Paris, parmi
lesquels la personne et les opinions socialistes et
nihilistes du prince sont, à juste titre, peu populaires, ne manquent pas de voir dans cet événement une preuve manifeste de l'intervention divine en faveur de leur cause, le doigt de la Providence. Darroles a été superbe de tenue ; le boyard,
lui aussi, a vaillamment fait son devoir. Je tiens
tous ces détails de Bienséant, qui me les a donnés
hier soir, au club.

— Comprenez-vous, a ajouté le noble comte,
qu'en face de l'héroïque dévouement de Darroles,
de son courage chevaleresque, l'amiral n'ait fait
envers lui aucune démonstration affectueuse, pas
même une simple démarche de politesse?... Ah ! les
vieux partis !...

La froideur, l'ingratitude de l'amiral envers son
beau-frère avaient échauffé la bile de Bienséant,
qui s'est étendu longuement, en termes amers,
sur les torts du marin, le rôle dissolvant qu'il a
joué dans les premières difficultés du ménage de
Darroles... Enfin, prêtez l'oreille, ouvrez de grands

yeux, je n'invente rien, je laisse toute la responsabilité de ses paroles à l'arbitre du *high life*. L'a-
miral protège avec une indulgence coupable, et
inexplicable chez un homme de son caractère, une
liaison, platonique bien entendu, entre Kernozian
et madame Darroles !... Le voilà donc, ce grand
secret que Monjicot garde avec tant de discrétion :
cet amour mystérieux qui remplit d'amertume la
vie de notre jeune et excellent ami. Je ne veux pas
m'appesantir sur ces détails, qui n'ont peut-être
d'autre fondement que l'imagination de Bienséant,
sa partialité pour son ami Darroles. Ils vous prou-
veront suffisamment toutefois l'intérêt que tout Pâ-
ris a pris et prend encore à cette affaire.

Il est temps de finir cette trop longue épître;
mais je ne terminerai pas par un adieu sans espoir. Il y a cinq lunes, lorsque le corbeau de la
séparation croassa sur nos têtes, vous nous fîtes
espérer que le printemps, l'heureuse saison du retour des hirondelles, vous reverrait à Paris. « Re-
« viens et tue-moi ; car mourir sous tes yeux me
« serait plus doux que de vivre loin de toi, » dit
le poëte. C'est le cœur desséché par le simoun de
l'attente que j'aspire aux jours fortunés où la sultane, la fée, la divinité du temple de l'avenue des

Batailles sera rendue au culte de ses fidèles. Adieu,
La rose de votre souvenir fleurit toujours dans le
jardin de ma pensée. Puisse la neige de l'oubli ne
jamais couvrir sur la terre de votre mémoire le
nom de celui qui, se prosternant à vos pieds, dont
il baise humblement la poussière, appose ici la signature indigne, mais authentique, de

Baboosch-Pacha.

XI

REPRISE DES NÉGOCIATIONS.

La plume du vrai croyant courait encore sur le papier, que le héros du duel de la veille, en négligé du matin, se promenait avec agitation dans son cabinet de travail. En historien fidèle, mentionnons les changements que l'année écoulée depuis les premières pages de ce récit a produits dans la personne et les habitudes de M. Darroles. Son crâne s'est sensiblement dégarni, des rides profondes sillonnent son front ; son teint bilieux, ses lèvres décolorées, dénotent l'abus du travail de l'intelligence, le manque d'exercices corporels. Les allures du conseiller d'État, aussi bien que les traits de son visage, trahissent la fièvre de son esprit. En cinq minutes il a quitté cinq fois son bureau, pour venir s'y rasseoir une sixième. La

16

plume reste inerte entre ses doigts, ses yeux sont
fixés machinalement sur le papier, mais sa pensée
est autre part. Le bureau est couvert au hasard de
manuscrits, de documents imprimés, d'in-quartos
respectables ; le désordre n'est pas moins apparent
sur la table que dans l'esprit du maître. Quelques
modifications dans l'ameublement méritent aussi
d'être signalées. Les photographies de Robert et
de madame Darroles ont pris sur la cheminée la
place d'honneur. Le portrait de Godefroy Cavaignac, relégué dans un cabinet de toilette, a fait
place à une aquarelle en pied du grand échanson
en costume de gala, et portant à la main droite
l'urne d'or, insigne de ses hautes fonctions. La
plume offerte par les pythagoriciens d'Utah a sans
doute revolé vers le Lac-Salé qui l'a vue naître,
car il n'en reste plus barbe dans le cabinet. En revanche, la vitrine des ordres de chevalerie s'est
sensiblement renforcée. L'aiguille de la pendule
vient de franchir dix heures ; un violent coup de
sonnette retentit dans l'antichambre, la porte du
cabinet s'ouvre avec fracas, Poncifer entre comme
une avalanche, et s'écrie, en joignant le geste à la
parole :

— Cher maître, que je vous serre dans mes bras !

Le prince de la bâtisse jouit d'une exubérante santé. Un sang bleu colore ses joues, son ventre s'est sensiblement arrondi, ses mains sont gantées; une rosette panachée de diverses nuances émaille sa boutonnière. Tout en lui annonce le succès, la fortune, l'enrichi, l'homme heureux !

— C'est d'hier, d'hier, que j'ai connu le grand événement, poursuit Poncifier d'une voix haletante. Quelle folie !... quelle sublime folie ! !..... Aller, en sous officier, compromettre vos jours précieux dans un duel contre un spadassin, un bretteur de profession, sans doute. Ah ! Darroles, vous n'avez pas pensé à nous, au commerce, à l'industrie, à la spéculation ! Bonté divine, que serions-nous devenus, si vous n'aviez plus été là pour nous défendre ! J'en frémis encore !... Quelle folie ! la sublime folie ! Avoir cédé au plus absurde des préjugés !... Un homme comme vous !... Qu'est-ce que cela prouve, le duel ?

— Il est des circonstances dans la vie, mon cher ami, où il faut savoir sacrifier aux faux dieux, aux us et coutumes, aux préjugés du monde. Je ne pouvais laisser sans réponse les insultes du prince Dourakine à l'amiral de Banneheu, mon plus proche parent, et...

— Et ses attaques à la religion, qui est la base de tout ordre social, interrompit vivement Poncifer, en homme bien renseigné. Vous avez combattu pour la cause de la famille et de la société... Que je vous reconnais bien là !... Il paraît que ce prince est un démagogue de la pire espèce.

— Ou plus simplement, dit Darroles, un esprit paradoxal et aventureux, qui professe à haute voix à l'étranger des théories dont il se garderait bien de chuchoter un mot, même à huis clos, dans son pays.

— Je reconnais à ces paroles votre bienveillance naturelle. Mais c'est égal, malgré tout le respect que je vous dois, vous permettrez de ne pas croire que votre duel n'ait été qu'un accident, un pur effet du hasard. Il y a quelque chose là-dessous.

— L'absurde supposition, mon brave Poncifer! Le prince s'est conduit sur le terrain en vrai gentilhomme.

— Non, non, reprit Poncifer, hochant la tête d'un air plein de profondeur, tout cela n'est pas naturel, je n'en démordrai pas ! Il n'est pas naturel qu'en plein dix-neuvième siècle, dans le grand salon du club de la Fleur-des-Pois, un

prince,... un prince ose déclarer qu'il ne croit à
rien, n'adore rien, pas même le soleil ! Mais bâtis-
sez-moi donc une ville qui ait le sens commun,
sans églises ni temples. Au point de vue seul de
l'art, de la perspective, il faut des églises, des
temples, des synagogues, des mosquées. Il en faut,
et beaucoup. Si j'avais carte blanche, je vous en
flanquerais trois cents de plus dans Paris, et le
panorama de la capitale n'y perdrait rien, je vous
en donne ma parole. Et tenez, en fait de synagogues, Paris est plus que pauvre, c'est-à-dire que
c'est une honte pour le chef-lieu du monde civilisé.
J'en causais dernièrement avec le baron Issachar.
Si vous trouviez un jour ou l'autre l'occasion de
signaler cette lacune dans l'ornementation de
Paris, vous me rendriez un grand service. J'ai
quelque part des plans et devis de temple israélite
que je voudrais bien utiliser.

— Et où élèveriez-vous le nouveau temple de
Salomon ? reprit machinalement Darroles.

— Rue Vivienne, parbleu, en face des autels du
Veau d'or... Mais, pour le moment, ce n'est pas de
cela qu'il s'agit. Il faut battre le fer pendant qu'il
est chaud, mener les affaires vivement ; c'est là ma
manière, c'est la bonne. Que je vous entretienne

16.

donc sans délai de la petite affaire dont je vous ai déjà touché deux mots l'automne dernier.

— Quelle affaire? répéta Darroles, visiblement intrigué.

— Depuis hier, l'amiral n'a plus rien à vous refuser. Si vous n'êtes pas ensemble comme deux frères, il faut que la reconnaissance soit étrangère à son cœur. Je ne veux pas l'admettre pour un instant. L'entreprise n'est pas sans doute aussi belle aujourd'hui qu'elle l'était il y a un an, quoique ce ne soit certes pas un sacrifice que vous ayez à demander à votre beau-frère.

— Où diable voulez-vous en venir? reprit Darroles intrigué.

— Je ne vous le cache pas, poursuivit l'homme d'affaires avec volubilité, nous sommes pressés par le temps; la prolongation du boulevard des Batailles est arrêtée, ébruitée. Nous avons l'épée dans les reins. Si nous voulons tirer encore quelque chose des jardins de l'amiral, aile ou cuisse, c'est un marché à brasser dans les vingt-quatre heures. Si oui, j'installe demain dans le parc ma première brigade, et voici mon plan : je rase la maison, je joue du hautbois avec énergie dans la futaie, et avant deux mois j'ai transplanté dans le jardin les

palais chinois, égyptiens, indiens, japonais, que
j'ai achetés à la dernière exposition. J'avais sur ces
bibelots d'autres vues ; mais l'actionnaire s'émanci-
cipe, le drôle ! les conceptions magistrales l'épou-
vantent. Quoi qu'il en soit, si vous obtenez une
réponse affirmative de l'amiral, nous utiliserons
encore ces drôleries, que j'ai eues pour un morceau de pain. Au printemps, tout est prêt...

— Ah! enfin, soupira Darroles avec un sentiment
d'intime satisfaction.

— Nous ouvrons au public un parc de plaisance,
las Delicias, un franc d'entrée, fêtes de nuit, bals
champêtres, feux d'artifice, illuminations en
verres de couleur, le tout entremêlé de délasse-
ments intellectuels : l'Espagnol incombustible,
l'homme-poisson, choix varié de conférences. L'année prochaine arrive l'expropriation, et nous avons
à recevoir un joli denier de la bonne ville de Paris. Ah! dame, nous ne pourrons plus entonner
l'hymne du travail national, mais en fin de
compte...

— Poncifer, vous êtes décidément incorrigible,
interrompit Darroles d'une voix sévère. Tenez-vous
pour dit que l'amiral, pas plus aujourd'hui qu'il
y a un an, n'est homme à vous servir de complice.

— Complice ! complice ! répéta l'entrepreneur ébouriffé. Eh bien ! soit, n'en parlons plus, n'en parlons plus jamais, jamais.

— Vous disiez donc que le duel a fait sensation dans Paris ? dit Darroles après un court instant de silence.

— Immense !... A la Bourse hier on ne parlait que de cela, continua Poncifer, qui reprit sans plus tarder son aplomb habituel. Les Allemands ont eu la primeur de la nouvelle, ou plutôt de la fausse nouvelle. A une heure, le parquet s'agite, les ordres de vente arrivent, pleuvent ; l'on vous dit blessé dangereusement, mortellement, mort ! La rente baisse de 0,50, les valeurs dégringolent... C'est une vraie panique. Heureusement, vers deux heures, arrive Prudhomme de l'Orge, une vraie colombe de l'arche, rameau au bec. Il était à Vincennes, il a tout vu ; son récit commence à circuler dans la foule. Le commissaire et le syndic des agents s'interposent ; une note signée de la plus forte signature du cabinet, que l'on placarde sur tous les murs, fait, en fin de compte, justice de la fausse rumeur, et un mouvement de hausse se dessine sur toute la ligne ; l'on ferme au même taux que la veille, et plus ferme, si bien que vous pouvez vous vanter, cher et éloquent maître, d'avoir fait un mouvement de plus d'un franc dans la journée.

— J'ai fait un mouvement de plus d'un franc à la Bourse ?... Peste ! dit Darroles en souriant.

— Oui... oui, très-illustre. Mais vous valez mieux que cela, et, sans flatterie, je puis vous assurer que si la balle de votre adversaire vous avait atteint au cœur, les rentiers auraient passé un vilain quart d'heure !... Dieu merci, vos jours précieux nous sont conservés, et vous allez reparaître à la tribune en triomphateur. A ce propos, la première fois que vous prendrez la parole, envoyez-moi donc deux billets. Madame Poncifer a promis à Baboosch-Pacha de le mener à la Chambre un jour de séance intéressante. C'est un étranger à soigner. Il y a pas mal à faire avec ces Turcs, lorsqu'on sait s'y prendre. Ils paient irrégulièrement, c'est vrai, mais ils finissent toujours par payer. Puis-je compter sur deux billets ?

— Sans aucun doute, fit Darroles.

— Merci. Et maintenant plus de racontar ; je me sauve, car j'ai rendez-vous avant midi avec l'architecte de la ville pour inspecter les travaux de la fontaine du boulevard-des Batailles. Entre nous, une jolie surprise que j'ai ménagée à la comtesse Tomski Amourzow.

Poncifer une fois sorti, Darroles quitta son fauteuil, parcourut la chambre à plusieurs reprises ; puis, s'arrêtant brusquement, se frappa le front du geste d'André Chénier sur la charrette révolutionnaire, et murmura avec un orgueilleux sourire :

— Je compte donc dès aujourd'hui parmi les puissants de ce monde, et l'avenir présente à mon ambition un champ sans limites ! Que de potentats obscurs et inutiles peuvent disparaître d'ici-bas sans que la Bourse de Paris se préoccupe de leur destin. A moi.... moi, Darroles, fils de mon travail et de mon mérite, elle fait les honneurs d'un mouvement d'un franc... Un franc ! Grande époque, en vérité, que la nôtre, où l'influence des hommes ne se mesure qu'à leurs œuvres !

D'un pas machinal, le Richelieu en herbe s'approcha de la cheminée, appuya les deux mains sur son manteau, et contempla à longs traits les deux photographies qui occupaient la place d'honneur. Une émotion douce et triste se peignit sur les traits de Darroles :

— Vaines grandeurs de ce monde, dit il d'une voix attendrie, que ne puis-je vous sacrifier à un sourire, à un mot d'affection !

— Le comte de Bienséant !

A ces mots, prononcés à la porte du cabinet d'une belle voix de basse, l'homme politique se retourna vivement. Toute trace d'émotion avait disparu de son visage. Quatre mots, véritable talisman de fée, avaient suffi pour renfoncer au plus profond des entrailles du mari et du père les effusions intimes qu'avaient fait naître l'image de madame Darroles et du petit Robert.

— Eh bien ! grand victorieux, dit Bienséant, vous avez passé une bonne nuit, j'espère ?

— D'autant meilleure, qu'au soir, notre digne Esculape a pris la peine de venir chez moi pour me rassurer complétement sur la blessure du prince. La balle n'a fait que traverser les chairs : il en aura au plus pour quinze jours de chaise longue.

— Tout est donc pour le mieux dans le meilleur des mondes. Prêtez-moi maintenant une oreille attentive, car je suis gros d'importantes nouvelles.

— Que peut-il bien se passer de si intéressant ? Parlez,... parlez.

— Le grand conseil s'est réuni hier soir à neuf
heures. Votre duel a eu les honneurs de la séance.
Le maître n'est pas sans faible pour les hommes
qui ne craignent pas l'odeur de la poudre. Vous
aviez pris en main la cause de la famille, de la religion ; tous les cœurs bien placés étaient avec
vous. Aussi a-t-on demandé en haut lieu les détails
les plus circonstanciés sur la querelle et le combat. Heureusement, j'étais passé chez le grand
échanson à mon retour de Vincennes, et Sa Grâce
a pu satisfaire d'augustes et légitimes curiosités.

— Tant de bontés m'émeuvent plus que je ne
saurais dire ; je ne pourrai jamais acquitter la dette
de ma reconnaissance.

— Ne m'interrompez pas. Votre reconnaissance
ne doit pas tarder à être mise à l'épreuve. A l'issue
du conseil, le comte-duc m'a mandé par télégramme de venir le voir ce matin, à neuf heures,
au Louvre. Je sors de chez lui. « Darroles, m'a-t-
il dit, a su à la fois défendre une noble cause,
servir ses intérêts personnels, donner une leçon à un
fat, faire preuve de ce courage si populaire parmi
nous, parmi les femmes surtout. C'est un coup de
maître ! Madame Darroles serait unique dans son
sexe, si tant de générosité, de bravoure, ne par-

laient pas à son cœur, si une réconciliation sincère
ne couronnait pas les exploits de cette glorieuse
journée. Notre ami a saisi l'occasion au vol, la
fortune aux cheveux. C'est un homme heureux, un
fort ; je l'ai toujours jugé tel... Vous me devez cette
justice. Il y a longtemps déjà, je vous ai dit que
j'apercevais sur le front de Darroles l'auréole des
grandes prédestinées. Il sera, je l'affirme, si Dieu
lui prête vie, le Richelieu, le Pitt de la dynastie.

— Quoique le comte-duc m'ait toujours honoré
de sa bienveillance particulière, un pareil langage
est fait pour me confondre.

— Je ne doute pas de vos sentiments pour Sa
Grâce, aussi est-ce en toute confiance que je continue mon récit. Le grand conseil avait hier soir à
trancher la question de l'envoi d'un *alter ego* par-
delà les mers. La question ayant été résolue affir-
mativement, le comte-duc a mis immédiatement
votre nom en avant, et a plaidé votre cause avec
tant d'éloquence que votre nomination a été enlevée séance tenante. Le décret n'a pu être envoyé
hier soir à l'*Officiel*, mais il paraîtra demain.

— Demain, répéta Darroles abasourdi.

— Considérez la chose comme faite. Vous n'hési-
tez pas sans doute à accepter ce poste glorieux qui

17

vous place au premier rang des hommes du présent
et de l'avenir. *Nec pluribus impar*, ajouta le négociateur, fort satisfait de cette réminiscence du grand
siècle.

— Je n'hésite pas... je refuse, reprit le conseiller
d'État d'une voix sifflante qui trahissait de mortelles anxiétés.

— Vous refusez! dit Bienséant en frappant ses
mains l'une contre l'autre, avec un ébahissement
voisin de la terreur... Mais cela n'est pas possible...
Songez-y donc, cher ami, quelle déception!...
quelle amère déception pour le grand échanson!...
C'est un coup mortel que vous portez à l'influence
de Sa Grâce... Le poste est recherché entre tous, et
votre nomination n'a pas été enlevée dans le grand
conseil sans difficulté. La guerre, la marine ont
lutté avec tenacité. Par esprit de corps et de camaraderie, on ne voulait pas d'un pékin à la tête du
gouvernement transocéanique. Le maréchal a rappelé, à plusieurs reprises, que le nouveau général
en chef, avant son départ, en avait fait une question *sine quâ non*, et avait même obtenu de for-
melles promesses. Par amitié pour vous, par dévouement à vos intérêts, le comte-duc a brisé tous
les obstacles, s'est attiré des inimitiés qui ne lui

pardonneront jamais. Et vous hésiteriez, vous re-
fuseriez d'accepter la plus noble, la plus enviée
des missions?... Cela n'est pas possible : votre
cœur ne paiera pas tant de bienfaits par tant d'ingratitude.

— Ne me jugez pas sans m'entendre, reprit Darroles d'une voix suppliante. Je ne suis plus aujour-
d'hui l'homme que j'étais il y a dix ans, un an
même. Cette ardeur du pouvoir, cette fièvre ambitieuse qui me dévorait a fait place à d'insatiables
appétits de vie tranquille, de bonheur intime. Je
vieillis : la lutte a perdu pour moi tous ses charmes.
Je veux, je veux à tout prix reconquérir ma place
au foyer conjugal. Robert, mon enfant, occupe
toutes mes pensées. En un mot, ma vie n'a plus
qu'un but, mon cœur qu'un désir, reconstituer mes
pénates et ne m'en séparer jamais.

— Et c'est là ce qui vous arrête, interrompit
vivement Bienséant. Le comte-duc a prévu l'objec-
tion. Sa Grâce est au courant de vos difficultés
conjugales, et, avec moi, pense à juste titre que la
mission transocéanique doit servir à les résoudre.
Une femme comme madame Darroles ne saurait
être aussi insensible que vous, mon cher philosophe, aux charmes d'une grande position, à

l'attrait magique du pouvoir. La femme du vice-roi occupera le premier rang sans rivales. C'est un trône que vous donnez à madame Darroles; un trône, vous m'entendez !... Voyons, pas d'enfantillage : allez de ce pas déposer la couronne quasiroyale aux genoux de votre femme, plaidez la cause des intérêts du ménage, de cette voix qui charme et subjugue le Corps législatif, et je réponds du scrutin.

— Combien votre affection pour moi vous aveugle ! Que vous connaissez mal la situation. Ah ! cet homme n'est pas de ceux que guident les intérêts vulgaires ! Inflexible dans ses animosités, immuable dans ses principes, le souffle de la conciliation n'a jamais fait vibrer son cœur. Depuis que je vais presque chaque soir passer quelques heures avec Robert et sa mère, je ne me suis trouvé qu'une seule fois en face de l'amiral : un soir qu'il était pris d'une forte grippe. Ce duel, en ce moment même, en connaît-il la cause, les détails ? Je dois en douter, car j'attends encore sa visite... La première fois que nous nous rencontrerons au club, il m'adressera peut-être pour la forme quelques paroles de politesse, et tout sera dit... Ce duel, ce coup de maître que vous admirez tous, n'aura pas produit d'autres fruits... C'est à se damner !... Ah ! ils sont terribles, ces nobles obstinés avec leurs préjugés invincibles, leurs haines éternelles... et je m'épuise dans la lutte.

— Ah ! cela, cher grand orateur, reprit Bienséant d'un ton de pédagogue, rentrons un peu dans la question... Faites-moi l'amitié de me dire qui vous avez épousé ? l'amiral de Banneheu ou madame Darroles ?

— Madame Darroles, répéta le mari en retrait d'emploi, sans remarquer le ton de persiflage de son interlocuteur, est prête à accepter toutes mes volontés. C'est une femme dévouée, tout entière à ses devoirs d'épouse et de mère. Mes désirs, mes ordres seraient exécutés sans murmures, quand bien même ils devraient la conduire au fin fond de l'océan, dans une île déserte ; mais dois-je abuser de mon pouvoir, puis-je loyalement la contraindre à une épreuve peut-être au-dessus de ses forces ? Nos relations sont meilleures, chaque jour je constate quelque progrès. Comme un trait d'union, Robert fait sentir entre nous sa douce influence ; et j'irais, par ambition, compromettre le fragile édifice de mon bonheur domestique !

— Eh bien, alors, partez seul, reprit Bienséant,

impatienté de toutes ces tergiversations. Faites
votre devoir, allez où l'honneur vous appelle, et
comptez sur l'avenir pour vous ramener un cœur
disposé dès aujourd'hui à la bienveillance. Que
craignez-vous ? Bayard Kernozian n'est après tout
qu'un amoureux transi, bien inoffensif. Du courage ! ventrebleu !... soyez homme, soyez fort...
C'est entendu, j'ai votre parole ?

— Partir... la quitter... Non, non, c'est au-dessus
de mes forces... Bienséant, mon ami, je l'aime....
Le mari continua avec la fougue d'une aveugle
passion : Ah ! Bienséant, ces femmes de race, ces
patriciennes ont pour nous autres plébéiens de
magiques attraits. Que de simplicité dans leurs
atours, leurs manières, et si fières toutefois du
sang qui coule dans leurs veines : résignées sous
les coups du malheur, intrépides devant le danger ! Ah ! que de vaillance dans ces êtres si frêles !
Voyez Louise à sa crèche, à l'école, au lit de mort
du pauvre, typhus ou choléra, partout, partout,
c'est la femme chrétienne avec ses sublimes vertus !.... La connaître et ne pas l'adorer..., et
comme honteux de tant de faiblesse, Darroles se
voila des mains la face et retomba épuisé dans son
fauteuil.

— Ah ! par exemple, je n'avais pas prévu celle-là... Darroles... Darroles, amoureux de sa femme !... Pauvres hommes forts !... Toujours Samson et Dalila ! ! murmura Bienséant, avec un sourire où le dédain le disputait à la pitié.

Il y eut un moment de pénible silence. La respiration entrecoupée de Darroles attestait le violent combat qui se livrait dans sa poitrine.

— Vous m'excusez, mon ami, dit-il, d'avoir mis à nu devant vous toutes les plaies de mon cœur.

— Je vous excuse sans vous absoudre, fit le comte avec une sévérité glaciale ; je vous excuse... je vous plains de toute mon âme. J'ajouterai cependant avec franchise que pour un homme doué comme vous, il est d'autres devoirs que ceux de la famille. Il se doit avant tout à son maître, à son pays, à sa gloire. On est du métal dont se coulent les hommes de Plutarque, ou du bois avec lequel se fabriquent les bons bourgeois, les Philémons destinés à terminer leurs jours avec leurs Beaucis, entourés d'une nichée d'enfants et de petits enfants, dans un vide-bouteille des environs de Paris.. Toutes les aptitudes, tous les goûts sont dans la nature... Mais dans des affaires aussi graves, poursuivit l'homme pratique après une pause, il ne faut jamais se prononcer à la légère, sur l'heure. Je peux très-bien ne pas vous avoir rencontré ce matin, et ne rendre votre réponse au comte-duc que ce soir, demain même.

— Ma résolution est inébranlable, reprit Darroles d'une voix qui ne souffrait pas de réplique.

— Ah ! mon pauvre ami !... Quelle tuile sur la tête du grand échanson ! !

Et le comte, quittant son siége, se dirigea vers la porte d'un pas lent, la tête basse. Arrivé sur le seuil, le négociateur déconfit fixa quelques instants sur son ami, effondré dans un fauteuil, des regards irrités et méprisants.

— Ça... un grand prédestiné !... un Richelieu !... un Pitt !... Allons donc !... un avocat, une boîte à paroles, un ténor sinon un soprano... mais pas de sang, pas de race !... murmura l'obstiné commensal des Tuileries, avec le dédain d'un grand seigneur prêt à marcher à l'échafaud pour la cause du trône et de l'autel.

XII

LE MARI.

Je l'aime ! Ces mots échappés involontairement aux lèvres émues du conseiller d'État, ont expliqué la situation. Il est toutefois nécessaire, pour la parfaite intelligence de ce récit, de revenir quelque peu en arrière et d'analyser avec détail les sentiments, les influences qui ont guidé la conduite de M. Darroles pendant ces huit dernières années. Une liaison éphémère, terminée par la mort soudaine d'une triste héroïne, avait enchevêtré, dans des complications dignes du roman, la vie de M. Darroles, consacrée exclusivement jusque-là aux luttes brûlantes de l'opposition républicaine. L'amiral de Banneheu, égaré par des apparences qui n'existaient que pour lui, comme on l'a déjà vu, s'était posé en vengeur inflexible de l'honneur

17.

de sa famille. S'attribuant un rôle de providence réparatrice, il avait exigé de Darroles un mariage immédiat, nécessaire à ses yeux frappés de cécité, au double point de vue de l'honneur de la mère et des intérêts de l'enfant. Darroles, toutefois, ne s'était pas rendu aux impérieuses volontés du marin sans examiner la question sous toutes ses faces. Darroles était brave, jeune ; souvent il avait risqué sa vie pour un article de polémique ; il n'était pas moins prêt à accorder à l'amiral toute réparation par les armes que ce dernier pourrait désirer. Quelques coups de pistolet échangés à courte distance, en se promettant à lui-même de ménager scrupuleusement les jours de son adversaire, devaient dégager la position de toute difficulté ; les plus exigeants, les plus austères ne pouvaient lui en demander davantage ! Cette éventualité n'avait rien, nous le répétons, qui pût effrayer un des plus belliqueux champions de la presse parisienne. Mais, d'un autre côté, l'ultimatum de l'amiral n'était pas tel qu'un homme de cœur, un homme intelligent, dût le repousser sans examen. Pour premier résultat, il assurait un état civil en règle à cet enfant auquel Darroles, rendons-lui cette justice, avait porté dès le premier jour un amour

de père. Les autres avantages de l'union proposée,
ou plutôt exigée, n'étaient pas moins dignes de considération. S'allier à une jeune fille bien élevée,
riche, vertueuse, de bonne maison, lui, condot-
tière de la presse démocratique ; faire comme mariage d'expiation, sinon de raison, un mariage qui,
en toute autre circonstance, eût dépassé ses vues,
ses plus ambitieuses espérances, c'était là le dénoûment d'un roman fatal dont un homme moins
pratique même que Darroles eût compris, à première vue tous les avantages. L'amiral, il est vrai,
n'avait pas caché ses desseins : une séparation
éternelle devait suivre la cérémonie. Mais l'exécution judaïque de cette condition suprême était-elle
possible, présumable ? Ses droits de père, scrupuleusement réservés par M. de Banneheu lui-même,
lui donneraient un accès facile auprès de celle qui
allait porter son nom. Il devait justement compter,
pour l'amener à des sentiments bienveillants à son
endroit, sur les charmes de son esprit, de sa parole. L'amiral pouvait transiger, sinon pardonner.
Il convergeait vers la soixantaine, sa vie avait été
laborieuse, et lui disparu, Darroles rentrait sans
obstacles dans ses foyers et reprenait ses droits de
chef de famille. Toutes ces conditions du problème

mûrement pesées, discutées pendant les heures d'une longue nuit, Darroles avait accepté les conditions de M. de Banneheu. Le mariage avait été célébré, ainsi que le journal de Louise l'a raconté, dans la ville de Livourne, et après la cérémonie, le nouvel époux, fidèle aux conditions du contrat verbal, avait passé quelques mois à parcourir seul l'Italie. Les hasards du voyage l'avaient rapproché des hommes influents du pays, il avait pu étudier l'état des esprits sur les lieux mêmes, s'initier à l'avance aux grands événements qui se préparaient. Ces liaisons, ces études, son mariage même, allaient exercer la plus heureuse influence sur la carrière du mari dépossédé. A son retour à Paris, la politique des nationalités, de l'émancipation des peuples opprimés, des grandes unités géographiques, commençait à prévaloir dans les conseils du gouvernement impérial. Darroles, sans trop renier son passé, put accepter l'appui de ses amis italiens et donner des gages de soumission, de bonne volonté, sinon de dévouement absolu. Les portes officielles s'ouvrirent sans difficultés devant l'écrivain éminent que des liens d'étroite parenté unissaient à une famille vieille et bien posée de la Bretagne, à un des officiers généraux les plus illustres de la

marine. Mis à l'essai dans les fonctions épineuses
de directeur de l'esprit public, Darroles fit preuve
d'un mérite hors ligne, et le conseil d'État reçut
bientôt dans son sein le républicain de la veille,
définitivement rallié au régime impérial.

Les immenses perspectives qui s'étaient ouvertes
devant lui avaient développé chez Darroles une
noble ambition. Ce mariage, fait en dehors de tout
équilibre, dans les conditions des conjoints, il
s'était mis en tête de le justifier, et de monter si
haut, que sa femme, et non lui, eût gagné le gros
lot à la loterie du mariage. Tel était désormais le
but de sa vie. Mais, dès ses débuts sur une scène
plus élevée, Darroles, avec son grand sens, avait
compris que les allures étranges de son ménage
devaient créer des obstacles à sa légitime ambition.
Il s'était donc mis courageusement à l'œuvre, et,
par une soumission absolue aux volontés de l'amiral, une réserve délicate envers Louise, avait tenté
de les ramener tous deux à lui. Toutes les tentatives étaient venues échouer devant la froideur de
la jeune femme, froideur tempérée, il est vrai, par
un naturel doux et bienveillant. Chez l'amiral, au
contraire, des procédés presque blessants attestaient
une répugnance invincible que le temps ne sem-

blait qu'accroître. Cette défaite avait été d'autant
plus sensible pour Darroles, que pendant un moment il s'était bercé de l'espoir de gagner sa cause
auprès du marin. Ce n'était d'ailleurs qu'à de rares
exceptions qu'ils se trouvaient en présence. M. de
Banneheu, aussitôt qu'il voyait paraître son beau-
frère, s'empressait de prendre son chapeau et de
quitter la place, après lui avoir adressé un salut
glacial. Le favori, l'éloquent champion du pouvoir,
trouvait partout, sauf auprès des siens, un accueil
déférent, sinon adulateur. De là une irritation
sourde, un secret dépit qui s'étaient surtout mani-
festés pendant son voyage à Floville où, pour la
première fois, il avait affirmé hautement devant
Louise ses droits d'époux et de père, et, de plus,
clairement donné à entendre qu'il était décidé irrévocablement à reprendre avant peu sa place à la
tête de la communauté. Au retour de la famille à
Paris, Darroles, fidèle à sa parole, vint régulièrement passer ses soirées auprès de son fils, et les
charmes de la mère ne tardèrent pas à faire une
profonde impression sur son cœur. Avec une
étrange fatuité d'égoïsme, le parvenu politique en
arriva à oublier tout souvenir des sinistres prélimi-
naires de son mariage : la mort tragique de l'infor-

tunée Thérèse, les tristesses de la cérémonie nuptiale, s'effacèrent complétement de sa mémoire.
Étrange position que la sienne: cette femme distinguée, aimable, aimante, cette mère de famille modèle est unie à lui par les liens les plus sacrés, et
victime obéissante des rancunes d'un vieillard, obstiné, lui Darroles se résigne à renoncer aux joies de la
famille, à vivre solitaire, loin de toute affection !
Ce qui est plus bizarre et plus triste encore, la
désunion apparente du ménage peut encourager de
coupables projets. Il y a là un certain Kernozian, un
patito assidu dont la vue seule l'irrite; souffrira-t-il
longtemps que ce braconnier, paisiblement installé
sur ses terres, y prépare à loisir ses filets ? Ces se-
mences jetées dans une tête chaude n'ont pas tardé
à fermenter. Sa vie de garçon, ses travaux, sont
devenus odieux au conseiller d'État ; des rêves de
bonheur domestique égarent incessamment sa
pensée; il ne reculera devant rien pour rendre
Louise et Robert à son foyer. De là la querelle
au club avec le prince Dourakine, querelle où il
entrait autant d'emportement que de calcul. Ces espérances n'ont pas été justifiées par l'événement;
l'amiral n'a pas même témoigné un semblant
d'intérêt à son défenseur. Qu'est-ce donc que cet

homme inflexible ? Poncifer, Bienséant, le grand
échanson, tous ses amis enfin, célèbrent sa conduite, affirment que par un tel coup de maître il
est impossible qu'il n'ait pas reconquis l'affection
des siens, l'empire de ses pénates ; et cependant le
fait est là dans toute sa brutalité ! Il a compromis
ses jours dans un duel pour défendre l'honneur de
son beau-frère outragé, et, en manière de récompense, que trouve-t-il? froideur et mépris ! De
pareils procédés dépassent la résignation d'un
homme de cœur. Il faut en finir ! Son refus même
de la haute position que Bienséant lui a offerte devient, dans son esprit troublé, un titre de plus à
l'affection, au moins à l'obéissance des siens. Il ne
se dissimule pas le coup fatal qu'il vient de porter
à sa carrière ; le comte-duc, son patron, son plus
fidèle soutien, ne saurait oublier un pareil déboire.
Qui ne lit au fond de son cœur ne peut voir dans
sa conduite qu'absence de dévouement, tiédeur,
vulgaires appétits de vie facile. « Je suis un
homme fini, enterré à jamais dans les sections
du conseil d'État. On doit m'en tenir compte,... ou
sinon !... » se dit à lui-même Darroles en mettant
son chapeau, vers les deux heures, pour se rendre
à la Chambre.

Le prédestiné a douté de son étoile, l'athlète a désespéré de ses forces ; le court trajet de la rue Neuve-du-Luxembourg au palais législatif les ranime. Au moment où il prend sa place aux bancs officiels, un membre de l'opposition signale en termes amers les ravages de la fièvre jaune qui décime, par delà l'Océan, le corps expéditionnaire. « La fièvre jaune, Dieu soit loué, n'existe que dans les cerveaux malades ou hallucinés par la fièvre de l'opposition, » s'écrie Darroles en volant à la tribune. Toutes les passions qui ont bouillonné dans son cerveau pendant la matinée s'exaltent ; il tonne, il foudroie ; l'Arcadie est transportée, le succès de l'orateur est immense. Mais, après la victoire, il dîne à une petite table, au traiteur, et ce repas solitaire ravive toutes ses haines, ses rancunes. Lui, le maître de la parole, au lieu de présider le festin de famille, de recevoir des mains d'une noble femme la couronne du triomphateur, dîner seul, comme un bohème, vivant en garni au jour le jour ! En proie à ces irritantes pensées, Darroles avale en toute hâte un repas réchauffé, monte dans une voiture et se fait conduire à la villa des Ternes.

A son arrivée, quelques vieux amis, Kernozian

en tête, sont réunis dans le salon autour de Louise. Robert vient d'appeler l'admiration de l'assistance sur une petite paire de bottes de cuir de Russie, à éperons d'acier, cadeau envoyé de Pétersbourg par la comtesse Tomski-Amourzow, et qu'il a reçue le matin même. L'enfant ne croit pouvoir saluer plus dignement l'arrivée de son père qu'en lui soumettant le chef-d'œuvre de cuir dont il compte bien le lendemain orner ses petits pieds.

— C'est, en vérité, très-joli, dit le conseiller d'État d'un ton rogue, mais au moins vous avez mérité cette récompense par votre travail ?

L'enfant balbutie, et madame Darroles, fidèle à la vérité, est obligée d'avouer que les notes de la pension ne sont pas des meilleures.

—Eh bien ! mon cher ami, je suis fâché de vous le dire, mais vous ne porterez vos bottes que quand vous aurez été premier dans votre classe. Je ne veux pas faire de vous un beau fils, un cocodès, un gentleman-rider. Votre père vous donne l'exemple du travail; suivez-le, ou sinon plus de distractions, de plaisirs. Au reste, je regrette de le dire, votre éducation, jusqu'à présent, a été on ne peut plus mal conçue. On semble vous avoir voué aux choses inutiles : cheval, piano, gymnastique ! Il

faut que tout cela change... Est-ce que l'on fait
des hommes avec ces futiles talents d'agrément !
Des grands seigneurs de l'ancien régime peut-être;
mais les descendants des hommes de 89 doivent
se couler dans un autre moule... Je vous en prie,
madame, exigez qu'il travaille ; son éducation est
vraiment en arrière. A son âge j'avais tous les prix
de la classe de septième !

Cette sortie à propos de bottes, dans toute l'acception du mot, du jeune prodige devenu vieux, a
jeté du froid dans la réunion ; la conversation lan-
guit ; Kernozian se lève et donne le signal de la retraite. Les autres intimes suivent son exemple, et
Darroles reste seul dans le salon avec la jeune femme.

— Je m'excuse, dit le conseiller d'État, d'un moment de mauvaise humeur auquel je regrette d'a-
voir cédé. Mais je suis agité, nerveux ; j'ai à vous
entretenir de choses graves, aussi vous deman-
derai-je de vouloir bien m'accorder la faveur de
prolonger ce tête-à-tête.

— Promettez-moi dorénavant de n'être plus si
sévère, si dur pour le pauvre petit, qui est monté
se coucher tout en larmes ; en revanche, je vous
promets de vous écouter aussi longtemps qu'il
vous plaira de m'entretenir.

— Vous vous engagez peut-être imprudemment,
car j'en ai long à vous dire, reprit galamment
Darroles. Qnant à la promesse que vous me demandez, je vous la donne sans restrictions aucunes.
J'ajoute, pour rendre l'expiation complète, que Robert est libre de se promener toute la journée, en
chat botté et éperonné si cela vous convient à tous
deux. Et maintenant j'arrive au fait. Bien que vous
preniez peu d'intérêt au sort de ma carrière, c'est
un devoir pour moi de vous entretenir des propositions inespérées dont j'ai été l'objet ce matin
même. Le comte de Bienséant, que vous connaissez, est venu de la part du grand échanson m'annoncer que j'avais été choisi hier soir, en grand
conseil de l'empire, pour aller remplir les fonctions de gouverneur général à Pataganopolis. C'est
une vice-royauté, dans un pays où tout est à faire,
de la base au sommet ; une position immense pour
le présent, plus grande encore pour l'avenir. Le
pacificateur, l'organisateur de cette annexe de
l'empire français, comptera à son retour au premier rang des hommes indispensables, nécessaires.
Dirai-je encore que les autres avantages de la
mission ne sont pas à dédaigner. Je suis pauvre ;
sauf mes appointements, je ne possède guère que

la petite maison de mon père à Riom, qui vaut au plus une vingtaine de mille francs. Le traitement doit être magnifique ; en faisant largement les choses, le vice-roi pourra mettre de côté une fortune. Depuis ce matin j'ai pesé, examiné la question sous toutes ses faces, et...

— Vous acceptez, interrompit Louise avec une vivacité qui ne faisait pas pressentir de sérieuses objections au départ de son époux pour les contrées lointaines.

Dominant un premier mouvement de surprise, la jeune femme se leva, s'avança vers Darroles, lui tendit la main d'un geste noble, presque affectueux :

— Vous ne partirez pas sans que je vous aie remercié de tout mon cœur du dévouement dont vous avez fait preuve envers l'amiral. M. de Kernozian vient de me raconter votre duel dans tous ses détails, en vous couvrant d'éloges.

— M. de Kernozian est en vérité bien bon, reprit Darroles non sans ironie. Je n'ai fait que mon devoir, ce que M. de Banneheu eût fait, sans doute, s'il se fût trouvé à ma place. Merci de ces bonnes paroles dont mon cœur gardera la mémoire. Permettez-moi de revenir à la visite du comte de Bienséant, qui est sorti de chez moi tout décontenancé avec un refus formel.

Après une pause, le conseiller d'Etat poursuivit d'une voix sourde :

— Oui, je refuse ce poste magnifique ; je ne me fais pas illusion, je sais que cette résolution ruine mon avenir. Le comte-duc s'est porté fort pour moi... Mon refus doit nous séparer à jamais. Privé de son appui, mes horizons se rétrécissent, ma place est éternellement marquée dans la médiocrité du conseil d'État, mais j'accepte philosophiquement la ruine de mes plus légitimes espérances. Le courage me manque à l'idée seule de rompre pour des années avec les affections de mon cœur. Ne plus voir Robert, le cher enfant ; mettre l'Océan entre vous deux et moi, madame, est chose au-dessus de mes forces ! Le sacrifice n'en est pas moins cruel. La glorieuse mission ! Quelle entreprise plus faite pour tenter l'ambition d'un homme de cœur !... Fonder un empire, résoudre cette question épineuse que la politique française porte dans ses flancs comme un dard empoisonné ; être le Lycurgue, le civilisateur de tout un peuple ; répandre, faire fleurir la religion catholique au milieu de ces populations sauvages et presque ido-

lâtres ; que de bien à faire ! que de misères à
soulager ! Il n'existe pas un hôpital, pas une
crèche dans la capitale ! dans le pays, pas un enfant sur mille qui sache lire ! C'est plus qu'une
mission politique qui m'est offerte, c'est une mission sociale ! Le gouverneur général sera le mis-
sionnaire de la civilisation, le défenseur attitré de
ces intérêts religieux qui vous sont chers à si juste
titre, et si j'osais espérer que vous daignassiez
consentir à m'accompagner...

— Vous suivre !... partir !... quitter l'amiral !
s'écria Louise avec non moins de vivacité, mais
avec un tout autre accent dans la voix que lorsqu'elle avait cru au prochain voyage de M. Darroles dans les pays transocéaniques.

— Loin de moi l'audace de vous offrir une position que les plus grandes dames envieraient
peut-être. La femme de l'*alter ego* prendra place
sur les marches d'un trône, et ce n'est pas sans
orgueil que je dépose une couronne presque royale
à vos genoux, ajouta le tentateur en scindant lentement ses mots et en fixant sur la jeune femme
un ardent regard qui descendit jusqu'au plus profond de sa pensée.

Les sentiments que le mari y découvrit ne répondirent pas, sans doute, à ses espérances, car il reprit d'une voix froidement impérieuse.

— Je ne vous impose pas, comme je pourrais le faire, le devoir de me suivre, et plus encore je vous sacrifie ma carrière ; mais tant d'abnégation, un pareil sacrifice me donnent des droits à votre bienveillance, je ne veux pas dire votre obéissance, dont il m'est impossible de ne pas me prévaloir. Il y a six mois, je vous ai déroulé à Floville mes plans d'avenir. Nous sommes rivés l'un à l'autre par une chaîne éternelle. Si votre vie a eu ses douleurs, les tristesses n'ont pas manqué à la mienne. Huit années de pénibles épreuves sont là pour attester que je n'étais pas guidé par une basse ambition lorsque j'ai accepté votre main. Expier une faute de ma vie, couvrir une chère mémoire, celer à tout jamais et à tout prix, même au prix de mon bonheur, un douloureux mystère à un honnête homme outragé, tel est le but que j'ai suivi avec une inflexible volonté pendant ces dernières années. Pour distraction, pour seule distraction, le travail ! La fortune a récompensé ma résignation, mes labeurs. En traçant mon pénible sillon, je suis monté au premier rang des hommes du jour. Mes travaux, mes opiniâtres travaux vous ont presque conquis un trône, et si vous refusez d'en gravir les degrés, loin de vous faire violence, j'immole à vos volontés mon ambition, mon avenir ! Je suis à bout de forces, madame; ne me demandez pas davantage. Que mon abnégation, mes sacrifices aient aussi leur récompense. Ne repoussez plus désormais un cœur qui vous est dévoué ; Louise, chère Louise, ratifiez les droits que les lois de ce monde me donnent sur vous. Faites l'ornement , le bonheur de mon foyer domestique ; qu'une vie de félicité sans nuages succède aux étranges fatalités qui ont inauguré notre union.

— Vous ai-je bien entendu ? fit la jeune femme éperdue.

— Oui, Louise... Louise adorée, reprit Darroles avec l'accent d'une brûlante passion, jamais mari plus tendre n'a mis aux pieds de son épouse une affection plus pure, et un mot de vous...

— Ah ! monsieur, s'écria Louise en levant les bras avec une expression de terreur indicible, vous oubliez la morte qui nous sépare à jamais.

Une aversion si profonde se lisait sur le visage de la jeune femme, que le conseiller d'État frissonna sous ses regards vengeurs. Il y eut un mo-

ment de silence. Foudroyé un instant par l'excla-
mation tragique de Louise éplorée, Darroles reprit
bientôt le sang-froid qu'il avait perdu dans ses
amoureux transports, et dit, en lançant ces mots
avec un implacable sarcasme :

— La morte ou le vivant!...

Il poursuivit :

— Inutile, madame, d'évoquer les souvenirs du
passé, lorsque le présent s'explique si bien par
lui-même. Vous ne trouveriez pas, au delà des
mers, M. de Kernozian. Loin de ce preux chevalier, quels cieux pourraient vous plaire ? Un trône
même ne saurait trouver grâce à vos yeux ! Humble serviteur de vos volontés comme je le suis, je
ne peux cependant pas vous offrir d'emmener votre
platonique amoureux comme aide-de-camp, secrétaire intime. M. de Kernozian trouverait sans doute
la proposition indiscrète pour lui ; pour moi, la
position ridicule.

Ces flèches empoisonnées glissent inoffensives
sur la poitrine de Louise; la sérénité de l'innocence rayonne sur son visage. Elle reprend d'une
voix presque calme :

— Dieu, qui lit au fond de nos cœurs, monsieur,
sait que ma vie est pure, votre nom sans tache ;

pouvez-vous, loyalement, exiger plus de moi ? Unie
à vous pour sauver de l'opprobre la mémoire d'une
sœur chérie, pour donner un nom à son enfant,
détourner d'un abîme de malheur l'ami, le protecteur de ma jeunesse, j'ai sacrifié tout ce qu'une
femme a de cher et de précieux en ce monde, et
souffre innocente, non en coupable qui expie.
Vous me reprochez d'avoir distingué un homme de
cœur, et si je l'aimais, quels droits auriez-vous donc
à m'accuser ? Je porte votre nom, je le respecte ;
mais mon cœur, je ne vous l'ai pas donné, vous
ne l'aurez jamais. Ah ! monsieur, vous parlez de
vos sacrifices, des tristesses de votre vie ; que dirai-je donc, moi, du calice amer que j'ai vidé jusqu'à la lie. Toujours des craintes, des angoisses...
dissimuler... feindre... mentir, toujours mentir,
comme s'il y avait dans ma vie un seul acte, dans
mon cœur une seule pensée qui pût redouter la
lumière du soleil !... Dieu puissant, le crime de
ma sœur est expié !...

— Permettez-moi, madame, reprit Darroles avec
l'accent d'une froide colère, de ramener la question
à de plus simples termes. Je suis le père de Robert, de par la loi, le maître ici, le maître de sa
destinée et de la vôtre : réfléchissez-y bien... ma

patience a des bornes... Un éclat qui compromettrait notre œuvre est aussi loin de ma pensée que de la vôtre. Mais ne me poussez pas à bout !... Après tant de sacrifices pour conserver pure la mémoire de votre sœur, pour assurer le repos de votre cher beau-frère, vous ne voudrez pas sans doute que, réduit au désespoir, je brise le verre fragile de ses aveugles illusions.

— Ah ! monsieur... que dites-vous là ?... L'horrible pensée ! dit Louise, dont le visage, à ces menaces transparentes, se couvrit d'une pâleur mortelle.

—Vous m'avez compris à demi mot, j'en étais sûr. Vous comprendrez encore l'inexorable nécessité qui me force à vous demander de ne plus recevoir M. de Kernozian. Je ne doute pas de la pureté de vos sentiments à tous deux, mais je ne peux empêcher les interprétations des oisifs, des malveillants. Le ridicule est mortel en France, et je ne reculerai devant rien pour mettre un terme à une intimité qui provoque, sinon justifie les mauvais propos. Ma femme, pas plus que celle de César, ne doit même pas être soupçonnée. Que votre porte soit désormais fermée à M. de Kernozian, ou sinon, malheur à lui !... malheur à nous tous !... Après

tout ce que j'ai perdu, qu'ai-je donc encore à ménager ?... Vous m'avez entendu ?...

— Vous serez obéi, murmura Louise glacée de
terreur.

— J'y compte, reprit le mari d'une voix impérieuse, en quittant la chambre à pas lents.

Cette scène cruelle avait toutefois épuisé les
forces du prince de la tribune, car une fois sorti
de la maison il s'arrêta dans la rue, s'adossa à la
muraille du jardin, et demeura, assez avant dans
la nuit, droit, immobile, les yeux fixés sur les
étoiles. Les désastres de son amour ne débordaien
pas seuls dans l'amertume du cœur de Darroles,
et les souvenirs du roman fatal qui avait assombri sa jeunesse ne furent pas étrangers aux hallu-
cinations fiévreuses qui troublèrent le cerveau du
grand prédestiné !

XIII

LE SECRET DE L'AMIRAL.

Le lendemain de la visite de M. Darroles à la villa des Ternes, l'ombre de la nuit descendait rapidement sur la terre, lorsque le petit Robert, sous la conduite d'un domestique, arriva à la grille de l'immeuble en tenue de pension, le portefeuille au côté, les mains noircies, le visage barbouillé, l'air tapageur. Une fois dans le jardin, l'écolier partit à toutes jambes dans la direction de la maison. Arrivé à la porte du salon, l'enfant s'arrêta sur le seuil et examina d'un œil sournois l'intérieur de l'appartement. Louise était seule, assise dans un fauteuil, près de la cheminée, les coudes sur ses genoux, la tête entre ses mains, le visage décoloré, les yeux rougis. Après une pause, Robert se glissa à pas de loup dans le salon et vint, sans être aperçu, se planter auprès de la jeune femme. L'air de souffrance répandu sur ses traits n'échappa pas à l'enfant, et le sourire disparut de ses lèvres. Il tira de son portefeuille un papier, et, sans mot dire, comme si, instinctivement, il ne se fût pas senti le courage de troubler une douloureuse méditation, le déposa sur les genoux de Louise.

— O mon enfant, tu m'as fait peur. Qu'est-ce que cela ? reprit la jeune femme d'un air étonné, comme au sortir d'un rêve pénible.

— Lisez... j'ai été bien sage, j'ai bien travaillé... Chère maman, lisez, je vous apporte de bonnes notes, interrompit Robert en reprenant courage.

Le bulletin hebdomadaire que l'écolier présentait avec une confiance de bon augure était ainsi conçu : Travail, bien; conduite, très-bonne ; écriture, premier· Au bas du précieux document était tracée la signature à courbes arrondies de M. Gâteau, chef d'institution.

— Que je t'embrasse, mon petit Robert ; je suis bien contente de toi, soupira Louise en serrant tendrement l'enfant sur son cœur.

Un spectateur, Kernozian, qui suivait Robert à quelque distance, avait contemplé avec émotion tous les détails de cette scène.

— Dis bonjour à ton ami Kernozian et va t'habiller, tu en as vraiment besoin.

— Je peux mettre mes bottes neuves? murmura l'enfant d'une voix pleine d'anxiété.

Sur un signe affirmatif, Robert repartit en courant, jeta au passage un rapide baiser à Kernozian, et grimpa l'escalier quatre à quatre, comme s'il n'eût pas voulu retarder d'un moment la prise de possession définitive de ses bienheureuses bottes.

Madame Darroles et Henry échangèrent silencieusement un tendre serrement de main.

— J'ai reçu votre lettre, je viens vous faire mes adieux... Je pars, dit le jeune homme d'une voix grave.

— Je n'avais pas trop présumé de votre courage, de votre dévouement, de votre affection pour moi. O mon ami, la vie qui m'est faite dépasse les forces humaines. Nous avons tenté Dieu, supportons le châtiment sans murmure !... Hélas ! je ne faisais pas la part des inextricables difficultés de la position, de la fatalité qui m'accable ! Vos visites irritent M. Darroles, rendent ses exigences plus impérieuses, et...

— Votre lettre m'a tout dit, interrompit Kernozian, rassemblant ses forces pour maîtriser les émotions de son cœur. Mon sang, ma vie, je ne peux, hélas ! les prodiguer pour vous ! En honnête homme, je n'ai qu'un seul parti à prendre, élever mon courage à la hauteur du vôtre, sacrifier, moi aussi, mon bonheur à l'œuvre qui fait la gloire et la désolation de votre vie. Dans peu de jours j'aurai quitté la France, mais je pars le cœur navré... Mon amie, qu'allez-vous devenir ?

— Dieu veillera sur moi ; mais cette chère entreprise à laquelle je me suis dévouée, je n'y renoncerai pas. Soyez généreux, Henry, ne me parlez pas de l'avenir qui m'attend. Quelque sombre que vous puissiez le voir, je le vois plus sombre encore. Le sacrifice le plus douloureux que m'ait imposé la lutte inégale que je poursuis depuis sept ans, je le fais en ce moment, croyez-le ! J'avais trouvé un ami, un frère ; j'étais trop heureuse !... Ne m'écoutez pas, je suis folle !... J'épuiserai la coupe amère, je tenterai l'œuvre jusqu'au bout, j'y mourrai peut-être, mais mon courage ne faillira pas... Merci, merci, bon et généreux Henry, qui me donnez plus que je n'osais vous demander, non pas plus que je n'espérais de votre cœur !... Pensez-y donc, cet homme... cet homme m'a menacée de tout révéler à l'amiral !... A cette seule pensée, le vertige trouble mon cerveau... Horreur !... Il est décidé à tout avouer, la honte de Thérèse, son crime à lui !... Que deviendrait l'amiral ?... Et Robert ! Robert !!... répéta Louise avec un accent déchirant.

— Me voilà, maman, dit l'espiègle, répondant à cet appel involontaire. L'amiral m'a chargé de vous dire qu'il allait venir vous voir. Suis-je assez ficelé ?... Mes bottes ne me vont-elles pas bien ? continua Robert en jetant un regard fort satisfait sur sa petite personne, bottes neuves comprises.

Les yeux de Louise, après s'être arrêtés un instant sur Robert, se fixèrent sur Henry, attendris, reconnaissants, comme pour le remercier, au nom du pauvre innocent, de sa généreuse résignation. En proie à une émotion qu'elle ne put maîtriser, la jeune femme étreignit contre son cœur le cher petit et l'inonda de caresses affolées ; puis, d'un mouvement vertigineux, le poussa dans les bras du jeune homme qui, à son tour, couvrit les blonds cheveux de tendres baisers. Les adieux de ces deux cœurs unis dans une pieuse entreprise se concentraient sur cette frêle tête.

A la vue de l'amiral, qui venait de paraître à l'entrée du salon, Kernozian rendit la liberté à Robert. L'enfant en profita pour disparaître avec autant de célérité que si ses bottes eussent possédé les propriétés de celles du Petit-Poucet. Le marin porte la tête haute, son œil est brillant, son teint fortement coloré, sa démarche fière. L'expression de son visage trahit l'animation de la lutte, nous dirons presque la joie de la victoire.

— Ah ! Kernozian, dit M. de Banneheu d'une voix claire, je suis passé chez vous ce matin, vers midi. Vous étiez déjà sorti. Je croyais alors avoir un petit service à vous demander ; mais l'affaire s'est terminée sans que j'aie eu besoin de recourir à vos bons offices.

— Quelques courses matinales m'ont, en effet, appelé hors de chez moi.

— M. de Kernozian est venu me faire ses adieux... Il part, fit Louise avec une fermeté iné-branlable.

Le courage de Louise ranime l'âme abattue de Kernozian. Il reprend :

— Je pars pour l'Algérie. Une lettre, reçue ce matin de mon ami le général Dubreuil, qui com-mande la division d'Oran, m'offre de prendre part

à une expédition sur les frontières du Maroc. Il
fallait se décider sur-le-champ, je me mets en route
ce soir.

— Ce n'est pas moi qui blâmerai vos belliqueux
projets, interrompit l'amiral. Savoir que vous com-
battez sous le drapeau de la France me consolera
presque de votre absence. J'espère qu'elle ne sera
pas de trop longue durée.

— Je n'en sais rien. Quelques mois certainement.

— Vous nous donnerez souvent de vos nouvelles.
Vous le promettez ?

— Je ne ménagerai pas ma plume.

— Nous y comptons tous deux, fit le marin en
désignant du geste sa compagne fidèle.

Il poursuivit, après une pause :

— Et maintenant que j'ai écouté vos nouvelles,
voulez-vous me permettre de vous dire les
miennes ?

— Volontiers, prit Kernozian.

Un mot d'assentiment effleura les lèvres de
Louise, tout intriguée de l'inaltérable sérénité qui
rayonnait sur le visage de son demi-frère.

— M. Darroles, dit lentement le marin, accepte
la mission lointaine qui lui a été confiée. Il part
demain pour Brest.

— Qui vous l'a dit ? s'écria Louise impétueusement.

— Lui-même.

— Quand ?

— Il y a deux heures ?

— Où ?

— Chez lui.

— Grand Dieu ! amiral, qu'avez-vous fait ? interrompit la jeune femme avec une frayeur indicible.

— Mon devoir... J'ai déchiré sous les yeux du coupable les voiles du passé.

— Malheur ! malheur sur moi ! Tout est perdu !

— Tu me crois donc bien aveugle, chère enfant ? Tu ne sais pas que depuis des années j'ai percé à jour ton pieux mensonge ? Depuis des années, la vérité m'est connue tout entière !

— Thérèse ! Thérèse ! s'écria Louise en se tordant les mains avec une folle douleur.

— Fille de mon cœur, calme tes alarmes. Ne te rappelles-tu pas que bien des fois nous avons prié ensemble sur la tombe de ta sœur ? Ai-je pu nourrir la haine dans le cœur avec la prière sur les lèvres ?... Il y a longtemps que j'ai pardonné à Thérèse, mon bon ange, continua l'amiral qui, tombant à genoux, inonda de ses larmes les mains inertes de madame Darroles.

Il y eut un instant de silence. Kernozian se disposait à sortir. Le marin se releva.

— Restez, Henry ; écoutez-moi, mes enfants.

M. de Banneheu poursuivit d'une voix solennelle :

— Les aveugles transports du premier moment passés, dès les premiers jours de notre voyage en Italie, lorsque je pus, dans l'intimité de chaque jour, t'étudier, t'apprécier,... chère Louise, le doute entra dans mon esprit. Une tache dans cette vie d'innocence, la honte sur ce front si pur !... cela était impossible !... Mais quel motif à tes aveux ? Comment expliquer cette passive résignation avec laquelle tu avais accepté les odieuses chaînes forgées par mes mains ! La lumière de la vérité éclairait mon esprit, et je voulais douter encore ! A notre retour à Paris, le doute n'était plus possible : une correspondance oubliée dans le secrétaire de ta sœur me livra les mystères du passé. Que faire ? que devenir ? continua l'amiral qui, s'animant peu à peu sous l'émotion de ses souvenirs, parcourut la chambre à grands pas. Mes soupçons insensés t'avaient flétrie, ma volonté im-

plàcable et stupide t'avait traînée au pied de l'autel, pour y enchaîner ta vie tout entière... Le mal
était irréparable ! Laver mon honneur dans le sang
du coupable ? Mais, ma chérie, c'était t'enlever la
seule consolation, détruire de mes mains le pieux
mausolée sous lequel tu avais voulu abriter la paix
de mes dernières années, la mémoire de Thérèse... Ah ! misères, jours d'angoisses et de douleurs, remords impitoyables du cœur !... La lutte
fut longue et terrible... L'influence de tes vertus,
de ton exemple, pénétra enfin jusqu'à mon cœur ;
près de toi, mes sentiments s'épurèrent ; je voulus
t'imiter, t'égaler... Ah ! chère enfant, que tu m'es
sacrée ! dit avec emphase l'amiral qui, s'arrêtant
devant Louise, fixa sur elle un regard de respectueuse adoration dont une Madone eût envié
l'hommage... Alors a commencé ce drame intime
dont chaque scène est vivante dans ma mémoire...
Tu t'étudiais à me tromper ; accepter, faciliter tes
généreux mensonges, était le seul but de ma vie...
Eh ! pouvais-je me plaindre, reculer ?... Dieu me
donna la force de supporter l'épreuve jusqu'au
bout, sans fléchir sous le fardeau. Pour ménager ta
position, couvrir les difficultés de ton ménage, j'ai
vécu sous le même toit que Robert. Ah ! le cher

petit, je ne l'ai connu que pour l'aimer. Je suis allé
avec toi prier sur la tombe de Thérèse, et, devant
son dernier asile, il n'y eut plus pour elle dans
mon cœur qu'oubli et pardon. J'ai revu M. Darroles !!!... Louise, ce jour-là, je fus fier de moi ;
la couronne d'épines ensanglantait mon front, et
pas un cri de douleur, un murmure, ne sortit de
ma bouche !... D'autres épreuves plus doulou-
reuses encore m'étaient réservées !... Chers enfants, j'ai vu naître votre amour, et avec quelle
terreur !... De l'œil d'un homme du monde je son-
dai l'abîme : à tout prix, il fallait vous avertir,
vous retenir sur la pente fatale. Vanité des vani-
tés !... Les visibles souffrances de Louise, je ne
parle pas des vôtres, Henry, quoique je n'aie pas
oublié la froideur avec laquelle vous m'accueilliez
lorsque je vous prêchais le mariage, me donnèrent
bientôt une intelligence plus vraie du rôle qui m'é-
tait assigné dans le présent et l'avenir. Eh ! quoi,
m'ériger encore en arbitre suprême ; m'interposer
une seconde fois dans cette tendre existence que
mon fol aveuglement a vouée au malheur ? Loin
de moi tant de présomption. Sûr de votre mutuelle
loyauté, mille fois sûr de la pureté de vos cœurs,
je m'en remets, pour l'avenir, à la protection di-

vine. Un seul rôle m'appartenait ; veiller sur vous, vous protéger... Je pouvais encore t'être utile, Louise ; un rayon de soleil brillait dans mes ténèbres !

M. de Banneheu reprit, après une pause :

Une intervention décisive devenait de plus en plus nécessaire. Depuis son voyage à Floville, chaque jour je voyais s'accuser plus distinctement les odieux projets de cet homme. Je me tins l'œil aux aguets, surveillant tout, prêt à tout, bien résolu à foudroyer le coupable. Tu pouvais supporter la vérité, tu n'avais plus besoin de moi : je te laissais un ami, un défenseur ! Hier soir, les terreurs mortelles que tu n'as pu me dissimuler m'ont révélé que l'heure fatale était arrivée. J'ai hissé ce matin le signal de l'abordage; j'ai vu M. Darroles : il a reçu de mes mains la criminelle correspondance......

Trois coups frappés discrètement à la porte vinrent interrompre le monologue, et à un : Entrez ! lancé par l'amiral d'une voix claire, apparut un domestique qui annonça que M. Darroles priait madame de le recevoir.

— M. Darroles, répéta Louise avec un frémissement nerveux.

— Du sang-froid, encore un peu de courage, Louise. Il vient embrasser Robert, te faire ses adieux. Henry, donnez-moi le bras et montons à ma chambre... Je tiens, continua l'amiral avec douce bonhomie, à ce qu'il choisisse son épée parmi les miennes, s'il persiste à aller combattre les Marocains.

L'amiral et Kernozian venaient de quitter le salon, lorsque Darroles passa devant le domestique qui se tenait à la porte. Le visage du vice-roi révélait toutes les angoisses qui avaient agité son cœur pendant la terrible scène de la matinée.

— Voulez-vous me permettre, madame, de faire appeler mon fils ? dit Darroles d'une voix brève, après un court moment de silence.

Louise ne répondit que par un signe de tête. Le domestique sortit, et les deux époux infortunés demeurèrent en présence, muets, immobiles, les yeux baissés vers la terre.

A l'arrivée de Robert, qui franchit en courant le seuil de la porte, Darroles se porta vivement à sa rencontre, l'enleva dans ses bras et le pressa sur son cœur avec une ardeur fiévreuse. Les sanglots étouffés que le père désolé s'efforçait vainement de contenir ne trouvèrent pas Louise insensible. Elle s'approcha de l'enfant, encore humide des caresses paternelles, et l'embrassa tendrement sur le front.

— Je vous le recommande, madame, dit Darrolès avec une angoisse mortelle.

Ce touchant appel pénétra au plus profond du cœur de Louise. Incapable de se maîtriser plus longtemps, elle se précipita dans les bras de Darroles en s'écriant :

— Père de Robert, comptez sur moi !

Ce fut une longue et douloureuse étreinte. Toutes les forces de l'âme de Darroles se brisèrent dans ce moment suprême ; des torrents de larmes inondèrent son visage.

— Louise, soyez heureuse, s'écria-t-il, en s'élançant vers la porte avec une folle douleur.

ÉPILOGUE

Sic transit gloria mundi.

LE COMTE DE BIENSÉANT.

LE GÉNÉRAL BOSABRE.

M. PRUDHOMME DE L'ORGE.

LE VICOMTE DE MONJICOT.

M. PONCIFER.

UN COCHER DE VOITURE DE DEUIL.

PEUPLE, SOLDATS ET MUSICIENS.

(La toile est tombée depuis plus d'un an sur les divers personnages de ce récit... Le 11 avril 186..., vers midi, d'épais nuages couvrent la montagne de Belleville et le cimetière du Père-Lachaise. Un des puissants de ce monde vient d'être conduit à sa dernière demeure. Des voitures de deuil, de brillants équipages, une foule compacte, bigarrée d'uniformes étincelants, envahit les environs du cimetière et le champ des morts. Les nombreux bataillons du cortége s'étendent en une longue ligne sur le boulevard. La foule redescend à flots vers la porte d'entrée. La cérémonie est terminée, les troupes viennent de rompre les faisceaux. Le général Bosabre à cheval, entouré d'un nombreux état-major, a pris place en tête des colonnes.)

BOSABRE, l'épée à la main et d'une voix retentissante :

Bataillons, par le flanc droit ! droite. Pas accéléré... Marche !

(Les paroles sacramentelles sont répétées sur toute la ligne. Le tambour-major, qui tient la tête du régiment des gardes, fait voler dans les airs sa canne de jonc à pomme d'argent. Les musiciens approchent leurs instruments des lèvres et jettent aux échos la marche guerrière du *Roi barbu, bu qui s'avance*. La martiale symphonie déride les visages; les allures de la foule deviennent plus vives; plus d'un acteur de la funèbre cérémonie murmure involontairement l'entraînant refrain.)

BOSABRE, dirigeant son cheval vers le trottoir de manière à se trouver à portée de Monjicot qu'il aperçoit sur les côtés de la foule.

Monjicot !... Psitt !

MONJICOT s'arrête, porte militairement la main à son chapeau.

Présent, mon général.

BOSABRE.

Vous allez au club ?

MONJICOT.

De ce pas.

BOSABRE.

Seriez-vous assez bon pour m'inscrire à la grande table et m'envoyer chercher une stalle pour la première de ce soir aux Variétés ?

MONJICOT.

Je ferai d'une pierre deux coups, car je désire aussi ne pas manquer cette petite fête.

BOSABRE.

Merci!.. Tâchez que nos deux stalles soient voisines l'une de l'autre.

(De larges gouttes annoncent une prochaine averse. Monjicot hâte le pas vers l'endroit du boulevard où stationnent les voitures de deuil. Un inexorable : Complet ! accueille ses premières tentatives. La pluie commence à tomber avec violence, les parapluies s'ouvrent, la foule fuit effarée. En manière de contraste, le refrain de la marche guerrière arrive par bouffées jusqu'aux voitures. La portière encore ouverte d'un funèbre équipage frappe les yeux de Monjicot. Il vole vers le véhicule, dont Bienséant, Prudhomme de l'Orge, Poncifer occupent les coussins !

MONJICOT, à la portière, modeste et affable.

Donnez-vous une petite place à un jeune homme mince ?

PONCIFER.

Montez,... montez donc vicomte.

MONJICOT s'installe sur le devant de la voiture, à côté de
Poncifer

Où allez-vous, messieurs ?

PRUDHOMME, majestueusement.

A mon hôtel, rue des Sept-Sages.

BIENSÉANT.

Au Louvre.

PONCIFER.

A la fontaine du boulevard des Batailles.

MONJICOT.

Je suis sur le chemin de tout le monde. (Mettant
la tête à la portière. Au cocher.) Au club de la Fleur-
des-Pois. (Il rentre la tête.) Pouh ! quel temps !
(A ses voisins.) Vous me rendez un vrai service. Impossible de trouver une voiture dans cette bagarre,
et je suis pressé d'arriver au club, où j'ai à m'inscrire à la grande table avec Bosabre. Ah ! dame, il
faut s'y prendre à l'avance depuis le retour de
Béchamel, et le fait est que nos dîners ne sont
plus reconnaissables.

BIENSÉANT, avec dignité.

Vous en convenez. Vous regrettez l'opposition qui a été faite au comité. Jeunes gens, jeunes gens, que cela vous serve de leçon, et ne mettez plus désormais toujours en doute la sagesse de vos aînés ! Je crois avoir rendu un service public en posant, au sujet de Béchamel, la question de commission, sinon de cabinet ; sans compter le service que j'ai rendu à Béchamel lui-même. Le climat de Londres ne convenait pas au grand chef pas plus que cet art classique et pur ne convenait aux palais primitifs des membres de Burlington-Club. Et puis, que de déboires, quelle humiliation pour un maître de la casserole, que de voir incessamment profaner ses sauces les plus méditées par ces affreux mélanges, si chers au gout britannique : poivre de Cayenne, Harvey-sauce, Bengal-Club-Chutney ! « J'en prenais mon art en horreur, et sentais chaque jour davantage l'amertume du pain de l'étranger », me disait encore hier Béchamel avec l'accent du cœur.

PRUDHOMME.

Ce qui m'étonne, c'est que Béchamel ne se soit pas complétement gâté la main avec ces plats de viandes crues, ces légumes insipides, véritable cuisine d'anthropophages, qui rend le séjour de Londres impossible à un cœur vraiment français.

MONJICOT.

Monsieur Prudhomme, vos passions patriotiques vous entraînent trop loin. Soyez anglophobe en politique, parfait ; mais respectez la cuisine anglaise, qui a du bon.

BIENSÉANT.

Notre jeune ami est dans le vrai, très-cher ; si vous voulez même toute mon opinion, j'ajouterai que pendant son séjour au Burlington, les talents de Béchamel ont grandi, son goût s'est épuré. L'étude de l'art anglais a exercé sur sa manière la plus heureuse influence. Pour le poisson et le rôti, je ne lui connais pas de rival à Paris. C'est correct, simple et magistral. Nous touchons aux dernières limites de la science.

PONCIFER, à Bienséant.

Avez-vous eu la bonté de toucher quelques mots au grand échanson de mes projets ?

BIENSÉANT.

Je vais de ce pas chez Sa Grâce ; ou plutôt comme après sa magnifique improvisation, elle doit avoir besoin de repos, je reconduirai chacun de vous à destination ; la voiture me ramènera en dernier lieu au Louvre.

PONCIFER.

Merci de prendre l'affaire à cœur. Mes propositions sont d'ailleurs trop justifiées pour que le comte-duc, avec son coup-d'œil d'aigle, ne les accepte pas à première vue, sans discussion. J'avouerai même, si je dois être franc, que l'on a déjà bien tardé. Depuis un an, plus d'un an déjà, notre illustre ami a succombé à Patagonopolis, et l'arrêté préfectoral qui donne le nom de Darroles à la grande artère qui joint l'ancienne barrière d'Enfer au nouveau parc de Monchat ne date que de la semaine dernière ! Quelle lenteur, pour ne pas dire quelle mauvaise volonté, lorsqu'il y a plus de nouvelles rues à baptiser qu'il n'y a de noms de saints dans le calendrier ! C'est si peu de chose, et cependant cela fait si bien pour un nom, que de se dessiner en lettres blanches, sur fond bleu, au coin d'une bonne rue. Quant à moi, je ne connais pas de distinction plus flatteuse pour un homme.

PRUDHOMME.

Vous avez, sapristi ! raison, et j'en parle par ex-périence. M. le sous-préfet d'Orgeville, un gaillard, celui-là, pour célébrer ma troisième élection, a eu l'heureuse idée de nommer la grande place le square Prudhomme. Il faut savoir avouer ses fai-blesses ; je ne traverse jamais Orgeville sans sentir quelque chose battre là. (Il appuie fortement la main sur son cœur.) On est de chair et d'os, que diable ! on a son petit amour-propre. Le square Prudhomme attestera que je n'ai pas passé en vain ici-bas : tout ne disparaîtra pas avec moi : *Exegi monu-mentum.*

MONJICOT, d'un ton railleur.

Monsieur Prudhomme, vous laisserez un nom...

PRUDHOMME, sévèrement.

Oui, monsieur, et quelques millions aussi.

MONJICOT, avec humilité.

Je ne pourrais pas en dire autant, et j'en suis marri.

PONCIFER.

Eh bien, je regrette d'avoir à le constater, mais je n'ai pas rencontré pour la mémoire de Darroles dans les administrations publiques la même reconnaissance que notre honorable ami a trouvée dans son arrondissement. A l'intérieur, ils n'ont pas voulu admettre, pour un instant, l'idée d'élever au cimetière un mausolée en faveur de Darroles. C'est l'affaire de la famille ! m'a-t-on répondu. Aux Beaux-Arts, ces Beaux-Arts dont, pendant six ans, Darroles a défendu le budget avec l'éloquence du cœur ! pis encore. Lorsque j'ai présenté la souscription destinée à élever une statue à Darroles dans sa ville natale, il m'a fallu là croix et la bannière pour tirer un maigre billet de cinq cents francs. Si l'on élevait des statues à tous les conseillers d'État, notre budget n'y suffirait pas, avait-on l'air de me dire... Lésinerie et ingratitude !

(La voiture s'arrête au club de la Fleur-des-Pois. Monjicot salue à la ronde et descend sur le trottoir.)

PONCIFER, au cocher.

Boulevard des Batailles. (La voiture reprend sa course.) Lésinerie et ingratitude !

BIENSÉANT, avec un doux reproche.

Pas chez tous... pas chez tous. Pensez aux nobles paroles que nous venons d'entendre. Le grand échanson, malgré un violent accès de goutte, a voulu rendre justice lui-même aux belles qualités, aux éminents services du défunt. Hier soir, Sa Grâce était dans les flanelles, souffrant comme un martyr. J'en peux témoigner. Son indomptable volonté, son dévouement absolu à l'amitié, au devoir, lui ont seuls donné la force de venir à la cérémonie pour y jeter quelques fleurs.

PRUDHOMME DE L'ORGE.

Quelques fleurs... Vous êtes modeste : un discours splendide..... une véritable oraison funèbre...

PONCIFER.

Le fait est que j'étais fortement remué, rien qu'à voir le haut dignitaire en grand uniforme. Trois grands cordons !... J'ai compté sept plaques, dont trois en diamants : un vrai soleil que sa poitrine ! Et quel geste noble, quelle voix onctueuse et pénétrée ! Je l'entends encore !

PRUDHOMME DE L'ORGE, sentencieusement.

Vir probus bene dicendi peritus... L'aigle de Cambrai ou le cygne de Meaux n'aurait pas mieux dit !

PONCIFER.

Après de pareils témoignages, il est impossible que le comte-duc ne donne pas en faveur de nos projets un vigoureux coup de collier. (Au cocher, qui vient de s'arrêter à l'entrée du boulevard des Batailles.) Plus loin... à la place. (A ses deux compagnons.) Je vais jeter un dernier coup d'œil sur les conduits de la grande fontaine qui doit être inaugurée prochainement; et puis, je profiterai de l'occasion pour pousser une pointe jusqu'au *palazzo* de la comtesse Tomski-Amourzow. Tout doit être prêt au premier signal pour recevoir la czarine de la mode. Hier, j'ai reçu la nouvelle de sa prochaine arrivée. Elle a gagné son procès, et les millions vont rouler..... Ah! fichtre ! (A Bienséant.) Cher comte, je vous recommande encore de bien plaider ma cause, notre cause auprès du grand échanson. Récapitulons... Une rue dans Paris au nom de notre cher défunt : ça, c'est fait. Un mausolée colossal au cimetière, sur ses cendres, genre tumu-

lus : le plan est là (il se frappe le front.) un amour.
Enfin, une statue en bronze, grandeur naturelle,
dans sa ville natale. C'est mon dernier mot ; on
ne peut pas faire moins pour Darroles ! (Avec amertume.) Et le gouvernement hésite... Voici la reconnaissance du pays... la gloire ! Ah! pauvre illustre!
(La voiture s'arrête, et Poncifer saute légèrement à
terre.

PRUDHOMME, au cocher.

7, avenue des Sept-Sages. (Le noir automédon al-
longe à ses coursiers un coup de fouet de mauvaise humeur ; la voiture reprend sa course. Poncifer, avec une
fiévreuse activité, a déjà gagné, à l'aide d'une échelle, le
premier étage de la fontaine, et caresse d'une main amoureuse la crinière du lion de marbre, principale figure du
monument.)

BIENSÉANT, pensif.

Pauvre illustre ! a dit cet honnête bâtisseur, et
avec raison, quoiqu'il ne sache rien des douleurs
qui ont empoisonné les dernières années de la vie
de Darroles. Nous sommes seuls, je peux vous parler à cœur découvert, vous dire mes regrets, mes
remords.

PRUDHOMME DE L'ORGE, stupéfait.

Vos remords ?

BIENSÉANT.

Oui, mes remords ! Hélas ! c'est moi qui ai insisté pour que notre ami acceptât cette mission lointaine dont il ne devait pas revenir. Je ne voyais, moi, que l'intérêt de sa carrière, l'intérêt du pays. Lui, de sombres pressentiments l'agitaient ; il lisait involontairement dans le livre de sa destinée. Ce qui, au dernier moment, lorsque je croyais l'affaire définitivement manquée, l'a déterminé à partir, je ne l'ai jamais su positivement, mais je crois l'avoir deviné. Jugez-en. Le 18 décembre, il y a eu un an, je me rappelle exactement la date, la nomination a paru à l'*Officiel* le 19, en rentrant chez moi, avant dîner, je trouve un mot de Darroles, écrit d'une main nerveuse et conçu dans les termes les plus bizarres, mot pour mot : « Venez, il s'agit de vie ou de mort. Apportez des armes. » Pas de formule de politesse, une signature illisible. Aucun doute, au reste, possible, la lettre ayant été remise à mon valet de chambre par le serviteur de Darroles. Je vole rue Neuve-du-Luxembourg ; j'ai retardé, ce soir-là, d'une demi-heure le dîner de la duchesse de Tokay, qui ne m'a plus invité depuis. Je trouvai Darroles pâle

comme un mort, les vêtements en désordre. Une
bougie allumée sur son bureau, des cendres de papier volant çà et là dans la chambre attestaient un
homme qui vient de mettre en règle son passé. A
mon entrée, il eut comme un moment de vertige,
et lorsque je présentai la lettre à ses yeux, il re-
jeta sur les violentes émotions par lesquelles il
venait de passer avant de s'arrêter à une décision
irrévocable, l'incohérence impérieuse des premiers
mots. Ce' fut en balbutiant, la rougeur au front,
qu'il m'expliqua la phrase : « Apportez des armes.»
Il avait besoin, pour sa lointaine expédition, d'une
paire de revolvers, et me priait de la lui procurer.
Ces explications captieuses ne pouvaient égarer ma
sagacité. Un drame... un drame de famille avait
passé par là ! Darroles soupçonnait depuis longtemps la fidélité de sa femme. Il avait sans doute
acquis des preuves de son infortune, et m'avait
écrit dans l'aveugle fureur du premier moment,
lorsque des idées de vengeance et de mort bouil-
lonnaient dans son cerveau. Après de cruelles réflexions, devant un scandale, le déshonneur d'une
femme adorée, il avait hésité, reculé, s'était dévoué, et la résolution d'aller chercher sous d'autres
cieux l'oubli de son malheur était entrée dans son

esprit pour n'en plus sortir. Ce n'étaient là pour moi, il y a un an, que des conjectures, de simples suppositions, aujourd'hui ce sont des certitudes. Le doute est-il possible ? Poncifer vient de nous annoncer le retour immédiat de la comtesse Tomski-Amourzow... Eh bien ! oui, cette reine de Saba arrive, mais c'est pour assister au mariage de madame Darroles avec M. de Kernozian. Une lettre de la comtesse, que j'ai reçue ce matin, m'en a donné officiellement la nouvelle.

PRUDHOMME DE L'ORGE, étonné.

Ils ne perdront pas de temps.

BIENSÉANT.

Ah ! je suis navré au plus profond de l'âme, en pensant à cette lugubre histoire... Cher Darroles, quelle plus éclatante confirmation de tes soupçons et des miens ! Il est mort le cœur brisé par l'inconduite et l'ingratitude des siens, et non pas de la fièvre jaune.

PRUDHOMME DE L'ORGE, vivement.

Je l'ai toujours dit, le cœur brisé ; et non pas de la fièvre jaune, comme l'ont affirmé ces affreux journaux de l'opposition, qui ne reculent devant

aucun mensonge pour ameuter les esprits contre
la plus grande entreprise du règne.

BIENSÉANT, avec une fureur concentrée.

Et cette femme, ce beau-frère, qu'en dire, qu'en
penser ? Cette épouse oublieuse de ses devoirs, qui
préfère au grand orateur un chevalier errant, un
freluquet ! Oh ! les femmes !... les femmes, qui les
expliquera jamais ! Mais de tous ces tristes personnages, celui qui m'indigne le plus, c'est ce beau-
frère, ce marin, qui pose pour l'homme à principes, le patriarche austère, la grande figure ! C'est
lui qui a prêté les mains à toutes ces noires intrigues. Depuis le départ de Darroles, le chevaleresque M. de Kernozian n'est pas sorti de la villa
des Ternes ! (Avec une sanglante ironie.) Honni soit
qui mal y pense ! Pour mettre le comble à toutes
ces infamies, vous l'avez vu aujourd'hui : pas trace
d'émotion sur la figure de l'amiral pendant toute
cette douloureuse cérémonie où il a tenu par la
main le pauvre petit Robert. Avant deux mois,
M. de Banneheu aura accompagné la veuve consolée au pied des autels ! Il y a là quelque chose
d'indigne, de déloyal, de brutal, qui me révolte,
et que je ne m'expliquerais pas si je ne savais ce

qu'il y a de férocité dans les animosités, les haines politiques.

PRUDHOMME DE L'ORGE.

Oh ! les vieux partis !... (La voiture s'arrête devant le n° 7, avenue des Sept-Sages.) Merci, au revoir ! (Il descend le marchepied, ferme la portière, passe la tête par le carreau ouvert.) Huit heures, ce soir, aux Provenceaux, heure militaire.

BIENSÉANT, souriant avec bonhomie.

Comptez sur moi. Je n'ai jamais fait attendre un bon dîner qu'une fois... une seule... hélas !

PRUDHOMME DE L'ORGE, toujours au carreau.

Le menu est un chef-d'œuvre, mais je veux vous en laisser la surprise. A bientôt. (Il s'éloigne d'un pas solennel.)

BIENSÉANT, avec dignité, au cocher.

Au Louvre, cour de la Fidélité.

FIN

TABLE DES MATIÈRES

1501 — Abbeville. — Imp. Briez, C. Paillart et Retaux

www.ingramcontent.com/pod-product-compliance
Lightning Source LLC
Chambersburg PA
CBHW060935030726
47503CB00003B/607